集英社文庫

武家用心集

乙川優三郎

目次

武家用心集

田蔵田半右衛門

強い日差しに焙《あぶ》られながら野路を歩いてきたので、倉田半右衛門《くらたはんえもん》は肌着が濡れるほど汗をかいていた。梅雨が明けて二日もすると城下は一転して真夏のように晴れ渡り、草木の菁々《せいせい》と茂る土地には日の光が溢れている。久し振りの非番と好天が重なり、いつものように浜へ釣りに出かけたものの、暑いだけで釣果《ちょうか》は上がらず、その日は早めに切り上げてきたところだった。

半右衛門が釣りを嗜《たしな》むようになったのは八年前の三十歳のときで、ある事件に巻き込まれて処分を受けたのをきっかけに、人との接触を避ける法はないかと考えていたころである。それには非番の日といえども人のいない場所に身を置くのが無難で、釣りに興味があったわけではなかった。

ところが、はじめてみると釣りは意外にも性に合っていて、ひとりでいることは苦にならなかった。広い海を眺めながら気儘《きまま》な物思いに耽《ふけ》ったあとは、いくらか心の汚れが落ちたような気がするし、釣果は貧しい家の食事を豊かなものに変えてくれる。いまでは家族も半右衛門の釣果を当てにするようなところがあって、雨でなければ休日の釣りは当然のことになっている。

（しかし、小鰈《こがれい》が二尾ではな……）

胸の中で一向に上達しない釣りの腕を笑いながら、半右衛門は名もない小さな橋を渡って野路から築地町《つきじちょう》へ入った。築地町は足軽の住む、城下でも鄙《ひな》びた町である。古く粗末な家々からは通りにまで貧しさが食《は》み出していて、決して心地よい眺めではないが、下には下があることを教えてくれる町でもあった。

半右衛門は作事方《さくじかた》に属し、植木奉行《うえきぶぎょう》を務めている。城の縄張りにある自然の樹木や植木の管理が役目で、数ある役職の中でも閑職といっていいだろう。家族は妻女の珠江《たまえ》のほかに男子が二人、十五と十二歳になる子供たちは食べ盛りで、ひとりでも鰈の二尾などあっという間にたいらげてしまう。しかし四十石の俸禄ではそうそう十分に食べさせてやれるわけではなかった。

一家四人の飯米《はんまい》を確保して禄米の残りを金に替えると、溜息が出るほど贅沢《ぜいたく》とは縁のない暮らしが見えてくる。内職で得られる金は日々のこまかなことに消えてしまい、とても御数《おかず》を増やすところまではゆかない。もっとも八年前までは七十石をいただき、暮らしはいまよりも豊かだった。高禄をいただく家の三十石ならまだしも、七十が四十になると暮らし振りは一変し、倹約するだけでは元通りの暮らしは営めない。結局は衣食を切り詰め、耐えるしかないのが現状である。そして、そうなった責任はむろん当主である半右衛門にあって、婿《むこ》として入った家の家禄を三十石も減らした愚物として見られるのも仕方のないことだった。

半右衛門が処分を受けるもととなった不祥事が起きたのは、いまからちょうど八年前の夏である。当時の半右衛門は郡奉行《こおりぶぎょう》のひとりで、屋敷も奉行町《ぶぎょうまち》にあったが、夏場は村廻りに出るために家は留守がちだった。その日も十日ほど泊まり込んでいた代官所から城へ戻ると、留守の間に溜まっていた書類に目を通し、急ぎの用件のみを片付けて久し振りに家へ帰るところだった。それでも城を出たときには日が暮れかけていて、半右衛門は村廻りの疲れを引きずりながら夕闇の中をひとりで歩いていた。すでに宿直《とのい》のものも登城したあとで、道に家中の姿は見えなかった。

異変に気付いたのは、城山を下り、上士の屋敷の集まる屋敷町《やしきまち》の半ばあたりまできたときで、いきなり前方の辻へ七、八人の人影が飛び出してきたかと思うと、斬《き》り合いがはじまったのである。しかも、一人対六、七人の斬り合いだった。

咄嗟《とっさ》に半右衛門は塀際に身を寄せて刀の鯉口《こいぐち》を切ったが、むろん身を守るためで、わけの分からない斬り合いを止めに入るつもりもなかった。ところがじきに多勢のひとりが斬られ、斬った男がこちらへ向かって走ってきたのである。そのときはまだ男が友人の立木安蔵《たちきやすぞう》だとは分からなかったが、死に物狂いで駆けてきた安蔵のほうがさきに半右衛門を認めて「壮吾《そうご》、手を貸せ」と叫んだ。壮吾は半右衛門の若いころの通称で、そう呼ぶのは実家の兄と安蔵くらいだった。考えている暇はなく、半右衛門は抜刀して安蔵に助勢した。そして、たちまち二人を峰打ちに倒した。

安蔵とは城下の神道流《しんとうりゅう》・坂上道場の同門だが、子供のころから剣は半右衛門のほうが達者だった。しかし二人は気が合って、道場の外でもよく付き合っていた。当時は安蔵も部屋住みで、似たような焦燥感を持っていたから、自ずと気心が知れたのかもしれない。もっとも安蔵は家老家の三男で小遣いには困らず、腹が空くとよく飯をおごってくれたし、僅かだが金を貸してくれたこともある。その安蔵が生きるか死ぬかというときに手をこまねいているわけにはいかなかった。

ところが、気が付くと、斬り合いはいつの間にか半右衛門と見知らぬ男たちの攻防に変わっていて、安蔵の姿はどこにも見当たらなかった。そして、やがて塀を背負って三人に取り囲まれたとき、半右衛門ははじめて男たちの立場を知ったのである。

「きさま、御上《おかみ》に刃向かうつもりか」

男のひとりが叫んだ言葉に半右衛門は呆然《ぼうぜん》とした。そう言われてみると、たしかに男たちの身支度は捕り方のもので、安蔵は何かしら罪を犯したらしかった。しかも半右衛門の手を借りて逃げたのである。

刀を引いた半右衛門はそのまま大目付の屋敷へ連れてゆかれ、そこで一月余りを罪人として過ごした。斬り合いの経緯《いきさつ》を知ったのも大目付の詮議《せんぎ》の最中で、安蔵は父親の小山家老とともに捕縛されかけたが、大目付の配下を斬って逃走したということだった。

半右衛門は仮牢《かりろう》の中で知ったことだが、家老の小山九太夫《きゅうだゆう》は御用達の材木問屋・相模屋《さがみや》と共謀して不正を働き、安蔵もその一味だったらしい。安蔵は二十二歳のときに百石取りの立木家へ婿入りし、そのころには実父の力で作事奉行に昇っていた。不正は当時行われていた城の改修工事に関わるもので、当然のことながら作事奉行が知らぬでは済まされない。

追及の結果、小山九太夫は罪を認めて山間《やまあい》の興福寺《こうふくじ》に蟄居《ちっきょ》、相模屋は領外追放、当主が出奔《しゅっぽん》した立木家は廃絶となった。どれも当然のことである。だがそのために、何の関わりもない半右衛門は郡奉行の役目を解かれて三十日の謹慎、その間に三十石の減石と植木奉行への役替えが決まった。どうにか重科《じゅうか》は免れたものの、家中としての信用は失ったのである。

（自業自得だ……）

と半右衛門は思っている。原因はすべて自分の不注意であり、誰を咎《とが》めることもできない。あのとき助けを求めたのが安蔵でなかったら助勢はしなかったように、たとえ友であれ事情も知らずに助けるべきではなかったのである。そもそも、あんな人間を友と思っていたことが大きな間違いだったと、いまだから思うが、人間の本性など平時の付き合いで分かるはずがなかった。

事件以来、家中に軽視されていることもあるが、同じ過ちを繰り返さぬためにも人との付き合いはやめて、できるだけひっそりと暮らしている。半右衛門の釣りは、そうして信用のならない世間から逃避する手段でもあったが、八年も続けていると本来の目的を忘れて釣りそのものに没頭してしまう日があるのもたしかだった。釣りが性に合っていると感じるのはそういう日の帰り道で、魚籠《びく》の重さに心が弾むことすらある。

だが、その日は日に焼けただけで、たいした釣果もなければ気儘な物思いもできずじまいだった。久し振りに夏の日差しが八年前の事件を思い出させたせいだろう。

やがて住まいのある袋町《ふくろまち》の外れ近くまできたとき、半右衛門は前方の路地へ入ってゆく数人の人影を見て立ち止まった。日は傾きながらもまだ十分に地上を照らしていたが、通りの東側には家々が濃い影を落としていて、その薄暗がりに三、四人の人影が消えてゆくのが見えた。しかも、見たところ風体のよくない男たちに囲まれているのは隣家の娘のようだった。

袋町は武家地の南端にあって、その外側は道を隔てて町屋と隣接している。半右衛門の家は辻の角にあり、向こう隣はもう町家である。人影のあとから路地へ入ると、半右衛門はまだ奥に固まっている男たちを見て見ぬ振りをしながら自宅の門をくぐった。つや、という娘が、助けを求めるような目でじっとこちらを見ていたように思いながら、半右衛門は静かに門を閉めた。

「お早いお帰りでようございました、今村《いまむら》のおにいさまがお見えでございますよ」

帰宅を告げると、玄関に出てきた珠江が小声でそう言ったので、半右衛門は急いで草鞋《わらじ》の紐《ひも》を解いて家に上がった。袋町の家に実兄の今村勇蔵《ゆうぞう》が訪ねてくるのは稀《まれ》で、急用があるらしかった。少なくとも、ただ弟のようすを見にくる男ではないし、八年前のことがあってからはむしろ疎遠な間柄である。

「非番となると、決まって釣りだそうだの」

半右衛門が無沙汰《ぶさた》の挨拶《あいさつ》をすると、勇蔵は待たされた苛立《いらだ》ちからか皮肉を言った。

「のんびりするのもいいが、少しは名を上げることも考えぬとな、このままではわしも肩身が狭い」

渋い顔の勇蔵は、城からの帰りに寄ったらしく上下《かみしも》を着けてい、低頭した半右衛門はたっつけ姿だった。まさしく二百石の勘定奉行と四十石の植木奉行が向き合った恰好で、いつのころからか勇蔵は兄というよりも一族の長として口を利くようになっていた。かわりに兄弟の親しさはなくなり、半右衛門も血を分けた兄を感じなくなっている。

「お待たせしておいて、お訊ねするのも何でございますが……」

半右衛門は言って軽く咳払いをした。少し腹が空いていたこともあるが、できれば早く勇蔵を帰して、くつろぎたかった。珠江も息子たちも、どこかで息をひそめているはずである。

「本日は何かお急ぎの御用でございますか」

「それがな」

と言って勇蔵は吐息をついた。

「面倒なことになった、今村の今後を大きく左右することゆえ、そなたの手を借りねばならん」

「何やら重きことのようでございますな」

「うむ」

だが、うなずいたきり勇蔵はしばらく黙っていた。よほど言いにくいことらしく、高慢な男にしては優柔だったが、やがて唇を舐《な》めると、勇蔵は食い入るような目付きで半右衛門を見つめてきた。

「そなた、いまでも剣は達者か、道場はやめてしまったそうだが、まだ遣えるか」

「はあ……」

「何だ、どっちだ」

「あまり当てにはならぬかと……」

半右衛門は曖昧《あいまい》に答えた。足腰はそれなりに鍛えているものの、久しく相手のいる稽古《けいこ》はしていないので、自分でもむかしの腕があるかどうかは分からない。それに勇蔵がそんなことを訊ねる理由を考えると、迂闊《うかつ》には答えられなかった。

半右衛門が黙っていると、

「まあ、いい」

と勇蔵は呟《つぶや》いた。

「いずれにせよ、そなたにやってもらうしかないのだ」

それから冷めた茶をすすって、ようやく用件に入った。

その日、勇蔵は月番家老の坪井孫兵衛《つぼいまごべえ》に呼ばれたそうで、そこでいきなり藩主の内命を受けたという。事実は坪井が藩主の内命を受け、その役目を勇蔵に命じたのだが、事態は同じことだろう。坪井は前々から勇蔵に目を掛けていて、内命を受けたとき、すぐに勇蔵を思い浮かべたというし、勇蔵も坪井には浅からず自身の末を託していたから断わることはできなかった。だが、その役目というのが勇蔵には思いも寄らぬことだったのである。

藩では、八年前に家老の小山九太夫が失脚してから不正事件は起きていないが、かわりに中老から家老へ昇った大須賀十郎《おおすかじゅうろう》が台頭し、権勢を振るっている。大須賀が台頭するきっかけとなったのは、大雨が降るとすぐに冠水する田潟《たがた》を不作から解放するための大胆な対策を打ち出したことである。冠水は領内を東西に貫く水立川《みずたちがわ》の堤防が決壊するために起きていたが、堤防はそれまでいくら改修してもどこかで決壊し、費用が嵩《かさ》むだけで結果は徒労に等しかった。そこで大須賀が立案したのが、堤防は当然破れるものとして、はじめから冠水を防ぐための悪水掘抜工事《あくすいほりぬきこうじ》をすることだった。といっても、そのためには悪水を海まで導く堀を引かなければならず、堤防改修とは比較にならない莫大《ばくだい》な費用がかかる。しかし大須賀は、同じ問題を抱えていた下流の隣藩に目を付けて折衝を重ねた末に、費用の負担を隣藩が六、こちらは四として五年掛かりの難工事を実現してみせたのである。その結果、四万両が一万六千両で済んだうえに、冠水による不作は激減し、大須賀の手腕は誰もが認めるところとなった。

だが、大須賀は頭は切れるものの人間がよくなく、人前で相手の弱点を衝《つ》いては会議を牛耳るので重職の間では嫌われている。とりわけ筆頭家老の奥村岩右衛門《おくむらいわえもん》に対する誹謗《ひぼう》は露骨で、いずれは取って代わるという野心も隠さぬらしい。もうひとりの家老である坪井も例外ではなく、苦い思いをさせられてきたが、反撃しようにも理屈では歯が立たず、諦《あきら》めていたところだという。そこへ、思わぬ藩主の内命が下ったと勇蔵は言った。

大須賀は悪水掘抜工事の費用の六割を隣藩に負担させることで二万四千両を浮かせたことになっているが、藩主の手紙によると、それは偽りで、諸々の条件はあったにせよ、互いの領国を流れる水立川の長さの比率で言えば七、三の負担が妥当だったという。隣藩もそのつもりで折衝に臨んだそうで、彼らにとって大須賀が提示した六、四はむしろ意外な数字だった。というのも下流の隣藩は、いくら自国で対策を打っても上流で堤防の決壊や洪水が起きてはほとんど無意味だという見方をしていたのである。

「そのことを、御上は出府して間もなく、江戸城で対面した隣国の讃岐守《さぬきのかみ》さまから聞かされ、礼を言われたそうだ」

勇蔵は言って半右衛門の顔色を見た。

「どういうことか分かるか」

「つまり、実際には一割方の損失でございますか」

「それだけではない、大須賀さまは御上から褒賞《ほうしょう》を賜《たまわ》り、それをきっかけにいまの地位を築いた、御上にすれば信頼を裏切られたばかりか、勝ったと思っていた勝負が実は負けていたことになる」

藩主は讃岐守に何とも度量が大きいと誉められたそうで、その場はそれらしく振舞うしかなかったが、涼しい顔の陰では腸《はらわた》が煮えくり返っていた。しかも、その後内々に調べさせたところでは、大須賀は隣藩から賄賂《わいろ》を受け取っているらしかった。そして当然のことながら、そのことは讃岐守も承知していたに違いなく、つまり、心の中では藩主を嘲笑《ちょうしょう》していたはずだった。そこまで分かると、藩主は大須賀を逆臣として処分することを決めたが、公に処分しては自身の間抜け振りを内外に披露するようなものだと考えたらしい。

「そこで密《ひそ》かに首を討てとのご命令だ、御上を欺《あざむ》き、御家に四千両もの損失を負わせたうえに賂《まいない》を取っていたとなれば当然だろう」

勇蔵は半右衛門を凝視した。

「やってくれるな」

「いえ、お待ちください」

半右衛門はみるみる青ざめて言った。疎遠だった兄が自ら訪ねてきたわけは腑《ふ》に落ちたものの、あまりに唐突な話だった。

「何ゆえ、そのような大役を手前に……」

「密かにということは家中にも分からぬようにということだ、それには討手も目立たぬ人間がいい、そなたほど腕が立ち、目立たぬ男はほかにいまい」

「しかし、手前にはいささか荷が重すぎます、何とぞ、この儀ばかりはご容赦願います、いえ、はっきり申し上げて、できません」

「何だと……」

勇蔵は一瞬、醜く顔を歪《ゆが》めたが、大きく息をつくと賢《さか》しらな顔に戻って続けた。

「わしはな、ただ弟に頼み事をしているわけではないぞ、ご上意に逆らうつもりか」

「お言葉ながら、御上は手前に討手を命じたわけではございません」

「今村の命運がかかっているのだ、できませんで済むと思うか」

「…………」

「それとも何か、もう今村のためには働けぬと申すか」

「いえ、決してそのようなつもりは……」

半右衛門は言ったが、本心ではもう父母のいない今村家のために命を賭《と》してまで働く気にはなれなかった。仮に勇蔵と義絶《ぎぜつ》したところで半右衛門のほうに困ることはないし、この八年、勇蔵が貧しい倉田家を援助してくれたことは一度としてなかったのである。今村のため、今村のためと言うが、要するに自分が困ったときだけの弟だった。

「ならば腹をくくれ」

と勇蔵は言った。

「これはそなたにとっても汚名を晴らすまたとない機会だろう、用心もいいが、度が過ぎると好機をふいにするぞ」

「…………」

「いつまでもこんなところに住んで、呑気《のんき》に釣りでもあるまい」

「…………」

「一生、田蔵田《たくらだ》などと呼ばれて暮らすつもりか」

半右衛門が押し黙っていると、勇蔵は汚いものでも吐き出すように半右衛門の渾名《あだな》を口にした。田蔵田は、八年前の事件以来、家中が陰で半右衛門を呼ぶ蔑称《べっしょう》である。人が麝香鹿《じゃこうじか》を狩るときに、なぜか飛び出してきて代わりに殺される獣のことで、底抜けな愚かものという意味だろう。半右衛門はそう呼ばれることにも馴《な》れてしまって、いまではうまいことを言うくらいにしか感じていないが、勇蔵にすれば今村の名まで侮辱されているような気になるのかもしれない。

「いいか、壮吾」

勇蔵はそう呼ぶと、大須賀は五日に一度は妾宅《しょうたく》へ通う、帰りはひとりで夜半過ぎになるから、そこを狙《ねら》うのがいいだろう、とすすめた。妾宅は城下の籬《まがき》町《ちょう》にあり、大須賀は夕刻には屋敷を出るということだった。

「首尾よく討ち果たした暁には、禄を旧に復し、郡奉行に戻れるように、わしから坪井さまへ進言しよう」

「……」

「そのためにも坪井さまが月番のうちに片付けろ、後始末に五日はかかるだろうから、余裕のあるところで二十二日までだな」

「しかし、手前には……」

「少しは伜《せがれ》たちの末も考えろ、このままでは倉田の一族に顔向けができぬばかりか、女房にも頭が上がるまい」

勇蔵は強引に決めてしまうと、懐《ふところ》から小判を二枚取り出し、半右衛門の膝の上へ投げてよこした。後にも先にも勇蔵が金をくれたのは、それがはじめてである。半右衛門が金には手を出さずに眺めていると、勇蔵はとどめを刺すように重々しい声で付け加えた。

「それで身なりを整えろ、内命とはいえ、ご上意の討手であることを忘れるな、むろん当日は見苦しい真似をしてはならんぞ」


勇蔵を玄関まで見送って部屋へ戻ってきた珠江の顔色を見たとき、半右衛門はどうやら話は聞こえたらしいと思った。釣りから帰ったときと異なり、珠江の顔は青白くなっていた。

「子供たちも知っているのか」

「はい……」

珠江は半右衛門の側に腰を下ろすと、大変なことになりました、と心なしか震える声で言った。半右衛門と同じく、今村勇蔵の話を単純に好機到来とは考えられなかったのだろう。その心配は半右衛門にも分かっている。

上意とはいうものの、要は暗殺である。その陰に陰湿なものが存在することは否《いな》めないし、何よりも不安なのは、こちらにも命の危険があるということだった。

たしかに相手の不意を衝ける討手のほうが有利には違いないが、討手が必ず勝つと決まっているわけではない。仮に命に別状はなくても、仕損じれば褒賞どころか恥の上塗りになるだろう。あるいは一気に飛躍するかもしれぬし、あるいは逆に何もかも失うかもしれない。そんな危険な賭けに出るのなら貧しくともいまのままでいい、珠江の顔はそう言っているようだった。

珠江は家付きの女にしては気性がおとなしく、八年前に半右衛門の不始末から家禄を削られたときも、夫を責めたてるようなことはしなかった。それどころか、三十石の減石とお役替えだけで済んでよかったと言い、まだ幼かった子供たちのことを真っ先に案じたようである。当時は親戚筋《しんせきすじ》からの叱責《しっせき》が相当あったはずだが、それも大半は珠江が半右衛門の耳へは入れないようにしていた。そうして失意の夫を庇《かば》ってくれたのである。

貧しい家計の遣り繰りやら、夫の不甲斐なさやら、不満はいくらでもあるだろうに、その後も変わりなく支えてくれて、半右衛門はありがたく思うと同時に、珠江のためにも二度と同じ過ちはすまいと頑なに思うようになった。そして、そのためには世間に何と言われようが、意図的に人との付き合いを減らすしかなかったのである。

だがその一方で、珠江や子供たちにもう少し楽な暮らしをさせてやりたいとも考えていた。自分が我慢するのは当然だが、子供たちの将来まで押しつぶす権利はないだろう。長男の左《さ》一郎《いちろう》はこの秋には元服し、来年にはお役目見習いとして出仕《しゅっし》することが決まっている。城へ上れば田蔵田半右衛門の伜として軽視されることは間違いないし、次男の壮二《そうじ》にしても、このままでは入り婿の口を見つけるのはむずかしいだろう。勇蔵にもそこを衝かれて反論ができなくなった。

しかし、また関わりのないことで一家の将来を危険にさらすのは、半右衛門にとって最も愚かなことでもあった。

「まあ、そう案ずるな」

　半右衛門は微笑を浮かべて言った。

「まだ半月ある、ゆっくり考えるさ」

「どうなされますので」

　不安げに眉を寄せた珠江へ、半右衛門は自分なりに大須賀十郎について調べてみるつもりだと言った。その結果、危険が大きすぎるようなら、今村家と義絶しても断わるしかないだろうと思った。その考えは、いくらか珠江を安堵させたようだった。

「ですが、調べるといっても相手はご家老さまでございます、まさか、お屋敷へ伺うわけには参りませんでしょう」

「むろんだ、しかしお立場からして風評はいろいろとあるだろう、このわしでさえ何やかやとうるさく言われるのだからな」

「大須賀さまは、ご重職の中では最も剣術が達者だと聞いております」

　珠江はまた暗い表情に戻って言った。

「たしか直心影流《じきしんかげりゅう》の遣い手で、お若いころは武勇で鳴らしたそうでございます」

「その通りだ、おそらくいまでもかなり遣われるだろうから、戦うとしても姑息《こそく》な手は通じぬだろう」

「そのような御方と戦って勝てるのでございますか」

「さて、どうかな」

半右衛門は正直に答えた。自分も剣の遣い手には違いないが、腕はとっくに錆付《さびつ》いているかもしれない。そして珠江が知っている半右衛門も、神道流の名手というよりは、ただの釣り好きの穏やかな男だった。

「いずれにしても、そのときは死を覚悟して臨まねばならぬだろう」

「……」

「なに、覚悟のことを言ったまでだ、むろん死ぬつもりはない、そのためにも調べておかなければならぬことがある」

「勇蔵さまは、なぜこのようなことを弟のあなたさまにお命じになられたのでしょう」

「役目が役目だけに目立たぬ人間がいい、そう言っていたが、本音は自分の手柄にしたいのかもしれん」

「そんな……」

「しかし兄の言うことにも一理はある、このままでは倉田の家がどうにもならんことは事実だし、子供たちは遠からず大人になる、そのことを考えるときが来たようだ」

「それはそうかもしれませんが、お命を懸けてまでしなければならないことでしょうか」

珠江は膝をすり寄せて半右衛門を凝視すると、小さな白い顔を歪めた。

「お断わりなさいまし、是非そうなさいまし」

「それも考える、しかし、まずは調べてからだ、断わるにしろ引き受けるにしろ、貧乏籤《びんぼうくじ》を引かぬように用心せぬとな」

半右衛門は自分の胸にうなずくと、ついさっきまで明るかった家の中が薄暗くなっているのに気付いて言った。

「ともかく着替えて飯にしよう、魚籠に小鰈が入っているから、子供たちに焼いてやるといい」


珠江にはああ言ったものの、人付き合いのない半右衛門が人のことを調べるのはむずかしかった。奉行といっても配下は足軽と職人ばかりで、重職のことなど自分よりも知らない連中である。上役に相談するわけにもいかず、結局はむかしの付き合いを頼り、半右衛門は用心深く二人の男と連絡をとった。そのひとりが森沢中介《もりさわちゅうすけ》である。

半右衛門が頼み事の結果を聞くためと、その礼を兼ねて酒に誘うと、森沢中介は約束を違《たが》えずに場末の飲屋までやってきた。森沢は半右衛門のかつての配下で、いまは郡奉行を務めている。奉行になれたのは半右衛門が目を掛けてくれたお蔭だと言って、未だに季節の青果を小者に届けさせるくらいだから、身分はかわっても受けた恩義を忘れてはいないらしい。

「たしかに七、三が妥当ではないかという意見はございました、しかしそれは単純に川の長さの比であって、難所の数やら、水害の頻度などの事情を踏まえますと六、四の負担はまずまずの数字ではなかったかと郡方《こおりかた》ではみております」

一階には土間しかない「菊や」という店の二階座敷に落ち着くと、森沢は上役に報告するかのように丁寧な言葉を遣い、悪水掘抜工事について説明した。

「むろん相手のいることですから、交渉に駆け引きはございましたでしょう、しかし結果から申しますと、仮に五分五分の負担であっても御家に利沢《りたく》はございます、それを六、四で隣藩に利をもたらしたと考えるのは度量が狭いと申しますか、いささか欲深いとしか申しようがございません」

「すると大須賀さまの功労は動かしがたいということか」

半右衛門は言って、森沢に酌をした。どうも勇蔵の話とは違うようだと思った。勇蔵の話では、隣藩が七、三でも仕方がないと考えていたところへ、大須賀が六、四を提示したはずである。それが森沢の話では五分五分でも利はあるが、六、四に持ち込んだということらしい。七割の負担を覚悟していた隣藩のごね得でなければ、それはやはり交渉の早期終決と工事の実現を急いだ大須賀の手腕というべきだろう。

森沢は一息に盃を干すと、あとは手酌でやりますからと言って話を戻した。

「仮に七、三で済むところを六、四で譲ったとしても、それは資金の融通と関わりがあるのではないでしょうか、かかりの四万両は隣藩が江商《ごうしょう》から借りており、御家は隣藩から一万六千両を又借りしている形です、もしも立場が逆であれば七、三も考えられますが、工事の資金まで借りたうえに七、三ではまとまる話もまとまりません」

「なるほど、すると大須賀さまは融資を条件に六、四を提示したとも考えられるな」

「それは十分に考えられます、話は決まったが金がないでは工事が遅れますし、当時、御家には一万両を超える借財を申し込める相手がいなかったようです、そのあたりのことは勘定奉行の今村さまのほうがお詳しいかと存じますが……」

「うむ、ま、それはそうだろう」

半右衛門は口を濁して酒をすすった。つまり大須賀は工事の立案からはじめて隣藩との交渉、資金の調達までしたことになるが、勇蔵はそういう労苦は省いて、ただ大須賀を奸臣《かんしん》とみなす理由だけを述べたようである。しかも勘定奉行でありながら、肝心の資金の調達については ひとことも触れなかった。

「たしか工事の人手は百姓の夫役《ぶやく》と日傭《ひよう》で賄ったはずだが、十分な資金があれば日傭も増やせたし、五年はかからなかっただろうな」

半右衛門が言うと、森沢は大きくうなずいてから持っていた盃を干した。

「おそらく四万両はぎりぎりの見積りでございましょう、普請方《ふしんかた》はもちろんですが、家中子弟も労役に加わっております、それでどうにか見積り通りに済んだと聞いております」

「工事に関しては隣藩も事情は似たようなものだろうな」

「はい、それがしも検分を兼ねて幾度か隣藩へ赴き、郡方と会いましたが、そのときの話では手抜きこそしないが、かかりは切り詰めるだけ切り詰めていると申しておりました」

「やはり、ぎりぎりの費用か……」

「それ以上の借財は隣藩にとってもむつかしいような口振りでした」

そこまで聞くと、金額は知らぬが隣藩が大須賀へ賂を渡したというのも怪しい話だと半右衛門は思った。四万両の借財に対しては当然利息を払わなければならないし、工事のかかりも切り詰めるだけ切り詰めているという状態で賂を使う余裕はないだろう。ましてや十両、二十両の賂で一割四千両の負担が左右されたとも考えにくかった。

「ところで、大須賀さまにお会いしたことはあるのか」

「はい、工事のおりに幾度か普請場でお目にかかりました」

「どのような御方かの、耳にしたところでは頭は切れるが高慢なところがあると言われているようだが……」

「いいえ、それは何かの間違いでございましょう、頭が切れるというのは事実ですが、高慢というのはどうも……」

森沢は小首をかしげた。彼の印象では、大須賀はむしろ穏やかな人柄で、重職にしては気さくな人物だという。

「それは細かなことに気付かれますので、あるいは口うるさいと思うものもいるかもしれませんが、決して相手を怒鳴ったり人前で叱責したりはいたしません、手前も一度、田尻村の水門のことでご注意を受けましたが、なるほど不注意だと我が身の不明に恥じ入りました」

「わしが聞いた世評とはだいぶ違うな」

今度は半右衛門が首をかしげたが、彼は手酌で盃を満たしながら、ひとりの非凡な男を思い浮かべていた。執政として男は真摯《しんし》な態度で施策を実践し、しかもその目は行政の隅々まで見ているらしい。勇蔵が言った大須賀は悪臣《あくしん》だが、どちらの言葉を信じるべきかといえば下心のない森沢のほうである。半右衛門は盃を置くと、森沢に目を戻して言った。

「では、過日、お頼みしたものを拝見できますかな」

森沢はうなずいて、脇《わき》の風呂敷包《ふろしきづつ》みを解いた。半右衛門が森沢に依頼したのは、郷帳《ごうちょう》の数字をいくつか書き写したもので、掘抜工事前と工事後の村々の石高を比較したものである。いまでも村々のようすははっきりと目に浮かぶし、半右衛門は懐かしい思いでその数字を眺めた。

すると、果たして石高の推移は川沿いの村々で大きく、水害が減った分だけ収穫が伸びているのは一目瞭然だった。中には半右衛門が郡奉行だったころと比べて、石高を倍に増やした村もある。それだけ年貢も増えて藩庫が潤うのだから、隣藩との駆け引きはあったにしても掘抜工事は大成功と言わなければならない。何よりも数字がそう言っている。そのために奔走した大須賀は賞賛されて当然だし、重職として台頭するのも当然だった。

ひとつの事実を伝えるにも怨望《えんぼう》やら偏見が絡んで人の言葉はさまざまに変わるが、数字は嘘をつかぬということだろう。半右衛門にはそれ以上に大須賀の人物を物語るものもないように思われた。

「このようなものが、お役に立ちますでしょうか」

「むろんです、いささか興味があって見せていただいたが、これでよく分かりました、この数字が続くようなら、少なくとも借金の利息は滞りなく払えるでしょう、百姓も長い夫役を務めた甲斐があるというものです」

「まことに……」

「いや、かたじけない」

半右衛門は言って低頭した。

「ついむかしの癖で無礼な物言いをいたした、お手数をかけたうえに、このような安酒で申しわけないが、あとは心置きなく飲んでくだされ」

それから森沢と盃を重ねるうちに、半右衛門は久しく忘れていた、人に心を許したときの安らぎを覚えていた。かつての上役とはいえ、立場が逆であったなら、自分は森沢のようには出かけて来なかっただろう。まず誘いに疑いを持ち、重職のことも率直に話したかどうか。そう思うと森沢が途方もないお人好しに見える一方で、人に裏切られることを恐れて縮こまっている自分が急に愚かでつまらない人間に見えてきたのも事実だった。

（大須賀という男とは雲泥の差だな……）

やがて酔いの回った森沢のまずい謡《うたい》を聞きながら、半右衛門は頭の片隅でそう思い続けていた。

そしてその感想は、それから三日後にやはり「菊や」で山奉行の柳川伴六《やながわばんろく》から大須賀の話を聞いたときも同じだった。柳川は直心影流の道場・赤心館《せきしんかん》の門人で、大須賀十郎とは身分こそ違うが兄弟弟子の関係にある。むかしの半右衛門とは互いの役目柄、よく城でも顔を合わせ、いつしか名前で呼び合う仲になっていた。その伴六がためらいもなく、大須賀さまは五十年にひとり出るか出ぬかの逸物《いつぶつ》だろうと言ったのである。

「あの御方は大きなことをしたが、鼻高なところが少しもない、あれが飛ぶ鳥を落とす勢いのご重職かと疑いたくなるほどでな」

伴六は酒はあまりやらず、かわりに蓼酢《たでず》をたっぷりともらい、器用に焼き鯵《あじ》をつつきながら話した。

「むかしから気さくなところはあったが、まあ、道場の中だけの付き合いで、正直なところ実像はよく分からなかった、しかしお役目で幾度かお会いして分かったが、偉くなればなるほど偉ぶらぬ珍しい御方だ、その分少し細かいところはあるがな」

「剣術のほうはどうだ」

半右衛門はさりげなく訊ねた。伴六から聞き出したかったのは、大須賀の腕前と太刀筋である。

「いやあ、強かったな」

伴六は鯵をつついていた箸をとめると、日焼けした丸顔を上げて唸《うな》った。

「いまはどうか知らぬが、とにかく一撃で勝負を決めてしまうので、相手と打ち合うということがほとんどなかった」

「相手の剣を受けることはないのか」

「ま、そういうことだ、だから打ち合いといってもほとんど音がしない、よく小手をやられたよ」

「……」

「おぬしは、たしか神道流だったな」

「うむ、もう錆付いてしまったがな」

「あれから道場もやめてしまったそうだな」

「ああ、なまじ腕に覚えがあるのは禍《わざわい》のもとだと思った、それに道場へ行っても笑い物になるのは分かっていたし、さほど剣にも未練はなかった」

「ふうん、それが、なぜ大須賀さまの腕を知りたがる」

伴六はぼそりと言ったが、目は鋭く半右衛門の顔色を見ていた。一瞬、返答に詰まった半右衛門へ、伴六は低い声で続けた。

「大須賀さまは温厚な御方だが、意外に敵が多いそうだ」

「出る杭《くい》は打たれるというからな」

「それでは答えになっていないが、まあ、いいだろう」

「……………」

「しかしだ、半右衛門」

伴六は睨《にら》んでいた目を伏せると、銚子《ちょうし》をとって半右衛門へ酌をした。

「まさか急に懐かしくなってわしを呼び出したわけではあるまい、わしもただ懐かしくて来たわけではないぞ、あれから八年、おぬしは猫を被《かぶ》ってきたようだが、そろそろ息が詰まったのではないのか」

「……………」

「大須賀さまのことを知りたいようだからはっきり言うが、大須賀さまが台頭したことで執政はいま割れている、それだけならよくあることだが、筆頭の奥村さまが硬化して大須賀さまの粗探《あらさが》しに及んでいるらしい、むろん排斥するつもりだろう、しかし大方の家中は大須賀さまを支持している、そのことは覚えておいたほうがいいぞ」

「つまり、おぬしも大須賀さまを支持しているということか」

「そういうことになるかな」

伴六は言って、また鯵をつつきはじめた。

「わしは努めて醒めた目で執政を眺めてきたが、いまはあの御方を信じている、相手が誰であれ人を信じられなくなったら人間は終いだ、そうは思わぬか、半右衛門」

日のあるうちに幾度か籬町を歩いて、勇蔵から聞いていた大須賀十郎の妾宅とあたりの景色を確かめると、その夜、半右衛門は思い切って妾宅の見える辻に潜んだ。大須賀が屋敷を出るのを確かめ、いったん家へ引き返してから時刻を見計らって出てきたが、まだ薄明かりの洩れてくる家の中に大須賀はいるはずだった。

(いれば、そろそろ出てくるはずだが……)

じっとしていても顎から滴り落ちてくる汗を拭いながら、半右衛門は柳川伴六に言われたことを思い出していた。伴六は、あれから半刻《はんとき》ほど酒を付き合って帰ったが、店を出るときになって、おれも森沢もおぬしを信じていると言ったのである。森沢と会ったことを知っていたのか、と半右衛門は驚いたが、考えてみれば森沢と伴六が、むかしの半右衛門と伴六のような間柄になっていてもおかしくはなかった。それよりも、自分の都合で呼び出した人間に信じていると言われたことに半右衛門は驚いていた。

（人を信じられなくなったら終いか……）

しかし、立木安蔵のように裏切られるのは御免だと思っていたとき、妾宅の玄関が開いて、薄明かりに照らされて外へ出てきた人影が見えた。家々の籬は高くても人の胸のあたりまでなので、そこからは男の上半身だけが見えている。男は提灯《ちょうちん》を持ち、じきに通りへ出てきた。大須賀十郎だった。

半右衛門は足下に風呂敷で隠していた懐提灯《ふところぢょうちん》を持つと、辻に出て大須賀のほうへ向かって歩き出した。辻を折れるときに大須賀とは逆の方角の闇の中に身じろいだ複数の人影に気付いたが、かまわずに歩いた。妾宅から辻までは十間余りである。五間も歩けばすれ違う距離で、ぐずぐずしてはいられなかった。

大須賀は半右衛門の小さな提灯を見て怪しんだはずだが、立ち止まらずにゆっくりと歩いてきた。そして、すれ違ってすぐに、果たして声をかけてきた。

「もし、そこの御仁、落とし物のようでござるが、そこもとのものではないかな」

半右衛門は振り向いて、小脇に抱えていた風呂敷包みを確かめる振りをした。それから引き返して大須賀へ歩み寄った。大須賀は左手に提灯を持ち、右手に半右衛門がわざと落とした古本を持っている。近付いてくる半右衛門も両手が塞がっていることを確かめるように、大須賀は提灯を高くかざしていた。

「いや、うかつでした、かたじけない」

半右衛門は辞儀をしながら、ふと大須賀の足下に目をとめた。驚いたことに大須賀は素足に草鞋《わらじ》を履《は》いていて、半右衛門が顔を上げると照れ臭そうに微笑みかけてきた。

「暑い夜でござるな」

「はあ、どうも汗に気をとられたようです」

半右衛門は風呂敷包みを左の脇に挟んで古本を受け取ると、改めて礼を言い、さきに踵《きびす》を返した。そうするまで大須賀は半右衛門の目から目を離さなかったし、半右衛門がやがて妾宅の前を通り過ぎるまで見届けていたようだった。

次の辻で立ち止まり、振り返ると、大須賀の提灯はもうかなり先にあって無事に遠退いてゆくのが見えた。半右衛門は少し間を置いてから来た道を引き返した。夜半を過ぎた道は静まり返り、ついさっき大須賀を待ち伏せた辻を過ぎても人の気配は感じられず、怪しい人影はどこかへ姿を消したようだった。


「いったい、いつまでぐずぐずしている」

その月も二十日の夜になって業《ごう》を煮やした今村勇蔵が訪ねてくると、半右衛門はのらりくらりと言いわけをしながら、夜が更けるのを待った。

用心のために調べてみると、大須賀十郎の人物に惹かれる一方で斬る気にはなれなかったし、また斬れるかどうかも怪しかった。籬町で待ち伏せたときに半右衛門は大須賀の腕前を量ったが、面と向かって斬り付ける隙は見当たらなかったのである。直接、藩主に命じられたのならともかく、名ばかりの兄の指図でできることではなかった。

(それに……)

大須賀の温かみのある人柄に真の重職を見たような気がしたこともある。柳川伴六が言ったように、大方の家中が支持しているというのも事実だろう。勇蔵の一方的な話や性急な態度を考えると、上意討ちというのも何かの間違いではないのかとさえ半右衛門は思いはじめていた。

「手前にはあの御方は斬れません」

やがて半右衛門は懐の二両を掴むと、勇蔵の膝口《ひざぐち》へ差し出して言った。大須賀の人物を言ったつもりだったが、勇蔵は別の意味にとったらしく、

「怖気《おじけ》づいたか」

と血相を変えた。

「相手は五十のじじいではないか」

「お言葉ながら、手前は刺客をお引き受けした覚えはございません」

「いまさら、たわけたことを吐《ぬ》かすな」

「しかし兄上が勝手に……」

「ええい、もういい、きさまのような腰抜けを当てにしたわしが馬鹿だったわ、折角の厚意を無にしおって……」

「申しわけございません」

「今日限り、兄でも弟でもないと思え」

勇蔵は金を摑んで立ち上がると、その気配を感じて廊下へ出てきた珠江へ、見送りはいらん、と怒鳴って帰っていった。

それでも見送ってきた珠江が、

「旦那さま……」

と言って半右衛門の前にうなだれた。

「おにいさまは、やはりお許しくださいませんでしたね」

「うむ、仕方がない」

と半右衛門は呟いた。勇蔵とその上にいる坪井家老を怒らせたことで、いまよりも暮らしがきつくなることは間違いなかったが、それだけで済むかどうか。だいいち、刺客は断わったといっても大須賀十郎が危険から解放されたわけではない。そして藩主の内命を知っている自分や家族にも命に関わる危険がないとは言い切れなかった。

「やはり、お引き受けしたほうがよかったのでしょうか」

「いいや」

半右衛門は首を振った。それからしばらく考えてから静かな声で言った。

「話したいことがある、子供たちをここへ連れてきてくれ」

四ツ（午後十時頃）過ぎに降りはじめた雨の小止《おや》みに、大須賀十郎はようやく妾宅から出てきた。夜半に雨は小降りになって雲の切れ間に星が見えていたが、それでも道はかなり濡れている。大須賀はいつものように草鞋穿《ば》きで、手には提灯を持ち、傘は持たずに通りを歩いてきた。

道が濡れているわりには軽い足取りだったが、妾宅から一つ目の辻へ来たところで彼は立ち止まり、少しの間そこに佇《たたず》んでいた。忘れ物でもして引き返そうかと考えているように見えたが、振り返るでもなくやがてまたまっすぐに歩き出した。あるいは道順を変えるべきかどうか迷ったのかもしれず、果たして二つ目の辻の手前で大須賀はまた立ち止まった。しかも持っていた提灯の柄を柴の籬に差すと、無言のまま五、六歩、後退《あとじさ》りした。それからゆっくりと抜刀して正眼《せいがん》に構えた。闇の中に微動だにしない姿が浮かんでいる。さすがに隙のない構えで、相手は出るに出られなくなったのだろう、前方の暗い辻から四、五人の人影が近付いてきたのは、それからしばらくしてからだった。

「大須賀十郎だな」

と野太い声が言った。

「ご上意により、成敗いたす」

すでに抜刀している男たちは、大須賀が置いた提灯の明かりに照らされて大須賀よりもはっきりと見えた。いずれも筒袖《つつそで》と鉢巻という身支度で、だいぶ前から待ち伏せていたことは明らかだが、そのために足下は草履《ぞうり》穿きのようだった。

「口上はそれだけか、せめて名を名乗れ」

大須賀の静かな声が言ったとき、通り過ぎた辻から別の手勢が現われて退路を塞ぐのが見えた。新手の手勢は四人ほどである。大須賀もすぐに気付いて、剣先を後ろへ向けながら半身になると、ちらりと背後を確かめてからもう一度言った。

「やましいところがなければ名を名乗れ」

「………」

「上意とは偽りで奥村の指図であろう」

「………」

「やはり、ただの刺客のようだな」

「問答無用」

男が言って間合いをつめたとき、何かに石を投げたような音がして、一瞬、男たちの注意が逸れたのが分かった。そして次の瞬間には大須賀のいるところから二軒ほど後ろの家の雨戸が開いて、眩《まぶ》しいほどの灯が通りにまで洩れてきた。その光に姿を照らされた背後の手勢が、驚いて家のほうを見たが中に人の姿はなかった。見えるのは鴨居《かもい》に並んだ提灯と縁側を埋めた行灯《あんどん》である。

「油断するな」

と刺客のひとりが叫んだ。そのとき、彼らの背後からさらに大きな声を発したものがいる。

「義によって大須賀さまに助勢いたす」

言いながら男は刀の鯉口を切った。

「いつぞや、この道で落とし物を拾っていただいた倉田半右衛門でござる、こちらは手前がお引き受けいたす」

「おう」

と大須賀が言い、半右衛門は素早く抜刀した。すると後ろの四人は大須賀に背を向けて半右衛門に向かってきた。半右衛門は草鞋穿きの足で地面を踏みしめると、すさまじい勢いで袈裟懸《けさが》けに斬り付けてきた男の剣を弾き返した。同時に前方でも奇声が聞こえて大須賀のほうでも斬り合いがはじまったようだった。

半右衛門は二、三歩、退いて男たちを呼び込むと、すっと身を沈めて、今度は突いてきた男の小手を斬った。軽く撫《な》でたつもりが男の手首が落ちるのが見えて、自分で自分の鋭い太刀筋に驚いたほどである。もっともそれだけで息が乱れ、胸は波立っていたが、思っていたほど腕は鈍っていないようだった。しかし、そう思う間もなく新手が倒れた男を飛び越えてきた。

男は刀を小さく振りながら、用心深く半右衛門の出方を見ている。ときおり剣先を沈めては踏み込むと見せて飛び退き、またじりじりと近付いてくる。だが半右衛門が動じずに構えていると、間もなく男は激しい気合で斬り付けてきた。一度、八双《はっそう》に引きつけた刀は半右衛門の刀を叩《たた》き落とすように振り下ろされたが、半右衛門は半歩退きながら刀を下げただけで躱《かわ》すことができた。と同時に素早く踏み込んで男の右脇腹を斬り上げた。やはり軽い手応えだったが、男が呻《うめ》き声を上げて倒れるのが見えた。

そのとき首筋を掠《かす》めた太刀風に、半右衛門はぞっとした。いつの間にか男がひとり、背後に回っていたらしい。考える間もなく、半右衛門は片膝をついて振り向きながら胴切りに刀を回した。まったくの勘でしかなかったが、刀は男の両足を薙《な》ぐ形になった。崩れてゆく男の刀が、しかし今度は半右衛門の鼻先を掠めた。

（いかん、もうひとりいる……）

はっとして振り返ると、そこには驚いたことに大須賀十郎が立っていた。大須賀はすでに自分の相手を打ち倒し、そのうえ最後のひとりを峰打ちにしたらしかった。足下に両手で頭を抱えた男が倒れている。

危険が過ぎ去ってなお半右衛門が恐怖に震えていると、大須賀は刀を収めて歩み寄ってきた。

「ご助勢、かたじけない」

と大須賀は丁寧に言った。

「いえ、無用だったようでございます」

それが大須賀の動きを見る暇もなかった半右衛門の実感だったが、大須賀は低頭し、ちらりと半右衛門の足下を見やった。それから穏やかな顔を上げて微笑みかけてきた。

「聞くところによると、田蔵田半右衛門とか申すそうだの」

どことなく親しみの籠《こも》る言い方に、

「はあ……」

と半右衛門は急に赤くなりながら、気の抜けたような声で応えた。

「ご助勢がなければ、まことに命を失うところでございました」


暦の上では秋が来て朝夕は涼しくなったものの、日中の日差しは強く、夏の燃えさしに火がついたように暖かかった。残暑というほど暑くもなければ新涼というほど涼しくもなく、城下は心地よい日の光に溢れている。暖かな秋とでもいうのだろう。

倉田半右衛門は磯の波打ち際に腰掛けて釣糸を垂れていた。側には妻女が、少し離れたところではやはり息子たちが釣りをしている。日はほぼ真上にあって、その光を浮かべた海は見つめていると眠くなりそうなくらいに瀞《とろ》んでいる。

「おとなりのつやさんが嫁ぐそうでございますよ」

と珠江がいきなり言った。

「お相手は勘定方の御方だそうです」

「ほう、それはめでたい」

半右衛門は浮子《うき》を見つめたまま言った。僅か一月ほど前に家の前の路地で風体のよくない男たちに囲まれていたのを思い出していた。あのときの娘は間違いなく何かしら困難を背負っていたが、その後、不審な男たちを見かけぬところをみると、どうにか切り抜けて幸せになるらしい。娘の難儀を見て見ぬ振りをした自分の姿も思い出しながら、半右衛門は素直によかったと思った。

「それにしても、人の幸、不幸は分からぬものだな、ささやかな幸せを必死の思いで摑むものもいれば、大きな幸せをわざわざ不幸にしてしまうものもいる」

「ええ、ほんとうに……」

籬町での斬り合いから間もなく、大掛かりな執政交代があって、大須賀十郎が筆頭家老に昇っていた。上意と偽って刺客を放った奥村岩右衛門と坪井孫兵衛がともに家老の座から失脚し、半右衛門の兄の今村勇蔵も勘定奉行を罷免されて普請組に役替えとなった。いずれも御用達と組んで不正を働き、私利を貪《むさぼ》っていたのである。その証拠を大須賀が手に入れ、追及しようとした矢先の暗殺未遂だったらしい。処分は家老二名を含めて十余名に及んだが、大須賀は藩主の許可を得て比較的軽い処分で済ませている。

奥村と坪井は隠居して実質的に藩士の身分を失ったが、勇蔵が減石と役替えで済んだのは半右衛門の働きを考慮したからだろう。しかし勇蔵は半右衛門と義絶したまま何も言ってこない。愚弟のせいで家が没落したと恨んでいるか、不徳を恥じているかのいずれかだろうが、半右衛門は前者だと思っている。半右衛門が大須賀暗殺を引き受けていたら、暗殺後、別の刺客が半右衛門を斬る手筈だったというから、いずれにしても和解には長い時がかかるだろう。

事件後、半右衛門は大須賀家老に呼ばれて四十石の加増を給《たま》わり、家禄を元々の七十石より十石多い八十石にしていた。けれども身分は植木奉行のままで、休日には相変わらず釣りに出かけている。大須賀には郡奉行に戻れとすすめられたが、半右衛門は辞退していた。

（自分が出世すれば……）

かわりに誰かが辞めなければならないと思ったからである。そしてそれは森沢中介かもしれず、篤実《とくじつ》な人たちを押し退けたくはなかった。あと十数年勤めて隠居するまで植木奉行のままでもいい、そういう目立たぬ生き方のほうが自分にはふさわしいとも思った。たとえ人には槁木死灰《こうぼくしかい》のように思われても、真実に忠を尽くせばよいのであって、役目が何であるかは問題ではなかろう。

それに、と半右衛門は思った。大須賀との話の中で驚かされたことがひとつあった。半右衛門が大須賀の妾宅と思っていたのは実母の住まいだそうで、大須賀は妾腹《しょうふく》ということだった。その実母が重い病となり、大須賀は見舞いに通っていたのである。

そのことを聞いたとき、半右衛門は妾宅と信じて疑わなかった自分を恥じた。散々人に侮られ、中傷されてきたというのに、大須賀が家老というだけで妾がいるのは当然だと思っていた。つまりは自分も人を見分ける側に回れば、偏った見方をする人間だったのである。

そう思い当たると、不思議なことに、八年前の事件にしても立木安蔵には安蔵なりの深い事情があったのだろうと思えるようになった。すると、八年もの間、人を恐れてぐずぐずしていた人間がいきなり郡奉行に復帰するというのも、望みが叶いすぎて果報焼けがするような気がしたのである。勇蔵にしたところで、欲をかいて上を望まなければ不正に関わることはなかっただろう。

（人は、とりわけわしのような慌《あわ》て者は、望みの少し手前で暮らすほうがいいのかもしれない……）

そう思っていたとき、珠江がまた話しかけてきたので、半右衛門は動きそうにない浮子から妻へ目を移した。珠江はすがすがしい顔に陽を浴びて、くすくすと笑っていた。

「おとなりのつやさんに訊かれましたの、田蔵田って何ですのって、返事に困りました」

「それで、何と答えた」

「それはもう正直に、麝香鹿に似た獣だそうですと申しました……そうしたら、つやさん、あなたは鹿に似てないって言うんですよ、わたくしおかしくって……」

「……」

「だって、どちらかと言えば馬に似てますって言うんですもの」

「あの娘がそう言ったのか」

「はい」

珠江はうなずくと、半右衛門を見つめて吹き出すように笑い声を上げた。

「ふん」

半右衛門は憮然《ぶぜん》とした。娘のちんまりとした顔を思い浮かべながら何か言い返す言葉を探したが、うまい悪口は見つからず、珠江の笑い声を聞くうちに何となくおかしくなって自分も笑い出した。屈託のない珠江の笑い声を聞くのも、自ら笑うのも久し振りのことだった。見ると、子供たちもこちらを見て笑っている。

（これがまことの褒賞かな……）

大須賀十郎という逸材とともに藩の将来をも救って一躍名を上げたにしては、半右衛門はつつましい感懐を抱いた。しかし、心は十分に満たされていた。

何よりも珠江や子供たちが自分の気持ちを分かっていてくれるのを感じながら、半右衛門はさらに大きな声で笑った。その声は磯に住む小さな生物たちを驚かしたらしく、あわてた船虫《ふなむし》が蜘蛛《くも》の子を散らすように岩陰に隠れるのが見えたが、いつもとようすの違う釣人に驚いているようでもあった。

しずれの音

「では、くれぐれもよろしくお願い申し上げます」

雪曇りの一日、病の母を見舞うと、寿々《すず》は嫂《あによめ》に見送られて実家を後にした。その日の朝方に使いのものが急を知らせてきたので行ってみると、母の容態は落ち着いていて案ずるほどのことはなかったのである。じきに兄の錬四郎《れんしろう》が帰宅するころだったが、寿々は遠慮して辞去してきた。急のこととはいえ自分にも嫁の務めがあるし、妹の顔を見れば兄は使いを出した房《ふさ》のそそかしさを咎《とが》めるだろう。

嫂の房はもともと孱弱《せんじやく》なうえに姑《しゆうとめ》の看病に疲れ果てていて、ときおり錬四郎には内緒で寿々を呼び出すことがあった。会うと病人のような顔色をしているので、寿々は一日、母の看病を交代することになるが、その間、房は自室で休んでいるようだった。あるいは今日も呼び出す口実に困って、ようすがおかしいと知らせてきたのかもしれない。寿々が駆けつけたとき房は横になっていたらしく、母のために医者を呼んだようすはなかった。

それでも来てよかったと思うのは、会う度に母の病がすすんでいるからだろう。原因は医者にも分からず、母は中風《ちゆうふう》で倒れたわけでもないのに手足が不自由になっていた。そして、そのために自力では手水《ちょうず》にも立てず、目と口は自由に動くものの、四年ほど前から寝たきりとなっている。その母が寿々の顔を見ると明らかにほっとして、まっさきに我慢していたらしい小用を済ませるし、食事も普段は食べられないものを欲しがる。女子《おなご》同士といっても母は母で嫁に遠慮があって、実の娘を頼るようにはいかないらしい。寿々が体の隅々まで拭いてやると、面倒をかけてすまないと詫びる一方で、どうしておまえを錬四郎の妻にしなかったものかと溜息をつくのだった。

母の吉江《よしえ》は二戸《にと》家の後妻で、寿々はその連れ子だった。二戸佐三郎《ささぶろう》といった錬四郎の実父は、先妻と離縁して子を取り、二年後には吉江を迎えたが、夫婦として暮らしたのは僅《わず》かな年月で、ある日突然、誰よりも早く逝《い》ってしまった。夜中に心の臓の発作が起きたらしく、家族はもとより本人も知らぬ間の臨終だった。以来、二戸家は吉江が事実上の当主となって切り盛りしてきた。二人の夫を病で亡くしたうえに、血の繋《つな》がりのない子まで育てなければならなくなったのである。

縁があったとはいえ、子連れの女子が他人の家と子を引き受けることに世間の目は冷たかったし、錬四郎が相続できた家禄も半分の十五石だったので、暮らしを立てるためには自らが働かなければならなかった。同情と紙一重の偏見と戦いながら、吉江は世間の目を盗んで日傭取《ひようと》りまでした。そういう苦労の積み重ねが母の病の原因ではなかろうかと、寿々は思うことがある。

吉江の体調がおかしくなったのは、錬四郎が妻帯し、寿々が郡方《こおりかた》の内藤家へ嫁いでから間もなくだった。ようやく楽ができるというときになって、母は急速に老いてしまったのである。言ってみれば房は姑の面倒をみるために嫁いだようなもので、そのためかどうか錬四郎との間にはまだ子が生まれず、そのことも房には心労となっているようだった。

（でも、母に罪はないわ……）

雲が垂れ込めて底冷えのする道を歩きながら、寿々は重い溜息をついた。実家のある勘定組の組屋敷は、二ノ町の外れにあって、黒松の防風林に囲まれているが、林の外はすぐに田地で、いまは荒涼とした冬田が広がっている。歩いている林の道端には、ところどころに霜柱が解けずに残っていた。

父が生きていたら母の一生も違うものになっていただろうと、実父と義父の二人を恨まずにはいられない。もっとも、実父のほうは寿々が顔も覚えぬうちに死んでしまい、どういう事情で母が婚家を出ることになったのかも聞いていないので、恨みも雲を摑むように漠然としている。比べて義父のときは死を眼《ま》の当たりにした衝撃が大きく、幼いなりに一家の柱を亡くしたことは分かったものの、母の女としての苦悩までは分からなかった。以来、母が背負ってきたものの重さが本当に分かるようになったのは、自分が嫁して子を儲けてからで、その歳のころ、母は日々の暮らしに追われて夜も満足に眠れずにいたのだった。その母のお蔭で成り立っている自分の幸福を思うとき、寿々は母の不幸をただの業《ごう》として片付ける気持ちにはなれなかった。

残り鷺《さぎ》だろうか、松の木《こ》の間《ま》から、薄く氷の張った田圃《たんぼ》に白鷺がいるのが見えて、寿々はふと立ち止まった。穭《ひつじ》はとうに枯れ果てて、寒々と凍っている冬田に餌があるとは思えなかったが、鷺はじっとして何かを見つめている。やはり餌が尽きたものか、いまになり渡りそびれたことに茫然《ぼうぜん》としているようでもあった。

（ひとりかしら……）

寿々は人に思うような哀れを感じたが、それも今し方、動けぬ母を見て、心苦しく別れてきたせいかもしれなかった。兄夫婦がいるとはいえ、考えてみれば母には二人とも血の繋がりのない人であった。男の兄に肌を見られるのはもちろん、房に下の世話をさせるのも苦痛だろう。むろん兄も房もしたくてするのではない。それは分かっているが、親と子と嫁が質実に暮らしながら、二戸家の家の中は少しも明るくなく、誰のせいでもないのに誰もが不幸であるように思われてならなかった。二戸佐三郎との再婚で変わるはずだった母の境涯は、好転するどころか退転し、一身に重荷を背負うことになった。その後の懸命な努力によっていまがあることを兄も自分も感謝している。だが、それだけでは母の苦痛が少しも癒《いや》されぬことも明らかだった。

（早くお帰りなさい、そんなところにいたら凍えるわ……）

寿々はそう鷺に呼びかけた。それでなくても蕭条《しょうじょう》とした冬田は暗く墨絵のように色褪せて、いまにも重い雪が落ちてきそうな気配だった。

「それで、錬四郎どのは何と言っている」

夫の周助《しゅうすけ》が言ったとき、寿々は膝の上で両手を握りしめた。周助は定勤の郡廻《こおりまわ》りで、冬の間は城勤めが多いが、却《かえ》って疲れると言うように、その日も帰宅すると居間で横になっていた。疲れるというのは、ほかでもない人付き合いによる気疲れで、寿々は心苦しく思いながら続けた。

「できることなら離縁は避けたいと申しております、ただ房さまのご実家のほうが強引だそうで、どうなることかと……」

「実家の竹村《たけむら》は寺社方だったな」

「はい、いまは弟の作蔵《さくぞう》さまが跡を継いでおられます」

「強引というのは、その弟か」

「いいえ、ご隠居のようです」

「隠居が差し出る話ではあるまい」

言いながら周助は起き上がって茶をすすった。隠居の竹村勇右衛門《ゆうえもん》とは祝言の席で会ったことがあり、気むずかしい顔を思い出したのか、周助の顔も不機嫌だった。

「だいいち、離縁して困るのは竹村のほうだろう」

そう言って周助は唇を歪めた。

「父親が娘の苦労を見かねる気持ちは分からぬでもないが、出戻りを養うとなるとまた別の話だ、錬四郎どのに何か非があるならともかく、離縁を持ち出す立場ではなかろう」

「それが、子もいないことですし、いまなら再嫁する望みもあると先方ではお考えのようです、兄の話ではすでに縁談の心当たりまであるような口振りだったそうでございます」

「それは、はったりだな」

「……」

「錬四郎どのを怒らせて決断を迫るつもりかもしれんが、子がないといえば世間は石女《うまずめ》とみるのが道理だ、ましてや病の姑を見捨てた女子となれば、そうたやすく縁談がまとまるとは思えん」

それにしても、いまさら離縁して房どのに何の得があるやら、と周助は首をかしげた。

「ともかく、兄はしばらく母を預かってもらえないかと申しております。そうすれば房さまの気持ちも落ち着くでしょうし、落ち着けばこちらの言い分も聞くだろうと……」

「……」

「昨日から房さまは実家へ帰ってしまい、兄もお役目がありますので大変なようです」

「しばらくとは？」

「一月とのことです」

寿々はじっと夫の顔色を窺《うかが》った。母のためにも、できればそうしてやりたいと思っていた。幸い、郡方は三つの町に分かれ住んでいて、内藤家は中裏町《なかうらちょう》に小さいが一軒家を与えられている。組屋敷ほど人目はうるさくないし、家の中に厠《かわや》があるだけでも母は安心するだろう。

寿々が見つめていると、やがて周助は湯呑みに手を伸ばしたが、中身がないらしく、苛《いら》ついた仕草で茶托《ちゃたく》へ戻した。それから太息《ふといき》をついて言った。

「特別なことは何もしてやれんぞ」

「はい」

「錬四郎どのにもそう伝えてくれ」

「おそれいります、決して旦那さまにはご迷惑のかからぬようにいたします」

寿々は深々と低頭した。夫の決断にほっとしながら、優しい人でよかったと思った。

明くる日の夕刻になって、こちらからそのことを伝えにゆくと、錬四郎は疲れ切った顔で済まないと言った。房はまだ実家から戻らず、日中は朋輩《ほうばい》の娘に母の世話を頼んでいるということだったが、それもいつまでもというわけにはいかないらしい。

「母上はまだ何も知らぬが、房が戻らなければ怪しむだろう、無理を言ってすまんが、できるだけ早く引き取ってほしい」

「ですが、この雪では……」

母の病に障りはしまいかと、寿々はためらわずにはいられなかった。十日ほど前から降ってはやみ、やんでは降る雪に城下はすっぽりと被われていて、その日も四歳になる娘を連れて歩くだけでも苦労だった。それでなくても、きのう夫の許しを得たときから、連れてくるのは晴れた日にしよう、それなら母も気が紛れるだろうと考えていたところへ、錬四郎の言い分は性急だった。

「荷車があれば何とかなるだろう、いや、明日、下城したらわしが背負ってゆこう、中裏町までなら歩けぬこともあるまい」

　そう言って、彼は小声で同意を求めた。房のことで頭が一杯なのだろう、鼻筋の通った端正な顔には悲愴な思いが浮き出ている。寿々は急に胃の腑《ふ》が重くなるのを感じた。周助が母を預かることを承知しただけでも十分なはずであるのに、兄の口から安堵の言葉は聞けなかったのである。

「母上には、おまえがそう望んでいるとでも言っておこう」

　周助どのには迷惑をかけるが、ほかに言いようもないしな、と錬四郎は言った。

「でも、おにいさまおひとりでは途中で何かあると困りますわ、誰か人手を頼むか、やはり雪がやんでからにしたほうが何かと安心でございます」

「できればそうしたいが、一日も早く竹村のほうへ顔を出さねばならん」

「その後、房さまからは何も？」

「うむ、昨日、城で弟の作蔵どのと会うには会ったが、話らしい話はできなかった……禍福《かふく》いずれにせよ、早くけじめをつけてほしいと言われた」

「作蔵どのまでが、そのようなことを……」

「竹村の一族は仲がいいというのか、度を越して互いを守り合うようなところがある」

「……」

「ともかく、このままではわしも身動きがとれぬし、妙な噂《うわさ》が立つ前に何とかしたい」

　錬四郎は長い吐息をつくと、明日、連れてゆくから頼む、と決めてしまった。

「でも、こちらにも支度がございます」

寿々は言ったが、承知するよりほか仕方がないようだった。錬四郎はすっと立ち上がると、自室へ行ったらしく、戻ってくるなり僅かだが使ってくれと金を寄越した。そういう意味で言ったのではないが、兄の周助に対する感謝の気持ちであれば受け取らないわけにもゆかなかった。周助は好意で決断したのだし、台所の事情は互いに似たようなものである。たとえ心ばかりの謝礼でも、なければ周助は感情を害すだろう。

話しはじめてから小半刻は経ただろうか、寿々は母の吉江へ帰る挨拶をして、話し相手をしていた娘のゆりへ、ひとりで支度をするように言った。ゆりは祖母へ辞儀をして素直に玄関へ立っていった。

「いい子ねえ、ゆりは……」

吉江は珍しく屈託のない笑顔を見せた。汚《けが》れのない子供の話が病人の心を和らげたのだろう。

「雪だから気を付けてお帰り」

と娘を送る言葉も優しかった。

(何も、ご案じなさいますな……)

寿々は喉まで出かけた言葉を呑み込んで腰を上げた。玄関で藁沓《わらぐつ》を履き、笠をつけていたゆりに合羽《かっぱ》を着せてやると、

「では、明日……」

と錬四郎が念を押すように言った。

「おかあさまにも、お心の支度がいるでしょうから……」

「分かっている、うまくやる」

錬四郎は言い、ともかくもほっとしたようだった。辞儀をして、ちらりと兄の顔を仰ぐと、色白の美しい顔には微かな笑みが漂っていた。どうしておまえを錬四郎の妻にしなかったものかと言った母の言葉を、寿々はふと思い出したが、自分がそう思うのは当時もいまも不謹慎なことに思われた。

外へ出ると、雪はいくらか小降りになっていたが、空は夕闇よりも暗く、明日までに晴れ上がりそうな気配はまるでなかった。寿々は傘を差し、ゆりの手を引いて歩いた。兄に吉報を届けにきたはずが、逆に重荷を背負わされたような気分だった。やはり母にも事情を話すべきではなかったかと、後ろめたさも感じている。そのせいか、どっと疲れたような気がした。それでなくても黒松の林の道は雪がでこぼことして、おぼつかぬ足取りだった。

この道を兄は母を背負って歩けるのだろうかと思っていたとき、ゆりがつるりと滑ったので、寿々は摑んでいた手に力を入れて支えた。ところが、ゆりの足はもう宙に浮いていて、地面に頭を打ちそうになるのを引き上げた拍子に寿々もよろけてしまい、次の瞬間には二人とも雪の上に転がっていた。

「怪我はない？　立てる？」

寿々は言いながら、自分もそろそろと立ち上がった。肘《ひじ》をしたたか打ったらしく痛みが走ったが、ゆりは無事なようだった。

「気を付けて歩きましょうね」

「はい」

「雪は、いやね」

と寿々は言った。そのとき不意に不愉快な感情が胸の中に湧くのを感じた。寿々はまたゆりの手を取ったが、傘は差さずに歩き出した。まだ肘がずきずきと痛んでいた。

どうにか無事に林を抜けると、道はいくらか広くなり、ぽつぽつと灯も見えたが、家までの道程《みちのり》は来たときよりも遠く感じられた。どうして自分たちがこんな思いをするのだろうか。夕暮れの小雪の中を幼い娘と歩きながら、彼女はいつしか雪にではなく、我儘《わがまま》な嫂に腹を立てている自分を感じはじめていた。


「それにしても何も言ってこんのはどういうわけだ、あれからすでに一月半、房どのも家におるというではないか」

周助は声を低くしたが、妻を見る目は険しく、言葉にも棘《とげ》を含んでいる。

「妻女も妻女なら、錬四郎どのも錬四郎どのだ、不義理もはなはだしい」

「………」

「いったい、どうなっているのだ」

周助の怒りはもっともで、寿々は身を縮めて聞いていた。けれども、どうなっているのかは寿々にもまったく分からなかったのである。兄の錬四郎は雪の日に母を連れてきたきり、一度も顔を出さず、房は家に戻ったというが、それも寿々には初耳だった。約束の一月が過ぎて、もうそろそろ母を迎えに来るだろうと思ううちに、さらに半月が過ぎてしまい、その間にも二戸家からは何の連絡もなかったのである。

「そもそも、わしに一言の挨拶もないことからして愚弄《ぐろう》しておる」

「決してそのようなことは……」

寿々は顔を上げたが、また俯《うつむ》いて言った。

「何かしら事情がおありなのではないでしょうか、房さまが戻られたのであれば、近々お見えになるはずでございます」

「それならそれで、遅れるわけを知らせてきて然るべきではないか、それが礼儀というものだろう」

「……」

「こちらから出向く筋ではないが、明日にでも房どのに会って真意を確かめてこい」

と周助は怒鳴りかけたが、寿々の心配に気付いたらしく、また声を低くした。

「わしが行っては角が立つゆえ……」

「かしこまりました」

「それでも話が分からぬときは、わしにも考えがある、そう伝えてくれ」

周助は短い吐息をついて立ち上がると、飯はいらんと言って、夕暮れの町へ出かけて行った。よほど腹に据えかねたのだろう、約束もなく外で酒を飲むのは珍しいことだった。

寿々は周助を送り出してから、母の病間へ行った。部屋は足りているが、小さな家なので、周助の声が聞こえたかもしれなかった。

寿々がゆくと、果たして吉江は目を開いていて、何かあったのかと訊ねた。

「いいえ、別に何もありません、ゆりのことでちょっと……」

「そう……」

「ご飯の前にお体を拭きましょうか」

「いや、今日はいいよ、お腹も空いていないからご飯もいらない、たまには親子でゆっくりお食べ」

「でも、何か召し上がりませんと……」

「……」

「焼飯《やきめし》（握り飯）でもお持ちいたしましょうか」

「そうだね、じゃあ、それをひとつ、あとでゆりに運ばせておくれ」

吉江は周助の声を聞いたらしく、具合が悪いのは胸の中かもしれなかった。一日中、寝たきりでいるだけでも辛《つら》いところへ、自分のことでぎくしゃくする娘夫婦を見るのは堪《たま》らないだろう。それでなくても夫婦に迷惑をかけていることは当人が誰よりも強く感じている。錬四郎は寿々が同居を望んでいると言ったらしいが、筋違いのことで、吉江は鵜呑《うの》みにはしなかったのである。

娘夫婦のもとへ越してきてから、吉江はできるだけ自分の存在を周助に感じさせないようにしてきたし、寿々も夫のいない日中に大方の世話を済ませるようにしてきた。とりわけ排泄《はいせつ》の面倒は見るほうも見られるほうも辛く、頭では分かっていながら苦痛が伴う。実の母娘ですらそうなのだから、まして男の周助に見せるわけにはゆかなかった。

寿々は厠に最も近い部屋を吉江の病間にしたが、それでも用便の度に母を抱えて連れてゆくのは苦労だった。母は母で我慢しているのが分かるだけに、朝方はともかく日中はこちらから気付いてやらなければならない。すると吉江は必ず、済まないね、と言って顔を赤くするのだった。手足が思うようにならない母の歯痒《はがゆ》さは、瘦《や》せた病人を軽々と運ぶことのできない娘の歯痒さでもあった。

冬の日中、吉江は微かに動くほうの左手にゆりの使う御手玉を握って、ひとつひとつ指を動かす訓練をしている。医者にすすめられてそうしているが、意識を集中しても御手玉を握りしめるほどの力は入らない。それでも延々と続ける。寒さを凌《しの》ぐために障子を閉《た》てた部屋には、朝のいっとき薄日が差すが、その薄日のように儚《はかな》い試みだった。快復は夢のように遠く、悪化はすぐそこに見えていた。

もっとも二戸家から内藤家へ移ると、ゆりと話すことが吉江の慰めになった。祖母の大病を大病と見ない童女の目は、ときとして残酷だが、それ以上に苦しみを苦しみと感じさせない。悲嘆に暮れるということをまだ知らぬせいだろう。寿々の目にも、吉江がゆりを愛し、ゆりの若い命を自分の命の続きと考えはじめていることが見えるようだった。衰えてゆく命はそうして誰かに受け継がれるのかもしれず、吉江はゆりといると、長い苦労の果ての苦しみから、いっとき心だけは解放されるようでもあった。

「俯《うつぶ》せに寝かせておくれ」

ときおり母はそう言った。それが機嫌のいいときの唯一の我儘だった。手足にはほとんど感覚がないのに腰の痛みがひどく、そのためにまったく眠れない夜もある。

「人さまに厄介をかけるばかりで、自分では眠ることも自由にならない、前世でよほど悪いことでもしたのかねえ」

吉江は自分の業の深さを笑った。口と目だけが自由だった。ついでのことのように、彼女は笑いながら洩《も》らした。

「口が利けなくなったら、後生だから殺しておくれ」

「娘に人殺しを頼むなんて……」

と寿々も笑った。深刻に受けとめる勇気はなかったし、ともに暮らしてみるまで、そこまで追いつめられた母を知らなかった。たまに二戸家へ見舞うと、母は余所《よそ》行きの顔をして心の奥までは見せなかったのである。錬四郎や房の前では言えないことでもあった。

そういう母を、周助は僅か一月半で負担に思いはじめているらしかった。両親がともに疱《ほう》瘡《そう》で早世し、多感な時期をひとりで生きてきた彼には、実感として親に頼ることも頼られることも知らないようなところがある。義母とはいえ、息子のいる吉江に頼られるのは論外のことであった。

一夜明けて昼前にひとりで二戸家を訪ねると、周助が言った通り、家には房がいて、青白い顔で応対に出てきた。顔色が悪いのはおそらく寿々を見たせいで、体は以前よりもふっくらとして健康そうに見えた。房は仕方なさそうに寿々を家に上げると、黙って茶をすすめた。

「今日お訪ねしたわけは、ご存じかと思いますが……」

寿々は房の顔色を見ながら話した。

「約束の一月はとうに過ぎましたのに、兄からは何の連絡もございません、どういうことになっているのでしょうか」

「……」

「男同士が話せば角が立ちます、そうなる前に、わたくしにご事情をお聞かせくださいまし」

「存じません」

と房はつんとした。

「わたくしはしばらく実家へ帰っておりましたし、おかあさまのことは寿々どのが望んで引き受けられたと聞いております」

「兄がそう申したのですか」

「ええ、そうですわ」

房は醒めた目で寿々を見返すと、やはり面倒になって返したくなったのかと嘲笑《あざわら》うような顔をした。それから思わぬことを言った。

「おかあさまはこの家にいるより幸せでございましょう、何と言っても寿々さんは実の娘なのですから」

「母は、兄の母でもあります」

「ですが血は繋がっていませんから……おかしなものですよ、二人の他人が形だけの親の面倒を見るというのは……」

寿々は耳を疑った。房の物言いに期待した感謝の気持ちはなく、あからさまな敵意を感じたからだが、それは兄の意思でもあるように思われた。一瞬たじろいだ寿々へ、房はまっすぐに視線をそそぎながら続けた。

「いい機会ですから申しますが、あなたにもここを実家と思われては困ります、二戸家と内藤家との間にも、もう血縁はないのですから」

「それは兄の考えでもあるようですね」

それには答えずに、房はじっと寿々を見つめた。そうして微かに歪めた唇が答えのようであった。

「お互いの理解に行き違いがあったようですわ、そう伝えておきます」

と房は間を置いて言った。いつの間にか青白かった顔には血の色が戻っていた。

「あとは殿方にお任せするしかないようです」

「もう母を引き取るつもりはないのですか」

「そう訊かれたと伝えておきます」

「あなたはどうなのです、二戸家の嫁として姑の世話をするのは当然でしょう、それを幾日も実家に泊まって……わたくしはあなたの我儘のために母を預かることにしたのです」

「年に一度、実家へ帰るのが我儘ですか、そういうあなたこそ幾度も訪ねてくるではありませんか」

「娘ですから病の母を見舞いたいと思いますし、あなたに呼び付けられて来たことも度々ございます、好きで来ているわけではありません」

寿々は自分の言葉に驚きながら、房が仕掛けた言葉の罠《わな》にはまったような気がした。兄や房が母に冷たければ冷たいほど母を戻す気にはなれないし、遠回しに縁を切ると言われて、のこのこ顔を出すわけにもゆかない。周到な罠に気付くと却《かえ》ってあわててしまい、すばやく切り返すことができなかった。

房は好きで来ているわけではないという寿々の言葉を逆手に取って、では、お引き取りくださいと言った。それから先に立って玄関へ歩いた。寿々は負けて追い出される口惜《くちお》しさに震えながら、重い腰を上げた。

(旦那さまに何と申し上げよう……)

外は晴れていたが、林の道には汚れた雪が解けかけていて、歩くと重い泥がはねた。当主の代理として訪ねながら、感情的になって揚足《あげあし》を取られるとは迂闊《うかつ》なことである。房の本心は見えたが、事態は何も変わらず、それどころか現状のまま押し切られかねない。相手の責任を問い質《ただ》すはずが、これでは何のためにわざわざ出向いたのか分からなかった。

(それにしても……)

いったい兄はどういうつもりだろうかと思った。無理を言って済まないと頭を下げたことも、房の気持ちが落ち着くまでと言ったことも嘘なのだろうか。たしかに血の繋がりはないが、寿々はずっと錬四郎を兄と思ってきたし、錬四郎もまた実の妹として寿々に接してきたはずである。そのために二人の結婚が不自然に思われるほど、ないはずの血縁も感じてきた。けれども房が他人だと言ったとき、ひょっとしたら兄もそう考えているのではないかと、それまでの信頼が崩れたように感じたのも事実だった。

その夕、寿々が房との遣り取りを話すと、周助は上気して歯を鳴らした。

「そんな言い草があるか」

そう怒りを吐き出すと、畳に目を据えて拳を震わせた。

「お願いです、どうか大きな声を出さないでくださいまし」

寿々は夫を宥《なだ》めたが、自分の家で大声を出して何が悪い、と周助は聞かなかった。錬四郎め、覚えておくがいい、と彼は寿々の前で義兄を呼び捨てにした。いいようにあしらわれて帰ってきた寿々にも腹を立てているようだった。

寿々ははじめて目にした夫の醜悪な形相に驚き、収拾のつきそうにない事態にうろたえた。夫の怒りはもっともだし、母の胸中を思うとやりきれないが、女子の力で何をどうすればよいのか分からなかった。自分のことで二戸家と内藤家が揉めていることに、母はもう気付いてしまっただろう。それでなくても苦労の多い母の扶養をめぐり、これから夫と兄が醜い争いをはじめることも明らかだった。

「出かける」

やがて周助はそう言って立ち、その夜は遅くまで帰らなかった。帰るとまっすぐに寝間へゆき、酒の匂いを撒《ま》き散らしたが、着替えながら母上はどうしているかと訊ねた。寝ております、とだけ寿々は答えた。いくらか平心に戻った夫を感じながら着替えを手伝っていると、周助は、そうか、と呟《つぶや》いてからもうひとこと付け加えた。

「まずは錬四郎どのに書状をしたためる、どうするかは返書を待って決めることにした」

「それがよろしうございます、同じことを言うにしても、そのほうがお互いに考えるゆとりがございましょう」

寿々はほっと胸を撫《な》で下ろした。だが、それから十日を経ても、錬四郎からの返書は届かなかったのである。周助は彼なりに事を分けて諭《さと》したつもりだと言い、返書すら寄越さぬ無礼にまた業を煮やした。しかし、そのわけは思わぬところから見えてきたのだった。

「今日、竹村作蔵に出会った」

その日、下城すると、周助は着替えもせずに座り込んで話した。

「竹村では房どのの離縁話などまったく知らぬそうだ、そのようなことは内輪《うちわ》にも聞いていない、何かの間違いだろうと申した」

「竹村には竹村の体面があって、そう申されたのではございませんか」

「いや、違う」

と周助は断言した。

「竹村は本当に驚いていた、あわててどういうことかと聞き返してきたほどだ」

「すると房さまが実家に帰られたのは……」

「そなたに母上を引き取らせるため、言い換えれば二戸から母上を追い出すための芝居かもしれん、だとすれば、わしの文に返書を寄越さぬのは言いわけができぬからだろう、しかも詫《わ》びるつもりもないらしい」

「……」

「まったく呆れた話だ」

と彼は顔を歪めた。

「それで、どうなされますので……」

「そのことだが、竹村に考えがあるらしい」

周助は一息つくと、いくらか落ち着いた表情になって言った。

「これまでの経緯を話したところ、竹村はそれはおかしい、一度姉と話してみると言ってお った、それまで二戸家と争うのは待ってくれということだ」


しかし、その言葉もこちらが思ったほど当てにはならなかった。その年も終わるころになり、竹村作蔵は中裏町の家へ訪ねてきたが、二戸家の事情を聞き出すのに手間取った言いわけと詫びを述べてから、意外なことを言い出したのである。

「一年だけ、何卒《なにとぞ》一年の間だけ、母御をお預かりいただくわけにはいきますまいか、わけはこれから申し上げるが、二戸もよくよく困っているのです」

竹村は結局、姉夫婦に仲裁を頼まれたらしく、はじめから二戸家の肩を持つ言い方をした。一年という期限のわけは、房がはじめての子を身籠《みごも》っていて、それでなくても孱弱な体で病人の世話をするのは無理だということだった。離縁するどころか夫婦はむつまじく暮らしていたらしい。部屋の片隅で寿々が驚いていると、竹村は両手をついて低頭した。

「二戸家にとっては待望の跡取りが生まれるかどうかというとき、姉の齢からいっても二度とない機会でございましょう」

「はじめから頭を下げてそう言われていれば引き受けたかもしれんが、いまさらそのように言われても納得しかねる」

周助は言下に言い返した。

「お断わりいたす」

「お腹立ちはごもっともなれど、そこを何とか曲げてご承知くださらぬか」

「それでは仲裁でなく二戸の後押しでござろう、貴公の申すことは一方の都合に過ぎん」

すると、竹村はゆっくりと上体を起こして周助を見つめた。

「わけはもうひとつございます、実は錬四郎どのには出世の話が出ております」

「そのことと今度のこととどう関わりがある」

「勘定方から吟味方《ぎんみかた》改 役《あらためやく》へどうかという滅多にないお話です、すでに勘定奉行の向井さまからご内示があり、身辺の整理を申し付けられております」

「病の母親を追い出すことが身辺の整理だと申されるか」

と周助は言った。顔は激昂《げっこう》していたが、声はまだ低く保たれていた。

「ご承知の通り、吟味方改役は激務にございます、しかし吟味役に才腕を認められれば勘定組頭へとすすむ道が続いております、役替えが決まれば身重の妻女と病母を案ずる暇はありますまい」

「それも二戸の都合でござろう、手前に何の関わりがある」

「それがし同様、義理とはいえ錬四郎どのとは兄弟でござろう」

「その兄弟を欺《あざむ》いておきながら、今度は助力しろと申されるか」

周助は折れるつもりはないらしく、それではあまりに勝手ではないかと言った。そして竹村に対しても、二戸家の代理ではなく仲裁人として公平にこちらの言い分も聞くべきではないかと非難した。そのとき不意に縁側を歩いてきたゆりの影に気付いて、寿々はためらいながら腰を上げた。

「おばあさまが……」

とゆりは障子越しに言い、寿々が辞儀をして部屋を出るなり、手を引いて駆け出そうとした。よほどのことが起きたに違いないと覚悟して病間へ行ってみると、しかし吉江は別段変わったようすもなく横になっていた。ただ、傾けていた顔を起こすと頰も首も濡れていて、ゆりはその涙に驚いたらしかった。吉江は濡れた瞳を震わせながら、ごめんよ、と言った。

「歩けたら、自分で出て行けるんだけど……」

「やめて、そんなことは考えなくていいのよ」

と寿々は言った。

「わたくしがついていますから……」

だが、吉江は錬四郎が見舞いに来ないわけも、かわりに竹村作蔵が来ていることも知っていて、周助に対する息子夫婦の身勝手な振舞いも自身の罪のようにしか考えられないのだった。

「あなたたちにはお詫びのしようもないわ」

「病人は自分のことだけを考えていればいいの、丈夫な人でも冬は気が滅入るわ」

「春が来ても、苦労は終わらないのよ」

寿々が頰を拭いてやる間にも、早く死にたい、と病人は洩らした。吉江を追いつめているのは、病の重さそのものよりも自分を巡る子供たちの争いかもしれなかった。寿々はその虚しさに気付いていたが、死にたいと言って泣く母の姿に、むしろ健《すこ》やかに生きている人間の恐ろしさを見る思いがした。

二十年か三十年後に、彼らも母のようにならないとは限らない。そのとき兄や房は、これから生まれるという子を頼るのだろう。だが、その子の立場はいまの自分たちと少しも変わらないのに、と寿々は思った。

「ゆりが驚いて心配したわ、おかあさまのお蔭で、この子は早く大人になるかもしれませんね」

「……」

「母親が口では教えられないことを、おばあさまが教えてくれますもの」

娘の言葉に母はまた涙を流し、ゆりは黙って二人を見つめていた。

周助と竹村作蔵の話は日が暮れるころになってようやく終わり、作蔵は疲れ果てたようすで帰っていった。それでも見送りに出た寿々へ、よろしくお願い申す、と深々と辞儀をした。結局は周助が折れて、二戸家が一切のかかりを負担することを条件に吉江を預かることになったのである。

「後《のち》の彼岸までだ、それまでには子も生まれるし、錬四郎どのの役替えも済んでいよう」

下策《げさく》だが仕方がない、と周助は溜息をついた。かかりの支払いについては作蔵が保証し、金は三月ごとに彼が届けるそうである。二戸家には詫び状を書かせるが、わだかまりが薄れるまで行き来はしないほうがいいだろうということだった。会って顔を見れば腹が立つだろうし、収まるものも収まらなくなる。いずれ改めて和解のための席を設けると作蔵が言い、周助も会うのは縺《もつ》れた感情を解《ほぐ》してからにしたいと考えたらしい。

いまの二戸家へ母を帰すことを思うと、寿々は正直なところほっとしたが、周助にとっても母が重荷でしかないことには変わりなかった。そのために母が気兼ねすることも変わらないだろう。自分にも夫に対する遠慮がないとはいえない。吉江をひとりの人間として見つめ、素直に触れ合えるのは、純真なゆりひとりかもしれなかった。

年が明けて年初の諸行事が済むと、人々は平素の暮らしに戻り、新しい区切りの一年と向き合いはじめる。周助はにわかに忙しくなった。定勤の郡廻りにはそれぞれに受け持ちの村があり、春、夏、秋と少なくとも年に三度は村々を廻らなければならない。災害や異変が起これば随時視察に出るし、奉行の命令で受け持ち以外の村へ出されることもある。春先のそれは主に山林の雪害の調査と村役人に会うのが目的で、稲作の時期ほど忙しくはないが、それでも七カ村を廻るとなると十日はかかるはずであった。

周助が村廻りに出かけた日に、寿々は縁側に行李《こうり》を出して、そこに吉江の体を寄せかけて座らせた。晴れて日差しのすがすがしい日だった。早春のいくらか暖かな日差しは縁側にも届いて、病人の青白い肌を刺激してくれる。吉江は心地よさそうに、さして趣のない庭を眺めていた。

「疲れたら、そう言ってくださいまし」

「いいえ、とても気持ちがいいわ」

吉江はゆっくりと肌で日の光を感じられることが嬉しそうだった。病人には眩しすぎるかと思われた空の明るさも苦にはならないらしい。ときおり目を細めては、じっと空を見つめた。するうち、ゆりが庭へ下りてきて、おばあさま、遊ぼう、と言った。

「そうね、遊びたいわね、でも歩けないの」

「どうして」

「さあ、どうしてかしらね、神さまに教えてほしいわ」

寿々はすっと茶を淹《い》れに立った。ゆりの物言いが病人よりも彼女の娘をはらはらさせるように、吉江とゆりの関係は無駄に屈折しないことで成り立っている。ゆりを諭しても病人のためにはならないだろう。周助の役目が郡廻りであることは、いっとき吉江を見ずにすむ周助にとっても、周助の重荷であることを承知している吉江にとっても幸いだった。

「若いころは辛《つら》いことを辛いと思う暇もなかったけど、いまは何でもないことが辛いわねえ」

寿々がすすめた茶を一口含むと、吉江はそこだけがまだ若く見える唇をほころばせた。

「でもね、何でもないことに心が和みもするの、不思議ね」

「ゆりのことですか」

「それもあるけど……寝ていると余計なことを考えるばかりで、この目で見たり肌で感じたりするものは限られてしまうから」

吉江は徐々に足下へ去ってゆく日差しを惜しむかのように見つめた。日の光でさえ病人の心を動かすのだった。寿々は暖かくなったら海老川《えびがわ》の堤へ桜を見に行きましょうかと言った。

「そうね、それもいいわね」

もう何年も見ていない堤を想像し、吉江はそこにいる自分の姿を思い浮かべたらしい。病んで縮んだように見える顔が穏やかに笑っていた。

「でも、この体では無理だわ」

「駕籠《かご》に乗れば大丈夫ですわ、小半刻ほど風にあたるだけでも気が晴れましょう、是非そういたしましょう」

「町駕籠に乗るなんて、むかしはだらしのない女子に見られたものよ」

縁側で陽にあたり、屈託のない会話を楽しむだけで、吉江の表情は見違えるほど明るくなった。心が元気になると声も弾むのか、母の言葉は寿々の気分をも明るくした。寿々はその後も暖かな日を選んでは、そうして母とゆったりとしたときを過ごした。

しかし周助が村廻りから戻ると、家の中の空気はどこか違うものになったのである。仕方のないことだが、当主の目は無意識に家の中を見まわし、留守中に変わりのなかったことを確かめてしまう。そこに吉江のいる現実を見ると、それだけで気が重くなるらしく、久し振りの我が家だというのに周助は口数が少なかった。そして、そういう気配は病間にいる吉江にも伝わるらしく、日毎にその表情からは明るさが消えていった。

周助は月に数日の非番を除いて日中は家にいないが、女子三人で過ごすときのほうが長いにもかかわらず、吉江の周助に対する気兼ねはその間も心から離れなかった。夕刻から一家が就寝するまでの間、吉江のほうから寿々を呼ぶことはなく、寿々もまた妻として周助に尽くさなければならず、吉江は孤独だった。寿々が寝る前に部屋を覗くと、決まって、用はない、と言い、翌朝周助が出仕するまで手水も食事も我慢する。そのために周助が吉江を見ることはほとんどなかったが、お互いの存在は誰よりも意識しているのだった。

あるとき、寿々が吉江の下の世話をしていると、いつもより早く帰宅した周助が出迎えのないことに怒って皮肉な言葉を洩らした。

「城で気分が悪くなって帰ってきたというのに、尿糞《しばば》の出迎えか」

寿々は耳を疑ったが、それが周助の本心かもしれなかった。ここはおれの家で、おまえはおれの妻ではないのか。暗く沈んだ目で着替えの手伝いを拒むと、彼はぴしゃりと障子を閉めて暑い部屋に閉じ籠《こも》った。

その夏の日から、吉江は食が細くなり、目に見えて衰えていったが、周助が村廻りへ出ると、いくらか食欲を回復し、戻るとまた無くすということを繰り返した。だがそれも一時のことで、やがて秋が近付き二戸家へ帰る日が見えてくると、食事はもういらないと言い出し、寿々が無理にすすめてもほとんど口にしない日が続いた。

「娘を困らせて、どうするつもりですか」

寿々が困り果てて言った言葉に、吉江はぽろぽろと涙を零《こぼ》した。

「ごめんよ、行くところがなくて……でも二戸へはもう帰りたくない、だからここで死なせておくれ」

寿々は茫然とした。いまのいままで母を心の強い人と思っていたから、彼女が何を言っても深刻には受けとめなかった。少々のことには挫《くじ》けない、若いころの逞《たくま》しい母を知っていたし、気弱な物言いは病のためだろうと思っていた。だが、そうではないことが分かると、自分がうろたえてしまい、母の揺れる思いをどう宥《なだ》めればよいのかすら分からなかった。

そのことを周助に話すと、

「そんなことだろうと思った」

彼は気分の悪い顔をして、こういうことは良心のある人間が割を食うようにできているんだと言った。寿々の心の中を見抜いて機先を制したのかもしれない。

「二戸を見てみろ、人に病人を預けておいて自分たちは赤子の誕生を喜んでいる、少しでも良心の呵責《かしやく》を感じていたら、もう引き取りに来てもいいころだろう」

「そういう家に母を帰すのはかわいそうです」

「だから、そう思うお人好しが損をすると言っているのだ」

「ですが、このままでは母が……」

「あと一月、できることをしてやるしかあるまい」

周助は言い退けて俯いたが、視線が定まらず、彼自身の中でも良心は揺れているようだった。

そのことがあってから間もなく、竹村作蔵が約束通り、三度目の金を運んできた。作蔵は家にも上がらず応対に出た寿々へ金を渡すと、房に男子が生まれたことと錬四郎の役替えが延期になったことを告げて、そそくさと帰っていった。作蔵は延期と言ったが、話があってからの月日を考えると立ち消えになったというのが本当のところではなかろうか。

「自業自得だ、そうそう思い通りになるものではない」

周助は冷ややかな感想を洩らした。一方で当主としての責任を放棄しながら、跡取りに恵まれ、出世するでは都合がよすぎる。それには寿々も同感だったが、周助の言い方には錬四郎に対する嫉妬がないとは言えず、それ以上、怒りを煽《あお》らぬように黙っていた。もっとも母の苦悩を思うと、兄夫婦の幸運も不運も取るに足りないものに思われ、喜ぶ気にも同情する気にもなれなかった。

「上役に親不孝が知れたのかもしれんな」

と周助は嘲《あざけ》るように笑った。

しかし事実は錬四郎が上役に取り入り、あることのために二月の猶予を許されたに過ぎなかったのである。そのことは冬になり、竹村作蔵の口から、あろうことか重職の裁可として伝わってきた。


その朝、周助が出仕して間もなく、商家から借りてきた荷車に吉江を乗せると、寿々は雪の積もった道を二ノ町へ向かって歩きだした。雪はしばらく前にやんでいたが、道が滑りやすく駕籠は使えそうになかった。吉江を荷車に乗せるだけで小半刻もかかってしまい、日はもう高くなりかけている。けれども薄い日差しは雲を突き抜けるのが精一杯で、地上はまだ暁闇《ぎょうあん》のような暗さであった。

彼女は心の中で繰り返しながら、人通りの少ない道を選んで歩いた。荷車の梶棒《かじぼう》にかける力と雪を踏む力が嚙み合わず、よろよろと心許ない足取りだった。

（ごめんなさい……）

「もう我慢がならん」

周助が激怒したのは、錬四郎が秋の彼岸までという約束を破ったうえに、昨日になって竹村作蔵を介して内藤家と義絶《ぎぜつ》する旨《むね》を伝えてきたからである。しかも重職の裁可も藩庁への届出も済んでいるということだった。あまりに一方的な言い分とあくどい遣り方に逆上した周助は、その場で刀を摑んで作蔵を追い返したが、当たるものがなくなると寿々に向けて怒りを発散した。

「ここまで愚弄されて引き下がれるか、ご重職が許しても、このわしが許さん」

彼はうろうろと部屋を歩き回り、ついには錬四郎と果たし合いをするとまで言った。寿々がいくら取り成しても耳を貸さず、ほんの小さなきっかけさえあれば、いまにも二戸家へ走りそうな気配だった。寿々が怯えていると、周助は竹村作蔵が使った湯吞みに気付いて思い切り蹴飛ばした。

「周助どの」

そのとき、驚くほど大きな声を上げたのは吉江だった。吉江はもう一度、周助の名を呼び、部屋へ来るようにと叫んだ。恐ろしくよく徹《とお》る声で、寿々は周助と顔を見合わせて病間へ向かった。

「殿御がお命をかけるようなことではございますまい、仮に錬四郎を斬ったとして何が変わりましょう」

　吉江は立っている周助に向かって落ち着いた声で話しかけた。

「明日、寿々にわたくしを二戸家まで送り届けさせれば済むことです、家の前に置いてくだされば、あとはわたくしがこの口で家の中へ入れさせてみせますゆえ」

「……」

「どうか、そうしてくださいまし、今日までのこと、まことにありがたく存じますが、正直に申せば、あなたや寿々に悪く思いながら暮らすのには疲れました、食事もまるで口に合いません、それに何より、もうここに置いていただく理由はございません」

　周助は黙って聞いていたが、しだいに顔色が落ち着き、やがて青ざめてゆくのが分かった。寿々が唇を嚙《か》んで嗚咽《おえつ》をこらえていると、彼は吉江が話し終えてもうんともすんとも言わず、微かに会釈して引き返していった。

「これでいいんですよ、決して周助どのを恨んではいけませんよ」

　母が心にもない嘘をついていることは周助にも分かったはずだが、一夜明けて出仕するときになっても、寿々が密かに期待していた言葉は聞けなかったのである。

　中裏町から片田町《かただちょう》へ出ると、ところどころで雪掻きをする人がいて、道にはいくらか土が見えていた。寿々が不器用に荷車を引いて通りかかると、彼らは雪掻きの手を休めて同情の目を向けたり、遠慮がちに病人かと訊ねたりした。寿々は曖昧《あいまい》な辞儀を繰り返し、吉江は目をつぶって黙っていた。

道の両側には上士の広い屋敷が続き、雪掻きをしているのは家々の奉公人である。身分の違う武士に呼び止められたなら、夫の名を名乗り、女子がひとりで荷車を引いている事情を話さなければならない。病人を実家へ運ぶところだと言えば、出迎えも男手もないことを不審に思われるだろう。自分はいまそういうおかしなことをしているのだと思いながら、寿々は不安な気持ちを抑え切れずに道を急いだ。

おかしいといえば錬四郎の母を母とも思わない仕打ちもそうであった。いくら血の繋がりがないとはいえ、母を世話した歳月よりも世話になった歳月のほうが遥かに長く、義理も恩も知らなすぎると思う。ともに暮らしていたころは家族という思い込みがあったせいか、そういう人間には見えなかった。こちらに人を見る目がなかったのか、兄が変わったのかは分からない。いずれにしても、そういう男だからこそ、姑を粗末に扱う妻とはうまくゆくのだろう。

だが、いつか病に倒れるか老いて体が利かなくなったとき、果たしてあの夫婦はどこまで助け合えるのだろうかと思った。少なくとも房が錬四郎を抱きかかえたり、錬四郎が房の下の世話をするとは思えない。それとも自分たちのことだけは都合よく息子夫婦に押しつけるのだろうか。

身勝手な人間の一生がそれでも恵まれる現実に寿々は腹を立てたが、その思いはどこかで捩《よじ》れて自分たちの身にも繋がっているような気がした。兄の薄情に腹を立て、夫の冷たさに腹を立てながら、その手で母を兄のもとへ運んでいることに虚しさを感じずにはいられない。それが嫁の務めなら、母の娘としての自分はどこにいるのかと思う。周助は母の思いつめた言葉をよいことに、面倒から逃れてほっとしているに違いない。これまでの経緯からいっても当然といえば当然だが、彼にとっても吉江は義母である。良心のある人間が割を食うのだと言いながら、結局は良心を捨てて義絶した家に病母を届けさせる夫の冷たさと、このさきずっと付き合うのかと思うと、寿々は急に寒気がした。

気が付くと、道はまた雪深くなっていて目の前に黒松の林が見えていた。いつの間にか二ノ町の外れまで来てしまったらしい。黒松の枝には三日三晩降り続いた雪が積もってい、寿々が立ち止まって喘《あえ》いでいると、不意にどすんと重い音が聞こえた。垂《しず》れだった。

「人でなし」

そう言われたような気がして寿々ははっとした。声は自分の胸の中から聞こえたようである。すると卒然と胸が苦しくなって動けなくなった。

（覚悟が足りなかったのだわ……）

やがてそう思い当たると、そこにいる自分が情けなく、いつだったか冬田に取り残されて茫然としていた鷺が思い出された。

そもそも一月などという軽い気持ちで引き受けたのがいけない、と思ったが、その結果していることは錬四郎や房と何も違わないのだった。はじめから人ひとりの余生を預かる覚悟があれば、自分も周助も錬四郎夫婦に振り回されることはなかっただろう。いまのいままで夫や兄を責めてきた自分自身の不心得に気付くと、彼女はどうすればよいのか分からなくなって放心した。

「どうしたの、行っておくれ」

と母の声が聞こえている。

「できません」

「だったら、ここへ捨ててお帰り」

「できないわ」

寿々は言い退けて、じっと林の暗い道を見つめた。そこを抜ければ勘定組の組屋敷だったが、どうしても行く気にはなれなかった。

どれほどそうして立ち尽くしていただろうか、ゆっくりと荷車の向きをかえて、彼女は来た道を引き返した。そのとき吉江が何か言って泣き出したようだったが、かまわずに歩き続けた。軽衫《カルサン》の膝が震えて帰る道は遠く見えたが、気持ちだけはいくらか軽くなったような気がしていた。

来たときに残してきた轍《わだち》の跡を辿《たど》りながら片田町の入口まで来たとき、屋敷塀に挟まれた広い道を人影が駆けてくるのが見えて、寿々は立ち止まった。と同時に足を滑らせて転んだ人影は武家のようだった。勢いよく転んだ拍子に菅笠《すげがさ》が外れて顔まで泥に塗《まみ》れたようだが、男は立ち上がるとまた猛然と駆け出してきた。軽輩のようだった。

（そんなはずは……）

ややあって、寿々は胸の中で何かが大きな音を立てて弾《はじ》けたような気がした。近付いてくるのは夫の周助である。役目がら雪道には馴れているはずが、よほどあわてているらしく、勢いのわりには足下がふらついている。

凝然《ぎょうぜん》として見つめていると、周助はまた逆さまになるほど滑って転んだが、寿々の目にそれは少しも滑稽には映らなかった。

彼女が驚いている間にも周助はみるみる近付いてきた。やがて少し離れたところで立ち止まると、喘ぎながら何か言おうとしたが、息が切れたらしく言葉にはならなかった。城から形振《なりふ》りかまわずに駆けてきたのだろう。

「どれ、わしが代わろう」

ようやく歩み寄って、そう言ったとき、寿々は荷車の梶棒を握りしめて立ち尽くしながら、どうしようもなく溢れてくる涙を流れるままにしていた。急に喉の奥が凍りついてしまい、旦那さま、と言おうとした声はどこかへ消えて、かわりに何かしら甘く澄んだものが胸の中から溢れてくるようであった。

九月の瓜

秋晴れの爽やかな一日、夕暮れから姪《めい》の祝言があって、宇野太左衛門《うのたざえもん》は久し振りに妹の婚家を訪ねた。作事《さくじ》奉行の片山晋太郎《かたやましんたろう》とは城で幾度も会っているが、あれが嫁いでもう二十年になるのかと改めて思うほど、妹のけいには会っていなかった。年に一、二度、けいが家に訪ねてくることはあっても、顔を合わせる機会がなかったのである。

太左衛門はこの春に勘定奉行に昇り、それ以前は勘定方で筆頭組頭を務めていた。順当に出世を重ねてようやく得た地位だが、それまでには働きすぎるほど働き、夜は夜で人に会い、藩の重職たちにつながる人脈を築いてきた結果の昇進であった。勘定組頭で終わった亡父を追い越し、家禄も八十石から百三十石に増やした。住まいは冠木門《かぶきもん》の家から屋敷にかわり、奉公人もできて、城でも家でも人から見上げられる立場になった。それだけに男として昇るところへ昇ったという満足感が、いまの太左衛門の心を満たしている。

だが、その一方で、五十二歳の彼には隠居する日も見えてきている。勘定奉行就任は彼が勝ち取ったものには違いないが、見方によっては重職が数年後に致仕《ちし》する男へ用意した花道でもあった。そういう齢になったことを太左衛門自身は奉行になるまで気付かなかったのである。けいとも、たまたま一、二年会っていないような感覚を持ち続けていた。

そのけいの娘がもう婿《むこ》をとるのかと、祝言の日取りを聞いたとき、太左衛門は正直なところ驚いたくらいだった。もっとも自分の息子はもう二十五歳と二十歳で、嫡男は祐筆《ゆうひつ》として城勤めをしている。妹の娘が年頃になっていてもおかしくはないのに、心のどこかでまだけいが娘のままでいるような気がしていたのだった。

姪のいそ《い》は一人娘で、片山家に婿に入るのは片山の遠縁にあたる家の次男だという。太左衛門は男の名も忘れてしまったが、どこぞの私塾の秀才と言われているらしい。どうせ仲人の世辞だろう、と妻の恵津《えつ》に言った覚えはあるが、その仲人が誰であったかも思い出せない。役目に関わりのないことは恵津に任せきりであった。

その日も役目が長引き、祝言が終わるころになって下城したので、彼はそのまま片山家へ向かった。ま、どんな男か見てやろう、そう思いながら足速に歩いてきたものの、実際にはその前に自分の妹であるけいを見なければならなかった。

「そなた、いつからそのようになった……」

玄関に出迎えたけいを見たとき、太左衛門は死んだ母親が出てきたのかと思った。末娘のけいは三十八になっていて、そういう年齢に差しかかったのかもしれなかったが、若いころの面影はなく、ころころと肥《ふと》っていたのである。けいはけいで驚いたように、白い丸顔を上げて兄を見つめた。

「そのようにと申されますと？」

「いや、少し肥ったようだが……」

「そういうおにいさまこそ恰幅《かっぷく》がよろしくなられました」

「うむ、まあ、そうだが……」

恵津は来てるか、と太左衛門は遅れた言いわけをするのも忘れて話をかえたが、内心では妹の変わりように驚いていた。家政に追われるうちに、いつの間にか中年太りになってしまったのは恵津も同じだが、その目で肥《こ》えてゆく過程を見てきたせいか違和感は覚えない。何だか馬の尻のようだと思いながら、彼は奥へ案内するけいについていった。

襖《ふすま》を取り払った宴の席は大勢の客で埋まっていたが、飾りも膳も質素なもので、内証《ないしょ》にふさわしい賀宴のようであった。太左衛門より身分の高い客はいないらしく、彼は当主の片山晋太郎に型通りの挨拶をしてから、空いていた上座の席についた。となりには恵津がでんと座っていて、遅うございましたね、とほっとした顔を向けてきた。

「うむ、ご重職と会議があってな……」

太左衛門は小声で言いかけて、恵津の赤い顔に気付いた。

「おまえ、酒を飲んでいるのか」

「だって仕方がありませんわ、あなたの代わりをしていたのですもの」

「ならば、もうやめとけ、はしたないぞ」

言ったが、恵津はにこにこしている。太左衛門は次々と女たちに裏切られたような気がして顔をしかめた。だいいち、いつから恵津は酒を飲めるようになったのかと、自分の知らない妻を眺める心地がした。夫婦で晩酌をするわけでもなし、思い出そうとしてもそれらしい記憶がないのだった。

（まあ、いい……）

彼は盃を取って恵津に酌をさせながら、やはり小声で言った。

「それより、けいはいつからあんなに肥えたのだ、死んだばあさんが出てきたのかと思ったぞ」

「いつからって、もう何年も前からあんな感じでございますけど……」

「何年も前から？」

「はい、肥るのは宇野の家系でございましょう」

恵津は自分のことは棚に上げて、くすくすと笑った。するとおまえも宇野の人間になったかと言いそうになったが、太左衛門はかわりに盃を干して花嫁を見た。そこからいその顔はよく見えないものの、やはり女子《おなご》はこうあるべきだという姿をしている。どことなく清楚で慎み深い、そういう男心を誘う淡い匂いのようなものが、けいにも恵津にもなくなったなと思った。もっともそれが人の母親になり、子や家を守る力をつけたということかもしれなかった。

「ところで花婿はどうした」

そのときになって、いそのとなりに男がいないことに気付いて訊ねると、恵津は、あそこです、と目で示した。

「いま、お酌をして回っている人でございます、お若いのに、入り婿となると気を遣ってたいへんですね」

　太左衛門はじっとその男を見つめた。背格好はまあまあだが、腰が低いというよりは弱そうな感じのする男で、卑屈なほど愛想を振りまいている。秀才もあんなものかと太左衛門の目には小さな男に見えて、あれが親戚《しんせき》になるのかと思うと、嬉しくも何ともないというのが正直な感想だった。

「まったく……」

　太左衛門は太息《ふといき》をついた。

「秀才か何か知らぬが、もう少し男らしくできぬものかの、あれではまるで米搗《こめつ》きバッタではないか」

「といっても目上の方ばかりですから」

「それは昨日までの話だろう、今日からは片山の……片山……何といったかな」

「得三郎《とくさぶろう》どのです」

「得三郎？　次男ではないのか」

「次男で得三郎どのと申されるのです」

「まあ、いい、ともかく昨日までは部屋住みの世間知らずで通ったかもしれぬが、今日からは片山家の跡取りとして振舞うべきであろう、義理とはいえわしの甥《おい》でもあるのだ」

「きっと緊張しているのですわ、わたくしにも覚えがあります、嫁も入り婿も他家へ入ることに変わりはありませんから」

　恵津はそう言ったが、太左衛門はやはり心許ない気がした。武士として武術の心得のみが問われる時代ではなくなっていたが、そういうものがあるかないかは男の態度に表われるもので、少し学問ができるくらいで世の中は渡ってゆけない。ときには人におもねることも必要だが、こちらの器量を疑われるようでは藪蛇《やぶへび》になる。それは彼がそうして生きてきた経験からくる実感であり、信念でもあった。

「入り婿だろうと何だろうと堂々としておればよい、いまから人にへつらうようではろくなものにならん」

　太左衛門は言って、もう一度、得三郎を見た。彼は向かい側の上座から下座へ順々に酌をして回っていて、ようやく半ばまで来たところだった。

　よけいなことかもしれぬが、自分のところへ来たら、ひとこと言っておくかと思っていたとき、けいが酌をしにきたので、太左衛門は盃を取って言った。

「なかなかよさそうな男ではないか」

「はい、お蔭さまでとてもよい跡取りができました」

「しかし、少し気が回りすぎるようだな」

「ええ、でもいまはあれでよろしいかと……」

「若いうちから小さくまとまるようでは大きなことはできん、そのあたりは片山どのも気がかりだろう」

「いいえ、婿ですから、あれくらいでないと勤まりませんでしょう、辛抱強いのが一番ですわ」

言葉通り、けいは得三郎を気に入っているらしく、部屋住みで苦労してきただけに頭を下げることに馴《な》れているし、学才にも恵まれているので申し分ないと話した。その上これからも娘と暮らせるのだから自分は恵まれている、親と子が仲良く暮らせるのが何より嬉しいとも言った。それはそれで、姑《しゅうとめ》といろいろあったらしいけいの実感のようであった。

そう思って見ると、けいの丸顔は苦労の痕《あと》を隠しているかのようで、明るい表情のわりには歳よりも老けている気がしたのである。

そうか、いろいろあった末のこの顔か、と太左衛門は思った。すると、女子が変わるのは当然のことのようにも思われるのだった。

「おにいさまのところも遠からず嫁を迎えることになるでしょうが、健やかで辛抱のある娘がよろしうございます」

「ま、そういうことになるかな」

と太左衛門は言った。だが、そう言ったとき、彼の目は得三郎が酌をしている末席の男に引きつけられていた。面識はないが、どこかで見たような気がしたのと、何か心を揺さぶられたように感じたのである。

「あの若者は……？」

太左衛門はそれとなくけいに訊ねた。

「晋太郎どのの配下か」

「はい、作事方の職人支配で、桜井淳平《さくらいじゅんぺい》どのと申されます」

「桜井？」

「何か」

いや、と言ったが、太左衛門は思わず目を伏せて盃を見つめた。あれが捨蔵《すてぞう》の伜《せがれ》かと腑《ふ》に落ちた気がする一方で、長年の望みが叶い得意になっている気持ちに水をさされたような厭《いや》な気分だった。


その記憶が鮮明に甦ってきたのは、思いがけず息子を見たせいだが、太左衛門が桜井捨蔵を思い出したのは、それがはじめてのことではなかった。むしろいつも心の片隅にこびりついていて、無理に忘れてきたと言ったほうがいいのかもしれない。捨蔵とは五年前に彼が隠居するまで同じ勘定方に勤め、若いころには仕事で鎬《しのぎ》を削り合った仲であった。歳は捨蔵がひとつ上で、四十八という若さでの隠居だった。そのとき太左衛門は正直ほっとしたが、同時にすまないという気持ちを持ったのを覚えている。捨蔵にはそれだけの負い目があったし、捨蔵のほうにも恨みがあるに違いなく、仲がよかった分だけ心に固い凝《しこ》りが残った。

若いころは、お互いに清廉で無邪気だったのかもしれない。捨蔵は十五石の家から桜井家へ入った婿養子で一家の期待を担っていたし、太左衛門は父親を追い抜くことを目標にしていた。二十代のころは、これからの武士は算勘《さんかん》だとばかりに算盤《そろばん》の腕を競い合い、三十代のころにはよく酒を酌み交わしたが、あるときを境に二人の仲はぷっつりと切れてしまった。

(あれからもう十五年になるのか……)

と太左衛門は、その日、片山家を辞去して家へ戻り、床に就いてからも同じことを考えていた。人の命運の分れ目の案外にか細いことを改めて思わずにはいられなかった。

当時の太左衛門は勘定組頭の下で支配勘定を務めていた。三十七歳のときで、捨蔵も同役だったが組頭が違っていた。二人は同じようにしてそこまで昇り、あと少しで組頭に手の届くところへ来ていたのである。しかもちょうどその年に政変があって、役替えの機会が巡ってきた。そして、そのときの些細な遣り取りが二人のその後を決める分れ目となったのである。

政変というのは重職同士の権力抗争で、当時の太左衛門の目には突然起きたように見えたが、事実は幾年も続いた確執の果ての出来事だったらしい。ある日突然に筆頭家老がかわり、すぐさま幾人かの重職が次々と罷免されたが、要するに派閥というものがあって彼らは負け方に与《くみ》していたのである。勘定奉行のひとりも罷免されて、およそ一月後には役替えの波が下のものにまで押し寄せてきた。

「わしの後任にそなたを推そうと思うが、異存はあるまいな」

組頭の土居《どい》長兵衛《ちょうべえ》に呼ばれて、太左衛門はそう言われた。勘定組頭の地位が向こうから近付いてきたのである。むろん太左衛門は一も二もなく承知したが、それには条件があって土居が奉行になったらという話だった。

「候補はわしのほかにもうひとりいてな、組頭の日比野《ひびの》だが、いまのところ分《ぶ》はわしにある」

土居は筆頭家老の甥の名を挙げて、すでに彼を通じて家老の意向を打診していると話した。奉行を罷免された森惣助《もりそうすけ》の人脈は敬遠するはずだから、それに近い分だけ日比野は弱いとも言った。だが念には念を入れておきたい。そこで近々《きんきん》勘定吟味役《ぎんみやく》の聞き取りがあるはずだから、そのときはこう言え、ああしろと事細かに指図した。しかしそれには太左衛門もほぼ同感であったから、彼に言われなくてもそう答えていたのである。

戸惑ったのは、日比野を推すものを減らせという指図で、つまりは彼に近いものも落とせということであった。

「まず桜井は駄目だな」

と土居はさきに言った。

「あれは日比野を支持している」

「しかし、力量は十分に備えております」

「吟味役にそう言えるか、言えばそなた自身の昇進が危うくなるのだぞ」

土居にそう言われると、太左衛門は拒めなかった。結局、彼の指図に従い、吟味役には日比野も桜井も森の股肱《ここう》のようですと答えたのである。日比野についてはまんざら的外れな言葉ではないとしても、捨蔵についてては根も葉もない誹謗《ひぼう》だった。

結果は目論見《もくろみ》通り土居が奉行に昇り、太左衛門は組頭となったが、日比野と桜井捨蔵は降任し、その後も浮き上がることはなかったのである。

事態が落ち着いて忌憚《きたん》のない声が洩れてくると、日比野と桜井を陥れたのは太左衛門だろうという噂が立った。なぜだか奉行となった土居の名は聞こえず、太左衛門ひとりが取り沙汰されて、捨蔵もそれを信じたようだった。そうして二人の縁はどちらからともなく切れていったが、むろんはじめに傷をつけたのは太左衛門であった。

あのときはほかにしようもなかったのだと思う一方で、やはり卑劣な真似をしたと思わずにはいられない。その後の捨蔵の境涯が恵まれなかったのに比べて、太左衛門は昇るところまで昇り、望み通りの充実した人生を送ってきた。四十八で隠居するとき、捨蔵は人生に敗北したものに付きまとう陰鬱《いんうつ》な翳《かげ》りを帯びていて、脱け殻のようにひっそりと職場から去っていった。桜井家の婿養子としての立場も、武士としての気概もなくし、疲れ果てて仕方なく帰りたくもない家へ帰るような去り方だった。

（結局……）

あれが明暗を分けてしまったと、太左衛門は密かに悔やみ続けてきた。もっとも、そうなって仕方のないことをしたのだから、わだかまりが残るのは当然であった。

彼は今日、宴の末席で小さくなっていた捨蔵の伜を見たとき、親の憂《う》き目を引き継いだ子の苦労を見たような気がして、思わず目を逸らしたのだった。それまでは捨蔵ひとりに対する負い目であったものが、その子にまで険しい道を歩かせているのかと、うすら寒い心地がしたのである。

望んだものを手に入れてみると、果たして欲望は充足されたものの、あとは隠居が待っているだけであった。齢からしてこれ以上の地位は望めないし、若いころのように無理もできない。満足のあとにくる虚しさが見えてきたせいか気が弱くなっているのかもしれなかったが、恨みごとのひとつも言わずに去っていった捨蔵を思うと、このままではいけないという気がしてくる。

太左衛門は幾度か捨蔵の家へ足を向けたことがあるが、いずれも歩くうちに気後れがして引き返してきた。捨蔵に会って事実を打ち明けたところでもう何も変わりはしない。詫びたところで許されはしないだろう。組屋敷へ訪ねて人目につけば、また何を言われるか知れないと、引き返す理由はいくらでも思い付いたが、本当のところはまっすぐに捨蔵の目を見る自信がないのだった。

桜井家は捨蔵が隠居して息子が作事方勤めとなってから組屋敷もかわったはずで、いまなら訪ねても配下のものに見られることはないだろう。それも厭なら、捨蔵を呼び出してどこかで会えばいい。だが、捨蔵にその気がなくて断わられたら、それきりになってしまうことも考えられた。

（いっそ伜を取り立ててやろうか……）

太左衛門は思ったが、それでは本当に詫びたことにはならないし、こちらの魂胆が見え透いていているようで気がすすまなかった。義弟の片山晋太郎に話して、それとなく引き立ててくれと頼むのはたやすいが、彼も配下の親である捨蔵のことは多少なりとも聞いているだろう。義理の弟にまで腹のうちを探られたくはなかった。

思案にゆき詰まり長い溜息をつきながら、太左衛門は、今日、片山の婿となった得三郎もこれからが大変だなと思った。酌をして回る姿を見たときは、つい腹の据わらない小さな人間のように思ったが、ああいう苦労を太左衛門自身は経験せずにきたのである。捨蔵のことを思い出したせいで、同じような境涯にある得三郎のことも急に身近になったように感じられた。

けいが言っていたように、辛抱強いのが一番かもしれない。捨蔵も隠居したとはいえ肩身を窄《すぼ》めて暮らしているに違いなく、だとしたらまだ辛抱を続けているのだろう。太左衛門はようやく夜具の中で目を閉じると、今夜は捨蔵の夢を見そうだと予感しながら浅い眠りへと落ちていった。部屋住みから婿養子となって、晴れがましいことのないまま隠居した男の姿が、影絵のような暗さで目の中に浮かんできた。

配下の並川文作《なみかわぶんさく》が川普請《かわぶしん》の視察から戻ってきたとき、太左衛門は御用部屋で書類に目を通しながら茶を飲んでいた。だいぶ前に下城の刻が過ぎて日が傾きかけていたが、並川の帰りを待っていたのである。

並川は倹約方《けんやくかた》といって、諸役から勘定方へ提出される予算や経費の削減が役目で、普段は書類の検査をしているが、普請があれば普請場へ出向いて無駄がないかどうかを確かめるのも役目である。彼はしばらく前から城下の汐見川《しおみがわ》の普請場へ通っていて、ちょうどその方角に作事方の組屋敷があるので、太左衛門はそれとなく捨蔵のようすを見てくるようにと指図していた。むろん待っていたのは視察の結果ではなく、捨蔵のようすであった。

「遅くなりましたが、川普請のほうは大きな問題はないようです」

並川は心得ていて、

「二、三、細かなことはございますが、明日にでも書面にしてご報告いたします」

と手短に報告をすませて本題に入った。

「実は、桜井どのは三年前に妻女を亡くされております、組が違うところも聞こえてこぬものかと不思議でございますが、作事方でも目立たぬほうで暮らしはひっそりとしたものです」

「すると、いまは親子三人の暮らしか」

「いいえ、半年ほど前に息子夫婦に子が生まれたそうで、四人です」

「そうか……」

太左衛門は、初子が生まれてもひっそりしているという一家のようすを思い浮かべた。

「それで桜井は達者なようであったか」

「はあ、それが……」

並川は少し口籠《くちごも》ってから、思っていたよりも年寄られた印象だったと言った。彼は老朽化した組屋敷を視察にきたと言って見て回ったそうで、それとなく捨蔵とも話すつもりだったが、いつ行っても組屋敷の裏手にある畑にいるので、そばまで歩いてゆくこともできなかったと話した。

嫁の話によると、捨蔵は雨の日以外はほとんど畑に出て、一年中何かを作っている。畑といっても狭い土地なので、葱《ねぎ》や大根や青菜を一家が食べる分だけ育て、収穫して土地が空くとまた別のものを植えてゆくという繰り返しらしい。妻女が病死してから、外出するといえば墓参で、人との付き合いもほとんどないという。野良着で畑にいる姿を見た並川は、偏屈な老人の気骨のようなものは見受けられたが、どう見てももう侍には見えないとも言った。

妻女を亡くして気落ちしたこともあるだろうし、隠居といっても息子夫婦の厄介になるだけの身である。狭い家の中に居場所がないのか、せめて家計の足しにと考えてしていることだろうと思い当たると、太左衛門はやりきれない気がした。妻女が死んだことも知らなかったが、捨蔵の孤独も知らなかったのである。

十五年前のあのときから捨蔵は寡黙になって淡々と役目をこなし、昇進とも家禄の加増とも縁のないままに隠居する日を迎えた。能力がありながら人の下で指図されたことをするだけとなり、毒にも薬にもならないような勤め振りだった。太左衛門は彼が変わったことに気付いていたが、見て見ぬ振りをしてきた。役所ですれ違うことがあっても、捨蔵は辞儀をするだけで、太左衛門も声はかけなかった。そういう冷ややかな歳月が二人の間に過ぎて、自分にも隠居という同じ道が見えてきたとき、太左衛門は手に入れたものよりも失ったものに心が向きはじめている自分に気付いて、戸惑いを覚えていた。

「何かひとつくらい、よさそうなことはないのか」

太左衛門が見つめると、並川は小首をかしげて、少し考えてから答えた。

「家に柿の木がありまして、まだ青いものの見事に実をつけておりました」

「柿？」

「はい、これといってほかには何も……」

「そうか、柿だけか……」

「当人から詳しい話を聞けず、申しわけございません」

「いや、ごくろうだった」

太左衛門は言ったが、内心では聞かなければよかったと思っていた。柿が実ることがそれほど慰めになるとは思えなかったし、ほかには何もないという並川の言葉にとどめを刺されたような気分だった。

並川を帰して自分も城を下がると、日が短くなったのか西空に夕焼けを残して城下は暮れかけていた。大手先の辻を家のほうへ歩きかけて、太左衛門は立ち止まると思い切って踵《きびす》を返した。気が変わらぬうちに妹のけいのところへ寄って、やはり片山晋太郎に捨蔵の伜のことを頼もうと思ったのである。ほかに捨蔵のためにしてやれることはないし、それでいくらかは自分の気が安まるだろうと思った。

開いていた小門をくぐり、玄関先で訪《おとな》いを告げると、すぐに人の来る気配がした。静かな足音はけいのように思われたが、奥から明かりの洩れてくる廊下を近付いてきたのは得三郎だった。

「これは宇野さま……」

得三郎は驚いたようすで式台に平伏し、すぐに婚礼の祝儀の礼を述べた。立ったまま聞くのに長くもなく短くもない、そつのない挨拶に太左衛門は感心しながら言った。

「少しは家に馴れたようか」

「はい、お蔭さまで何の不自由もございません、父上をはじめ、みなさまによくしていただいております」

「さようか、それはよかった……しかし、ここしばらくは気苦労も多いであろう、あまり気を張りつめぬことだ」

「ありがとうございます」

得三郎はようやく顔を上げて訊ねた。

「ところで今日は？」

「うむ、近くへ足が向いてな、立ち寄っただけだ」

「どうぞお上がりくださいませ、いま父上に知らせてまいります」

「いや、ここでいい」

と太左衛門は言った。

「それより、そなたならよく分かると思うので、ひとつ訊ねたいのだが、正直に答えてくれぬか」

「はい……」

「部屋住みの身から他家へ婿入りし、思い通りのこともできず、やがてその家で隠居の身となったとき、その男は若いころの友人のことなど懐かしく思い出すだろうか、それとも自身に比べて遥かに恵まれている友人を妬《ねた》むものだろうか」

「はて、それは……」

得三郎は言葉につまり目を伏せたが、じきに思い切った感じで口を開いた。

「正直に申し上げれば、わたくしの場合はむしろ部屋住みのときに人を妬みました、次男に生まれたというだけで一生が違ってしまうものですから、納得がゆかぬと申しますか何を思い何を考えたところで自力では何もできません、しかしこうして良縁に恵まれたいまは、それだけで幸せに思っております、隠居したあとのことまでは分かりかねますが、おそらくは友人は友人として懐かしく思い出すものと思います」

「その友人に裏切られてもか」

「隠居後なら、おそらくは……」

「なぜそう思う」

「人にもよりましょうが、人生のはじまりに人を妬むことを覚えて苦しんだうえ、終わろうとするときにまで同じ思いはいたしたくありません」

「……」

「宇野さまには、何か手前を試されておられますので……」

「いや、よいことを聞いた」

太左衛門は微笑みながら、やはり学問は疎《おろそ》かにはできんな、と言った。若い得三郎のほうが、よほど人間ができている気がしたのである。彼は得三郎を見つめて、これからは思う通りにやれ、そなたなら間違いはあるまいと言った。そのとき、けいが出てきて、ともかく上がるようにとすすめたが、太左衛門は断わって屋敷を出た。

門を出たところへ、けいが追ってきて、何か自分に用事があったのではないのかと訊ねるので、彼は首を振った。

「あるにはあったが、もう済んだ」

きょとんとしたけいへ、太左衛門は微笑を浮かべてもうひとこと付け加えた。

「しかし、よい婿だな、おまえもせいぜい大事にしてもらえ」


九月も終わりかけた晩秋の夕暮れ、太左衛門は下城した足で汐見川へ向かう道を歩いていた。その日は郡方《こおりかた》から米の作柄についてまずまずの報告があって一息ついたところだった。これから年末にかけて年貢の徴収がはじまり、同時に来年の工事の見積りやら江戸表からの督促やらがきて、勘定方は一年で最も忙しくなる。その前に桜井捨蔵に会っておこうと思い、ようやく腹を決めて出かけてきたのだった。得三郎の言葉を鵜呑《うの》みにしたわけではないが、勇気づけられたことは確かだった。

作事方の組屋敷は、城下の西を緩やかに曲がりながら流れる汐見川の近くにあって、特別な用事でもなければ家中が足を向けることは少ない場所である。道も城側から屋敷町を抜けると粗末になって歩きづらく、雨の日にはそこここに水が溜まり、まっすぐに歩くことすらむずかしいだろうと思われたが、あたりには高木が多く、いまは静かな葉擦《はず》れの音が聞こえてくる。やがて見えてきた組屋敷は、作事方の組屋敷でありながら安普請の板塀が波打っているのが皮肉だった。

組屋敷の木戸は通らずに塀沿いに裏へ回りながら、太左衛門は並川文作から聞いていた柿の木を見つけて、あれが捨蔵の家かと思った。柿はもう赤くなっていて、道からもはっきりと見えたのである。歩くうちに日はだいぶ傾いていたが、空はぎりぎりのところで青く、捨蔵もまだ畑にいるはずであった。

塀の角から畑を見ると、果たして男がひとり鍬《くわ》を振るっていた。菅笠《すげがさ》をつけているので顔は見えないものの、姿付きからして捨蔵に違いなかった。組屋敷の裏手は生垣になっていて、家からは木戸を回らずに畑へ出られるらしい。細い野路が畑との間にあって、捨蔵に会うにはそこを歩いてゆくしかなかった。

太左衛門はしばらく眺めていたが、一度太息をついてから歩いていった。上下《かみしも》を着た小太りな武士に男はじきに気付いて、太左衛門が歩いてゆくのを畑からじっと見ていた。太左衛門は男のいる畑の前に立ち止まると、ゆっくりと歩み寄ってきた男へ声をかけた。

「久し振りだな、捨蔵」

だが、それだけのことを言うのに唇が震えてしまい、太左衛門は笠を取った捨蔵の顔を眺めていた。

「これは、お奉行さま」

と捨蔵は落ち着いた声で言い、深々と辞儀をした。日中は笠をつけているらしいのに顔が日焼けして、腕は細いが、いかにも力がありそうだった。白髪混じりの髷《まげ》もあまりかまわないのか乱れているが、思っていたよりも捨蔵は穏やかな顔をしていた。

「今日は役目で来たのではない、お奉行さまはやめてくれ」

その顔を見るうち、太左衛門はどうにか気を静めてそう言った。

「むかしのように、捨蔵、太左衛門で話したい」

「……」

「まずいか」

「いや、いきなりで少々面食らった……」

それに、と捨蔵は苦笑して、ご覧の通りわしはもう骨の髄《ずい》まで隠居でな、生臭い話なら遠慮したいと言った。

「こうして日がな一日、土をいじり、何かうまいものはできぬものかと、まあ、そんなことを考えて暮らしている」

「いろいろできるようじゃないか」

太左衛門は畑を見回した。粗朶《そだ》で囲った小さな畑にはもう仕舞いであろう秋茄子《あきなす》や大根が見え、奥のほうにはこれも季節外れの瓜が生《な》っているようだった。

「ま、大根だけはうまくできるようになったが、ほかはまだまだでな、もっともこんな畑でも間引菜《まびきな》だけは食い放題だ」

「ほう」

と言ったが、太左衛門は間引菜が大根の若芽であることも知らなかったし、捨蔵の淡々とした話し方に却って心が揺れて落ち着かなかった。彼はどうして切り出そうかと思いながら、別のことを口にした。

「しかし、楽隠居というわけにはゆくまい」

「そう見えるか、だとしたら生き方が違うせいだろう」

捨蔵はそう言って、にやりとした。

「わしは部屋住みの時分に畑に出ていたせいか、土いじりが好きでな、本当だ、だからいまは幸せだし、楽といえばこれほど楽なことはない」

「……」

「おぬしにはそうは見えんかもしれんが、わしはこれでいいと思っている、人より早く隠居したのも、だいいが、家内が重い病になってな、死にそうだったからだ、あれには苦労をかけたので最後はわしが面倒をみてやろうと思った、お蔭で二年も生き延びてくれたから十分に尽くせたし、よい別れもできた、城勤めを続けていたならこうはいかなかっただろう、伜も力になってくれたし、嫁も優しい」

「まことか」

「まことだ、負け惜しみで言うのではない」

あまりにきっぱりと言うので、太左衛門は思っていた捨蔵とは違う男を見るような気がした。突然に訪ねてきた旧友の目的を捨蔵はもう知っていて、先手を打ったのかもしれない。彼は彼でじっと太左衛門を見ていた。

「おぬしはよくやって奉行にまで昇りつめたから、わしのような生き方は無様《ぶざま》に見えるだろうが、これでそう悪くはない」

「無様などとは思わぬ、むしろ無様なのはこっちだ、実はそれで詫びにきたのだ」

捨蔵の言葉に導かれて、太左衛門はそう言った。捨蔵に限らず、人に向かって詫びという言葉を口にしたのははじめてではなかったろうか。

「詫びに？　何をだ」

捨蔵は急に横柄な口調になって、細い顎を突き出した。彼は滅多に怒りを顔に出さない男だったが、そのときは一瞬、目を剝《む》いたように見えて、太左衛門は覚悟を強いられた気がした。

「とぼけるな、十五年前の役替えのおり、わしがおぬしを陥れたことは知っておろう」

「そんなことがあったか」

「あったさ」

「しかし十五年も前のことであろう、すまんがわしにはもう興味がない、おぬしとの間にはいろいろとあったし、思い出して笑うこともある」

捨蔵が言い、太左衛門は案外な反応に驚いたが、同時に身震いがした。あの役替えを境に捨蔵の武士としての生涯は終わったが、傍目《はため》に映るほど人間までが屈折したわけではないらしかった。それどころか、太左衛門の裏切りを承知していて許しているようなのである。

「なあ、太左衛門」

と彼はたしなめるような口調で続けた。

「仮にそういうことがあったとして、おぬしは詫びて気がすむかもしれんが、いまのわしには迷惑な話でしかない」

「しかし……」

「お互いに先の見えてくる歳になって、いまさら十五年前の話でもなかろう」

「…………」

「だが、こうして会えたのは嬉しい、それでよいのではないか」

捨蔵がそう言ったとき、おとうさま、と呼ぶ声がして、太左衛門は組屋敷のほうへ振り返った。果たして嫁らしい女が枝折戸《しおりど》の外に立っていて、辞儀をするのが見えた。

「嫁御か」

「うむ、そろそろ飯らしい」

「なるほど、優しそうな嫁だな」

と太左衛門は言った。ついさっき捨蔵を呼んだ声からも舅《しゅうと》を大切に思う気持ちが伝わってきたのである。気が付くと日は汐見川の向こうへ沈みかけていて、夕映えの空は茜色《あかねいろ》から赤紫に変わろうとしていた。遠い林のほうから冷えた風が立ってきたが、冴え冴えとして肌に快かった。太左衛門が何かもうひとこと言おうとして立っていると、捨蔵はさっと振り向いて畑の奥へゆき、瓜をひとつもいできた。大きくて重そうな、立派な冬瓜《とうがん》だった。

では、帰る、と言った太左衛門へ、捨蔵はその瓜を土産にくれた。

「早く種を蒔《ま》いたのに遅くできた瓜だが、味は悪くない」

「よいのか、人にくれても……」

「汁にしてもよいし、漬物にしてもよい」

「そうか、それはうまそうだな」

捨蔵に見送られて野路を引き返すうちに日が沈んだらしく、暮色は濃い夕闇に変わろうとしていた。太左衛門は捨蔵の心遣いを感じながら、しばらくは板塀の続く道を歩いた。

(負けたな……)

と思ったが、言葉ほど悔しさはなく、むしろ心地よい気分だった。自分は上ばかり見て生きてきたが、捨蔵は自分というものを見つめて生きてきたらしい。そもそも人間の出来が違うし、あれは本当に負け惜しみではないだろうという気がした。それにしても迂闊《うかつ》だったのは、五十二歳にもなるというのに今日まで人生の値打ちを一通りにしか考えなかったことで、人の幸福のありようも人それぞれに違うということであった。人から見上げられるまま偉そうにして、いい気になっていたのだから、そんなことに気付かないのも当然であった。早い話が、もしも立場が逆であったら、自分にああいう態度がとれたかどうかは怪しいだろう。

つらい一日になるはずが、捨蔵に大事なことを教えてもらい、太左衛門は目の前が少し明るくなったように感じていた。いずれ隠居したなら、見栄《みえ》など捨てて捨蔵のように暮らすのも悪くはないかもしれないという気がしている。だが、それにはまず体を鍛え直さなければなるまいと思ったのは、歩くうちに腕が疲れてきたのを感じたからで、冬瓜が大きすぎて片手では抱えられないのだった。

作事方の組屋敷を過ぎたところで、前から娘が歩いてくるのが見えて、太左衛門はあわてて背筋を伸ばした。夕餉《ゆうげ》の買物にでも出たらしく、娘のほうは両手に小さな包みを抱えている。近付くと魚の生臭い匂いがして、娘は恥ずかしそうに顔を伏せたが、心なしか笑いをこらえているようでもあった。

ちょこんと辞儀をして擦れ違うと、果たして娘は逃げるように下駄の音を響かせて駆け出していった。

（捨蔵のやつ、奉行にこんなもの持たせやがって……）

そのときになり太左衛門は思ったが、その気持ちには旧《ふる》い友人に向けた無遠慮な親しみも含まれていたのである。青い瓜は丸々として、何だかけいの尻のようじゃないか、とも思った。すると恵津の顔も浮かんできた。

辻行灯《つじあんどん》だろうか、暗い道のさきには薄明かりが見えている。帰って恵津と酒でも飲んでみようかと思いながら、太左衛門は人目のないことを確かめると、どこからともなく洩れてくる夕餉の匂いの中を小走りに駆けていった。

邯鄲

　非番の朝、いつよりも遅く目覚めた輔四郎《すけしろう》が手水《ちょうず》を使いに縁側へ出ると、虫の音がぴたりとやんで、涼しげな朝の陽が目に飛び込んできた。陽は飾り気のない庭に漂い、片隅にある僅かな竹の葉を瑞々《みずみず》しく見せている。休日の朝にふさわしい長閑《のど》けさに、彼は心地よさを覚えて立っていた。庭の奥のほうで振り向いた人影に気付いて目をやると、女中のあまが、そこだけはまだ陽の当たらない畑の摘《つま》み菜《な》に水をくれているのだった。

津島《つしま》家は城から離れた城下の西際にあって、当主の輔四郎は新田《しんでん》普請奉行《ふしんぶぎょう》の添役《そえやく》を務めている。役目柄、家を空ける日が多く、廃田の復旧や山野の開拓から戻ると短い休暇が待っているが、家にいても書類をはじめ片付けることが山ほどあって落ち着かない。新田の開発に比べると飯事《ままごと》のような家の畑に、丁寧に水をやるあまの姿は慰めであった。

　三十九石の家は古くて狭いが、畑にもなる庭は広くとられていて、縁側から庭の端へ声をかけるには遠いほどである。お早うございます、とあまが辞儀をするのを、輔四郎はすがすがしい気持ちで眺めていた。垣根の向こうには小さな草むらがあり、あまは朝餉《あさげ》の支度を終えると、よく庭へ出て、虫の鳴き真似をする。垣根越しに草むらの虫たちを呼んだり、語りかけたり、本物と区別のつかない声で鈴虫や邯鄲《かんたん》を鳴き分けるので、輔四郎はひとりで虫の音を聞くときなど、ひょっとしてあまではないかと思うことがある。彼女ほど季節の移ろいに敏感な人もなく、いつの年も虫たちよりも早く秋の気配をとらえて、ピルルル、ピルルル、と誘うように鳴き真似をはじめる。輔四郎が夏の終わりを知るのも、そうしたときであった。

大方の人間は季節が変わり終えてから気付くのであって、晩夏が初秋に変わる瞬間までは分からない。ましてや酒の入った夜のこととなると、五感が鈍り、ただでさえ大まかな男の感覚ではとらえようもない。

昨夜、江戸詰が決まった朋輩《ほうばい》を送る宴があって、五ツ（午後八時頃）過ぎに散会したあと、輔四郎はやはり朋輩の一戸小藤太《いちのへこどうた》と飲み直した。宴はそれなりに盛り上がり、送別の目的は果たしたものの、正直なところ美味い酒ではなかったのである。江戸の留守居役配下に出世した森内三弥《もりうちさんや》は上役の贔屓《ひいき》に与《あずか》り、器量のなさを世過ぎのうまさで補うことで栄進したようなものだった。

「三弥め、最後の最後まで出世は当然だという顔をしていたな」

「ああ、しかし江戸ではそううまくはゆくまいて、御留守居役の金井《かない》さまは何よりもへつらう人間が嫌いだと聞く」

小藤太と安酒ですっきりとしない気分を晴らして、帰宅したのは夜半であった。いつものようにあまは起きていて、酔っている主に彼の好きな苦い茶を飲ませ、床につくまでの世話をした。輔四郎はすっかり安心して眠りに落ちながら、そのときも子守歌のように虫の音を聞いていたような気がする。

　ああ、夏も終わりか、そう思ったのは翌朝目覚めたときだが、やはり虫の音が聞こえていたせいである。障子越しに聞こえてきた声は清くさっぱりとして、紛れもない秋の声であった。

　あまと二人きりの暮らしがはじまったのは六年ほど前のことで、その二年前に輔四郎は妻帯したものの、翌年には離縁していた。どういう育てられ方をしたのか、津島家とは似たような家格の家に生まれながら、伊和《いわ》といった妻は気位ばかりが高く、骨惜しみする女だった。妻帯して家政が楽になるどころか半年で破綻すると、責任を夫の甲斐性の問題に転嫁した。たとえ三十九石が五十石でも女は変わらないだろう。このまま形ばかりの夫婦を続けて憎しみを深めるだけなら、なかったことにするほうがいい。輔四郎の忍耐もそこまでであった。

　彼は結婚にも離縁の手間にも懲りて、よほど困ることになるまでは一人で暮らそうと考えた。もっとも、まったく女手がないのも不自由で、女中を雇うことにしたのである。あまは輔四郎が新田開発に出向く途中の野木《のぎ》という村から、十四歳で奉公にきた。飢饉の年に生まれ、どうにか生き延びてきた百姓の娘で、十一人もいる家族の末子であった。女だからあまと名付けた親の気持ちの通り、自身を家の役に立たない厄介ものとわきまえていた。

　はじめて野木村から出てきたとき、彼女が持っていたのは風呂敷とも言えない裂《きれ》に包んだ肌着だけであった。満足に挨拶もできない娘へ、輔四郎は母の形見の中から普段に着る着物二枚と梳櫛《すきぐし》一枚を与えた。それまでにも百姓の娘は大勢見てきたが、そこまで貧しさを纏った姿には覚えがなく、哀れを通り越して悲愴だった。家で何をさせられていたのか浅黒い手は傷だらけで、寸足らずの着物からはみ出した脛《すね》には幾つもの痣《あざ》ができていた。

（これでは面倒を雇ったようなものだ……）

輔四郎は病人のように痩せた姿を眺めながら、果たしてこの娘に奉公が務まるだろうかと思った。一から立居や言葉遣いを教えなければならないうえに、家政を任せるとなると手習いや算勘《さんかん》も欠かせなかった。

「ともかく煮炊きだけは覚えろ、毎日のことだからな」

彼はほとんど自分への気休めにそう言った。当時のあまを見たなら、誰でも気を重くしただろう。親切な主の言葉にも彼女は黙っていたし、うつむいた顔には恐怖に近い不安を浮かべていたから、一人前の奉公を期待するほうが無理であった。その前に痩せた体に染みついた臭いと藁束《わらたば》のような髪を何とかしなければ、いくら女中でも同じ家には暮らせない、と思ったほどである。

だが、あまは年ごとに変わっていった。はじめの半年は口がきけないのかと思うほど無口だったが、いつのころからか武家の奉公人らしい言葉を遣うようになり、身だしなみも整い、自然と女子《おなご》らしく振舞うようになった。驚いたのは三年もすると家の中のことはもちろん、来客の応対までそつなくこなしたことである。ことさら丹精して教えたわけでもないのに、一通りのことはできるようになっていた。

輔四郎があまの真似る虫の音に気付いたのもそのころであった。それまで虫の音と信じて疑わなかったものが、その秋、彼女が庭へ出ると聞こえてくる不思議さに気付いた。注意してみると、虫たちが競って騒ぐとき、あまの姿は草むらのある垣根のそばに見えたり、小さな畑の中に見えたりした。

「あまの仕業か」

あるとき訊ねると、彼女は恥じらいの笑みを浮かべた。急に落ち着きをなくした瞳が震えるように見えて、豊かな黒髪からは女子の匂いがした。そう思って見ると浅黒かった肌にも艶が出て、いつの間にか仄《ほの》かな色香を備えていたのである。輔四郎が驚いたのは、むしろそのほうだった。

彼はあまのお蔭で平穏に暮らしてきたことにも気付いた。二人きりの暮らしに何の不自由も感じないばかりか、彼女の作る家庭の気配に心地よく浸っていたらしい。役目で家を留守にしても安心していられたし、帰るとほっとするのも、そのためであった。純真な子供のように虫の音を真似るあまと、すっかり大人びたあまと、そのときはふたつの顔を見る心地がした。前触れもなく季節が移ろうように、あまも少女から女子へと変わりつつあるらしかった。

輔四郎が縁側から目を当てていると、彼女は水遣りを終えたらしく、畑の隅に佇《たたず》み、そこから草むらのほうへ向けて小さな唇を尖らせたようだった。すると間もなく、また虫の音が聞こえてきた。

(しかし、早いものだ……)

あれからまた三年が過ぎて、あまももう二十歳か、と輔四郎は思った。だが、その詠嘆には微かな動揺も含まれていたのである。役目にかまけて彼女の女としての将来を考えてやらなかったことに思い当たると、不平も言わず、ひたすら忠実に仕えてきたあまに、すまない気がしたのだった。小さな発見が思いがけず感情をゆさぶり、だしぬけに殴られたような気分だった。

なぜ今日まで気付かなかったものか。悔いる気持ちで見入ると、あまは古びてくすんだ家に溶け込み、当然そこにいるべき人のようであった。二十歳にしてはいくらか幼くも見えるが、それは十四のときから見続けてきた目の錯覚かもしれなかった。そもそも女中を見る眼差しではないことに輔四郎は気付かずにいた。

かわりに、あまを嫁がせたあとの一人暮らしを思い浮かべて、また逆戻りか、とその味気なさを思った。聞こえている虫の音は変わらないが、庭に立つあまの姿は六年前とは比べようもなく楚々《そそ》として、しなやかな竹のように見えていた。

「そろそろお食事になさいますか」

日の暮れが近付き、遠慮がちに訊ねたあまへ、輔四郎はうなずいたものの、いや、酒にしてくれ、と言い直した。前夜、深酒をした名残が体に残っていたが、そうでもしなければ気持ちが落ち着きそうになかった。あまは心得て下がっていった。

その少し前に家老の津軽兵部《つがるひょうぶ》から使いがあって、輔四郎は突然の事態と用件の重さに驚いていた。どうにか平静を繕い、使者を帰すと、みるみる血の気が引いて脂汗が出たほどである。そのあと、しばらくひとりで考えていたところへ、あまの声が聞こえてきた。

酒の支度を待ちながら、あまは話を聞いただろうかと思った。彼女が茶を運んできたとき、深井《ふかい》という津軽家の用人は平然とした口調で輔四郎に暗殺の指図をしているところだった。男の言葉は筆頭家老の言葉であり、つまりは藩の密命であった。

「小隼人《こはやと》組を存じておるな」

深井は静かだが高飛車な口調で、二月ほど前に中老の直江帯刀《なおえたてわき》さまが急死したが、実は小隼人組の仕業だと話した。彼らはいわゆる忍びの者で、藩の内外を監察し、藩主のもとへ様々な情報をもたらすのが役目である。俗に「早道《はやみち》」とも呼ばれ、近江国・甲賀郡出身の谷《たに》川次郎太夫《がわじろうだゆう》が一統を支配している。その谷川が、力をつけすぎた小隼人組の弊害を案じて廃止を画策した直江帯刀を抹殺したというのだった。

「つまり病死ではなく暗殺だ、大目付の調べでは直江さまの後ろ髪の中に錐《きり》のようなもので刺された傷があり、丁寧に血止めまでしてあったそうだ、刺客が谷川だという証拠は何ひとつないが、それこそ証拠のようなものだろう」

「それがしには分かりかねます」

「仔細は分からんでもよい、ともかく新陰流《しんかげりゅう》の遣い手でもある直江さまを相手に、その屋敷内《うち》で家人にも悟られずに命を奪う、そんな芸当ができるのは谷川のほかにおるまい、今度のことは津軽さまが重職と相談のうえ決めたことだが、殿のお許しをいただくまでは手が出せなかった、そのお許しがようやく出たというわけだ」

「……」

「そこで、そなたに谷川を斬ってもらう」

深井は簡単に言い、むろん褒賞《ほうしょう》は考えていると付け足したが、輔四郎は茫然として聞いていなかった。寝耳に水の話で、なぜそんな大役が自分に回ってきたのかも分からなかった。

「家中の主立った流派はすべて谷川に知られている、相手が相手だけにこちらも奇策を用いんとな」

「要するに刺客の刺客ですか」

どういう言い方をしたところで、人ひとりを斬ることに変わりないが、相手が早道の支配頭と聞いて、輔四郎は内心ではぞっとしていた。谷川次郎太夫は武芸の達人というだけでなく、忍術を使い、鼠や蝶にも化けるといわれている。表向きは二十人の配下を持つ堤《つつみ》奉行だが、十人はいるという本当の下忍が誰なのかは知られていない。そんな化け物のような男と戦って勝てるとも思えなかった。

津島家はそのむかし剣の名家として知られていたが、それはせいぜい祖父の代までのことである。祖父の六右衛門《ろくえもん》は豪勇で名を馳せた人だが、輔四郎は真剣で人と立ち合ったことすらなかった。祖父の六右衛門は家に伝わる剣の奥義《おうぎ》を授けられたのも十代のことである。あとは自分で工夫し、人目のない家の中で鍛練してきたに過ぎない。年輩の重職たちは祖父の名声を思い出したのだろう。

（とんでもないことになったぞ……）

深井の冷静な顔を見つめながら、輔四郎は逃げ口上を考えたが、動転して何も思いつかなかった。そのうち深井は決まったとばかりに当日の手筈を話しはじめた。性急で強引な話の成りゆきに輔四郎は呑まれていった。もっとも、そのとき断わりを思いついたとしても許されはしなかったろう。たとえ断わったところで、重職の指図に逆らい、これまで通り平穏に暮らせるとも思えなかったし、こんなことでこののち不遇な一生を送るのも御免であった。

「では、しかと頼んだぞ」

しばらくして深井を帰すと、彼は気持ちを切り替えて、どうすれば谷川に勝てるだろうかと考えた。たしかに剣の技は知られていないが、奥義といっても立ち合いの心構えのようなもので、文字にすれば僅か数行のものである。頭では分かっていても、実際の立ち合いで役に立つかどうかは怪しかった。しかも相手は忍術の名人である。それこそ直江帯刀のように、立ち合う前に殺されてしまわないとも限らない。考えれば考えるほど不利な条件ばかりが思い浮かび、絶望の淵に沈みかけていたとき、またあまの気配がして酒が運ばれてきた。

「遅くなりました」

あまは常と変わらない仕草で、輔四郎の前に酒と有り合わせの肴を並べた。六年の奉公の間に料理の腕を上げて、味はもちろん、気の利いた盛り付けは客に供しても恥ずかしくないものであった。輔四郎が盃をとると、あまは落ち着いて酌をした。それから辞儀をして下がろうとするのを、輔四郎は空いているほうの手で制した。

「灯を入れてくれ、話がある」

酒よりも本当はそちらが目的だったかもしれない。あれこれ考えるうちに日は暮れかけて、外には夕闇が忍び寄っていた。行灯《あんどん》を灯した部屋で向かい合うと、あまは朝の光の中で見たときよりもかぐわしく、こんなときだからか、いっそう身近に感じられた。

「少しは話を聞いたか」

「はい」

と彼女は正直に答えた。

「そなたの行く末にも関わることゆえ隠さずに申すが、明日、早道の谷川次郎太夫と立ち合うことになった、というよりは刺客として斬らねばならん」

輔四郎が詳しく補足すると、あまは表情を曇らせたが、きつく口を結んで事態を受けとめたようだった。主の、生死にも関わる困難は、ほかに寄る辺のない彼女自身のものでもあった。

「どうか、お供をさせてくださいまし」

万一のことを言い聞かせるよりさきに、あまはそう言った。

「この身ひとつでも、いざとなれば何かのお役に立てるかと存じます」

「馬鹿なことを言うものではない、女子がどうこうできる相手ではなし、足手まといになるだけだ」

「お命じくだされば、その御方に嚙《か》みついてでもご助勢いたします」

彼女は本気だった。真心のこもる言葉は輔四郎の胸を衝《つ》いたが、それでは後のことを頼むものがいなくなる、と退《しりぞ》けた。仮に武芸の心得がある男の奉公人が捨身で臨んだところで、無益に命を落とすだけだろう。あまの気持ちは嬉しかったが、実際にできることではなかった。

「それより万一のときだが、どこかに身を寄せる当てはあるようか」

「大事のときに、そのようなお気遣いはご無用でございます」

「野木へ帰るのは無理だろうな」

「実家《さと》へはもう帰れません」

それは本当だろう。その後あまの家族がどうしているのか輔四郎は聞いていないが、跡取りが嫁をとり、子が生まれていたら、あまが帰ったところで食べる物はおろか寝る場所もないはずであった。領国から遠く離れた火山の噴火にはじまり、五年に及んだ飢饉の影響はどうにか乗り越えるところへ来ていたが、それは大勢の死者を出し、いっとき人口が減ったためで、どこの村でも百姓たちの困窮は続いている。廃田の復旧から新田の開発へ藩の事業が移ると、輔四郎も素通りする村が多くなり、野木村へは久しく行っていなかった。

「急なことで手の打ちようがないが、ご家老に書面で後のことを頼んでおこう、それが駄目なら小藤太に頼んでおく、そなたを雇うゆとりはあるまいが、当座の力にはなってくれるはずだ」

た。

「本来ならばもっと早く落ち着き先を考えておくべきところ、気の利かぬ主ですまん」

輔四郎は言いながら、こういうときに慌《あわ》てることになるのは普段の心構えが足りないせいだろうと思った。明日には死ぬかもしれないというのに、何をどうしておけばよいのかも分からない。負けたら何もかもが終いだと思う一方で、命のほかに失うものも見当たらなかった。

いったい今日まで何をしてきたのだったか。彼は長い吐息をついた。気がかりといえばあまのことだが、それも今朝方、偶然に気付いたことである。明日の夕刻までに何ができるだろうかと考えたが、思い付くのは金目のものを売り払い、あまに残してやることくらいだった。

（まったく我ながら情けない……）

輔四郎が盃の酒を呷《あお》ると、あまはあまで考え事をしながら酒を注ぎ足し、話は途切れてしまった。するうち酒も切れて、あまは立っていったが、しばらくして温かい酒を運んでくると、

「どこまでも主のお供をするのが奉公人の務めだと聞いております」

と言った。まだ諦めていないのだった。

輔四郎は半ば呆れて、その顔を見た。二十歳の女子の分別とともに堅い意志が目に表われて、一途《いちず》な表情をしている。そういう形であまが自分を主張するのははじめてであったし、

「もったいない」

輔四郎は彼女がそれまで隠していた強情な部分を見る気がしたが、それは承知できない、と繰り返した。いくら忠義とはいえ、女中に刺客の供をさせる主はいないだろう。それにしても、あまは死ぬことを恐れていないようであった。

「飢饉の年に生まれて間引かれるところでしたから、生きているだけで運がよいのです」

いつだったか彼女はそう話したことがある。生きていること自体が運命のおまけと知ると、せめて死に場所は自分で決めようと思うようになった。一家が飢えて子供の目にも死が見えてくると、彼女はひとりで御留山《おとめやま》へ入り、狩猟を禁じられている鳥の卵や木の実を盗んできた。役人に見つかれば殺されるかもしれなかったが、どのみち、そうでもしなければ死ぬのだった。

奉公にきたとき手足が傷だらけだったのは、そのためのようで、あまは白米の炊き方すら知らなかった。かわりに生き死にの苦海をたゆたう術《すべ》を覚えたらしい。その狭間に立つと、どちらへ転ぶにしても最後には何かをせずにいられないという。死を見つめる眼差しは輔四郎よりも遥かに冷静であった。

彼は今日になって、あまの生きるために生きてきた歳月の厳しさに気付いた。自分の意志でしたことといえば、命のために御留山へ盗みに入ることであった。追いつめられた人間の死力のありようは、子供でも計り知れない。だが暗殺となると話は別で、あまを巻き込むのは気がすすまないというより彼の誇りが許さなかった。

（負けると決まったわけでもなし……）

その夜、眠りに落ちるまで輔四郎は聞くともなしに虫の音を聞いていた。鈴虫や蟋蟀《こおろぎ》に混じり、ピルルルと聞こえる声は邯鄲と分かるが、未だに姿を見たことがない。形は鈴虫に似て、翅《はね》は淡い黄緑色をしている、とあまに教えられても、鮮明な姿は思い浮かばないままであった。その澄み切って涼しげな声を聞くうち、またどこかであまが真似ているのではないかと思いながら、彼は憂鬱な一日を忘れて夢の庭へ下りていった。

明くる朝、あまに家財の整理を言い付けてから一戸小藤太を訪ねると、やはり非番の彼は釣りに出かけたあとであった。小藤太は役目で山野へゆくときも継ぎ竿を持ち歩くほど、無類の釣り好きである。いまは落鮎《おちあゆ》の季節で、夏の間に成長した大物がそろそろ産卵のために中流へ下ってくるので、それが狙いだろう。輔四郎は見当をつけて、岩木川《いわきがわ》の梁瀬《やなせ》を目指して歩いていった。

秋の朝は晴れても涼しく、まだ猛暑を覚えている肌には風がひんやりとする。岩木川へ近付くにつれて風はさらに冷たくなるように感じられたが、木立の多い川筋の道を歩くうちには額から汗が流れた。彼は木の間《こま》に見え隠れする川を眺めながら、妙に落ち着いている自分に気付いて苦笑した。腹をくくったわけでもないのに、そうして歩いていると小藤太の平凡な笑顔が浮かんで気が楽になる。彼にだけは事実を打ち明けて後のことを頼むつもりでいたが、それもどうしたものかと思い直していた。考えてみれば、妻子のある小藤太のほうがよほど暮らしに追われているのだった。

果たして小藤太の姿は梁瀬の少し下流に見つかり、輔四郎は砂礫《されき》の河原を近付いていった。

「もう少し川上にいるのかと思った、ここでは梁《やな》に獲られて釣れまい」

輔四郎が声をかけると、小藤太は菅笠《すげがさ》の端から日に焼けた顔をのぞかせた。二日前に酒を酌み交わした顔がもう懐かしく、輔四郎は微笑みながら近くの石に腰を下ろした。

「どうした、何か用事か」

「うむ、家に寄ったが、釣りに出かけたと聞いてな、ぶらぶらと歩いてきた、たいしたことではない」

ならば、おぬしもやらんか、と小藤太が予備の継ぎ竿をすすめたが、輔四郎は考えるよりさきに首を振った。

「わしは釣りは苦手だ、それにここでは釣れぬだろう、どうして上へゆかん」

「漁の邪魔になるし、卵を産む前に釣るのは気が咎《とが》める」

「なるほど……」

「梁簀《やなす》を滑り抜けてくる鮎なら、釣っても文句は言われない、このさき鮎は流されて死ぬだけだからな」

輔四郎は川上の梁瀬を眺めながら、いい話だ、とうなずいた。小藤太の何気ない言葉に心を動かされたのは、鮎の宿命がその身に重なるように思われたからである。彼は川下へ目を移して、静かな流れに衰えた身を任せて朽ちてゆく鮎を思った。

家を出るときの高揚した気分はすっかり消えて、いまは小半刻ほど小藤太と話して帰ればいいという気持ちになっていた。刺客のことを打ち明ければ小藤太は手を貸すと言うかもしれなかったが、妻子のことを思うと巻き込む気にはなれなかった。早く帰るようにおっしゃってくださいまし、そう言っていた妻女に恨まれるのも厭《いや》なら、道連れにするのは論外であった。小藤太なら何も言わずとも後のことは引き受けてくれるだろう。そう思い至ると、却ってさっぱりとするから不思議だった。

輔四郎が黙っていると、小藤太は何もかからない釣糸を引きよせて、

「用事というのは何だ」

と訊いた。川面を照らす陽が浅瀬の砂礫にも届いて、色とりどりにはねている。忘れてくれ、と輔四郎が答えると、彼はあっさり受け流した。それからまた釣糸を垂らしてしゃくることに集中したようだった。

「いまごろ三弥はどのあたりかな」

輔四郎はそれまで考えてもいなかったことを口にした。森内三弥が江戸へ向けて発ったのは昨日のことで、訊ねるほど道がはかどるはずもなかったが、つい口にしてから、心のどこかで三弥を羨んでいる自分に気付いた。

森内三弥ほどの要領のよさがあれば、こういうことにはならなかっただろうし、あれはあれで身を守るひとつの術かと思った。実際のところ、三弥が江戸への道中を楽しんでいる間に、こちらは冥土《めいど》へ旅立つことになりかねなかった。落ち着いているといっても逃げようが

ないからで、そのときがくるまで自分で自分の気持ちと折り合いをつけるしかないらしかった。

「三弥か、さあな」

と小藤太は気のない顔をした。彼の目は一向に釣れない鮎を追っていて、輔四郎は邪魔をしているだけのようであった。

「それにしても釣れぬものだな」

「釣れぬから、おもしろい」

輔四郎はもう一度、川上の梁瀬へ目をやった。川の中央に張り出した簀《す》にいまは人影が見えて、鮎を籠《かご》に移しているらしい。漁師の仕掛けをすり抜けてくる鮎がいるとしても小藤太の針にかかるとは思えなかったが、黙っていた。

「やはり、わしには向かんな」

しばらくして腰を上げると、坊主でなければ帰りに寄ろう、と小藤太が言い、輔四郎は当てにしない気持ちでうなずいた。それから妻女の言付けを伝えて引き揚げてきた。

家へ帰る道々、あれこれ思ううちに彼は急に思い立って人目のない木立の中で真剣の稽古をした。平凡だが正眼《せいがん》の構えから相手の剣を躱《かわ》して肘《ひじ》を斬り、あるいは手首を斬って一旦しりぞく。刀は振り回さずに剣先五寸ほどを使い、流れの中で斬れるところを舐《な》めるように斬る。派手な技も意表を衝く仕掛けもないが、相手の手足の関節を裂き、動けなくする。一撃が致命傷にはならないものの、そうして戦意を奪ってしまえば勝ちは待つことで巡ってくる。

地味だが木刀で打ち合うほどの力もいらず、守るのもたやすい。それが津島流の極意といえば極意であった。

得体の知れない敵を仮想して半刻ほど稽古したあと、汗が落ち着くのを待って道へ戻ると、輔四郎は何もなかったようにまた歩き出した。案じたほど剣の腕が落ちていないことに安堵したが、谷川の忍びの術に通じるかどうかは分からない。しかも襲う場所は相手の屋敷内と決まっていたから、谷川は驚くだろうが、落ち着かれたら彼のほうが有利であった。

（いずれにしても長引くだろうな……）

そんな予感がして胸の中で呟いたとき、輔四郎はふと家中に自分よりも刺客に適した人物がいないものだろうかと思った。家老家《かろうけ》の用人は、谷川に家中の流派はすべて知られていると言ったが、十年ほど前に御前での稽古に召し出された藩士の中には、どこの道場の門下でもないものが幾人かいたのである。そのとき輔四郎が敗れた斉藤鋭助《さいとうえいすけ》は長刀術の名手だったし、斉藤ほどに名は知られていないが優れた剣客はいまもいるはずであった。それがどうして自分のように目立たない人間に大役が巡ってきたのか、いまになり急に疑いたくなる気持ちだった。けれども、いくら考えたところで、その答えが見つかるはずもなかったのである。

昼近く家へ戻ると、道具屋はすでに引き取ったらしく、あまは閑散とした茶の間で昼餉《ひるげ》の支度をしていた。ときがときだからか精のつくものをと考えたらしく、膳には走りの秋味《あきあじ》が添えられている。輔四郎があとは食べるばかりの膳に向かうと、

「五両と二朱ほどになりました」

あまは給仕をしながら、そう言った。道具屋に売り払ったのは、納戸《なんど》に眠っていた祖父の差料《さしりよう》と家宝ともいえない書画の類だが、急場のこととはいえ案外な安値であった。もっとも、女中に任せるようでは道具屋に足許《あしもと》を見られても仕方がなかった。彼はあまに、その金をそのままとっておくようにと話した。

「生きて帰ったとしても、返せとは言わんから安心しろ」

「このような大金をいただく理由はございません」

あまは笑うどころか眉を寄せて、お戯《たわむ》れが過ぎます、と言った。主の心遣いをありがたく思いながら、二つにひとつしかない結果を考えたくはないらしかった。輔四郎は食べている秋味にも命の儚《はかな》さを味わう思いがしたが、あまの表情にはまるで諦めが感じられず、むしろ生きるためなら毒でも食らうようなしたたかさを感じる。なぜ何が何でも勝とうとしないのか、そう彼女の目は非難しているかに見えた。

彼は返答に困って、小藤太には言えなかったと話した。

「だからというわけではないが、それだけの金子《きんす》があれば当座の暮らしは立つだろう」

「旦那さまがお戻りくだされば、それも無用でございます」

「そうしたいが、こればかりはどうなるか分からん」

「でしたら、お供をさせてくださいまし、ひとことお命じくだされば済むことですし、必ず何かのお役には立ちましょう」

けれども、あまが言い立てるほど、輔四郎には彼女の執着が自らの死を前提にしているように思われてならなかった。

食事のあと、彼は自室で横になり、半刻ほど眠るでもなく瞼《まぶた》を閉じていた。その間に湯を沸かしておくようにとあまに命じたのは、出かける前に身を清めるためである。台所の土間で沐浴し、あまに髷《まげ》を結い直してもらう間も、彼は三十三年で終わるかもしれない人生の脆《もろ》さを考えていた。振り返ると、総じて悪くはなかったが、よかったとも言えない曖昧な歳月が胸を満たした。

早くに両親を亡くしたことと離縁が苦労といえば苦労だったが、土壇場というほどの困難とはつい昨日まで縁がなかった。飢饉は決して他人事《ひとごと》ではなかったものの、生きるだけの食べ物に不自由はしなかったのである。無事に生きてこられた幸運は、その後の新田普請に力をそぐことで御家や領民へ返すつもりであった。広大な荒れ地を前にして気が遠くなるとき、彼は自分を励まし、人足たちを励ました。十年はその繰り返しだったし、城で安座している連中よりはよほど働いていると自負してもいた。だが、それだけの一生では物足りなく、何か大きなものが欠けているように思うのも事実だった。

よくよく考えてみると、時勢に身を委ねるばかりで自ら意を決して臨むということがなかった。妻を離縁したのも、自分の意志ではあったが、つまりは無意味な苦労から逃れるためであった。今度のことにしても上から命じられるままに刺客を引き受け、それが世過ぎだとどこかで諦めていた。谷川次郎太夫に罪があるなら、それこそ藩の手で処分すればよいことである。いまになりそう思うのも、端《はし》たな人生への未練かもしれない。私怨《しえん》もなく人を斬ることになって、逆に斬られるかもしれない恐れから、はじめて人生を振り返るのは情けないことであった。

「すぐにお召し替えになられますか」

髷を結い終えてあまが言うのを、輔四郎は軽い目眩《めまい》の中で聞いていた。体の力が抜けてしまい、立ち上がる気にもなれずに、その前に茶をくれ、と言い繕うのがやっとであった。

あまは道具を片付けて、すぐに茶を淹《い》れに立っていった。しばらくして戻ると、同じ姿勢のまま考え込んでいる主へ、

「あとのことは、もうお考えになられぬほうがよろしうございます」

と控えめな声で話した。

「それよりもご無事に帰ることを、お考えになってくださいまし」

「むろん考えている、しかしそう思い通りにはゆかんだろう」

「谷川さまは獣に化けるそうですが、そのようなことが本当にできるものでしょうか、わたくしには信じられません」

「忍術といってな、幼いころから鍛練するとできるらしい」

輔四郎は言ったが、むろんその目で見たことはなく、見たという人も知らなかった。ただしそれに近いことは聞いていて、谷川は二十年ほど前に御前でその技を披露したのである。変幻自在に躍《おど》り動くさまは、そのとき臨席した当時の重職たちの語り草になっているというから、藩主を瞠目させるだけのものは見せたのだろう。

「さもなくばいまの谷川はない、だいいち忍びの心得がなければ早道は務まらん」

「きっと目眩《めくら》ましでございます、村にもよく山伏が来ましたが、祈禱《きとう》で何かが変わったためしがございません」

あまは吐息をついて、そう言った。


日が傾くのを待って家を出ると、歩くうちにも空のようすが変わり、いまにも雨が落ちてきそうだった。輔四郎は自分の中にも垂れ込めてゆく重いものを感じて、暗く沈みそうになる気持ちを励まして歩いた。厄介なことに、あまと別れてから思ってもみない孤独に見舞われていた。

「ご武運をお祈りいたします」

ほかに言いようもなかったのだろう、あまは凍えたように唇を震わせた。そのときの思いつめた顔が脳裡に浮かび、輔四郎は意地も誇りもかなぐり捨てて逃げ帰りたいとさえ思った。人を殺すために、わざわざ平穏な暮らしを犠牲にすることはないのだった。けれども、その一方では谷川の技を見てみたいという欲望にも惑わされている。家老の指図では死ねないが、剣客としてなら堂々と立ち合える。そう考えることでしか自分を納得させることはできなかったし、ほかにすすんで命をかける正当な理由は見当たらなかった。

二ノ町にある谷川次郎太夫の屋敷までは五町ほどの道のりで、夕暮れの近付く通りにはぽつぽつと人影が見えていた。一日の役目を終えて下城した男たちが、その時分に町へ出る目当ては酒と相場が決まっている。まだ若い男の二人連れが小声で語り合いながら町屋のほうへ去ってゆくのを、輔四郎はちらりと羨望の目を向けて見送った。

友人と酒を飲みながら談笑するのも、他人と斬り合いをするのも、同じ城下の夕暮れのことかと思うと、半刻の明暗を皮肉に思わずにはいられない。だが、そろそろ不運を嘆くのは終いにして、気持ちを切り替えなければならなかった。歩いている通りには屋敷と呼ぶにふさわしい上士の家が並び、あたりはもう二ノ町であった。日が陰ると町はいっそう秋めいて、風も冷える気がする。

通りの外れ近くにある屋敷の門前に立つと、彼はしばらく中の気配を窺《うかが》った。門扉は閉ざされているが、脇の小門は開け放たれていて、来るなら来い、とでも言っているかのようであった。門番の姿は見えず、人の気配も感じられない。谷川はどうかして、今日にも津軽家老が刺客を送り込むことを知っているかに思われた。

輔四郎は用心深く小門をくぐると、後ろ手に閂《かんぬき》を留めてから、ゆっくりと羽織を脱ぎ捨てた。そのとき遠い正面の玄関に立ち上がる男の姿が見えて、やはり谷川は待ちかまえていたようだった。輔四郎が襷《たすき》をかけて袴《はかま》の股立《ももだち》をとる間に、谷川は前庭へ出て歩み寄ってきた。白頭の小柄な男だが、見るからに俊敏そうで、足下まで藍《あい》一色の装束に身を包んでいる。静まり返った前庭に人の潜む気配は感じられず、輔四郎も歩いていった。

谷川はその歳まで独身で、妻帯しないのは早道という役目のためと言われている。自分ひ

しれず、実際、人に阿《おもね》ることのない特異な男だった。彼は前庭の中ほどまできて立ち止まると、

「津島輔四郎か」

ひどく落ち着いた声で話しかけてきた。輔四郎の役目はもちろん、誰の指図かも知っているのだろう。知っていながら、たった一人で待ちかまえていたのは刺客に対する自信か、早道の支配頭としての意地のように思われた。

「谷川次郎太夫どのとお見受けいたす」

輔四郎は応えながら、ちらりと彼の足下を見た。たっつけ袴の脛《すね》は脚絆《きゃはん》で固められ、足には草鞋《わらじ》をつけている。足袋《たび》はだしに見えたのは草鞋を足袋と同じ藍に染めているからであった。それだけの支度をしている男と、いまさら問答を交わすのは無駄のようであった。

「では、参る」

輔四郎が抜刀して構えると、谷川は鯉口《こいぐち》を切ったものの、そのままの姿勢で間合いを詰めてきた。右手はだらりと下げている。まだ五間ほどの距離があったが、彼なら一足飛びに斬りかかるかもしれない。そう思い、右へ回り込もうとしたとき、谷川の右手から手裏剣のようなものが放たれ、同時に突風のような速さで斬りつけてきた。

一瞬のことで、抜き打ちから身を守るために避けきれなかった小棒の手裏剣は輔四郎の左肩を裂いたが、かわりに彼は谷川の肘を斬り払った。案外に重い手応えからして傷は谷川の

ほうが深いはずであったが、互いに体勢を立て直し、改めて向き合ったとき、輔四郎は谷川の顔を見てぞっとした。裂けた筒袖の下に見えたのは鎖帷子《くさりかたびら》で、すると手甲《てっこう》も脚絆も筋金入りかと思ったのである。谷川の顔に浮かんだ薄笑いは、そういう意味のものだった。

　相手の剣を躱《かわ》しながら斬れるところを斬るのが津島流であったから、さきに傷を負ったうえに攻め手を限られてしまうと、不利というよりも勝負の見えた気がした。三間ほど離れて輔四郎と同じ正眼に構えながら、谷川は驚くほど沈着冷静に隙を窺っている。このままでは間違いなく斬られると思うものの、劣勢を挽回する手立てがあるとも思えなかった。

　万にひとつの勝機があるとすれば鎖帷子を着込んだ谷川が疲れたときだが、その前にこちらがへたるかもしれないと思っていたとき、再び斬り結ぼうとする谷川の気迫を感じて輔四郎は後退《あとじさ》りした。そして、そのまますするすると下がりながら、振り向いて玄関のほうへ走った。こんなことをしてどうなるものでもないと自分で自分を疑いながら、逃げ回る以外に咄《とっ》嗟《さ》に思い付くこともなかったのである。新田普請のために野山を歩き続けた足が強いか、早道の足が強いか、いまはそれに賭けてみるしかなかった。

　果たして谷川は猛然と追いかけてきた。身が軽く、輔四郎が庭木の中へ逃げ込むと先回りして行く手を塞ぎ、前庭の道へ戻ると瞬く間に現われて向き合う。まるで影のようにまつわりついて離れなかった。

　輔四郎は背後につかれないように用心しながら、庭木の陰に潜み、危険を感じるとまた走るということを繰り返した。するうち自分が刺客であることも忘れて、ただ生き残るために戦う気持ちになっていった。

谷川の気配を感じると、彼はほとんど本能とも言える速さで逃れた。悪あがきとしか思えない、みじめで醜い抵抗が、平凡に生きてきた命をつなぐかもしれなかった。


日が暮れて森閑とした屋敷の庭に風が渡ると、長い夢から覚めるような心地がした。這うようにして辿《たど》り着いた庭石に背を凭《もた》せて息を継ぐうち、輔四郎はちょうど向かいの空に昇りかけている月に気付いた。その明かりが谷川の顔と白頭をかろうじて闇の中に照らし出している。

思い切って、とどめを刺すために立ってゆくと、果たして谷川はまだ生きていて何か言ったようだった。仰向けに倒れたまま片手で首の傷を押さえているが、もう無駄なことは承知しているようすで、目も見えていないらしかった。

あれから半刻余りが過ぎて、どうにか谷川の首筋を斬ったものの、ほとんど手応えがなく、輔四郎は少し離れたところから、しばらく血が流れ出るのを待っていた。谷川は動けそうにもなかったが輔四郎の体力も限界にきていて、迂闊《うかつ》に近付けば命を落とすことにもなりかねなかった。彼は谷川を見張りながら自分の傷の仮の手当てをした。いつかしら夜を迎えて、雨を落としそうだった空からは月明かりが降っていた。

「何か言い残すことがあるのか」

不意の反撃に備えながら声をかけると、谷川は生欠伸《なまあくび》のような吐息をついてから途切れ途切れに話した。

「中老暗殺は津軽の指図でしたことだ、その津軽がわしを始末するということは……気を付けろ、次は貴様の番だぞ」

輔四郎ははっとした。重職たちの政争のことは分からないが、その言葉で、めぼしい剣客の中から自分が刺客に選ばれたわけが腑に落ちた気がしたのである。津軽家老の指図に従いながら、当人の口からは何も聞いていないこともそうであった。谷川の言葉に嘘がなければ中老暗殺は津軽家老の陰謀で、谷川の恫喝《どうかつ》を恐れたか、丸ごと隠蔽《いんぺい》するために彼の口をふさいだらしい。谷川は家老の魂胆を知っていながら、刺客を捕らえて追及するつもりだったのかもしれない。いずれにしても早道の支配頭が何の手も打たずに刺客を迎えたとも思えなかった。だが彼は彼で中老殺しという、藩主の信頼に背く大罪を犯している。

そのことを大目付に届け出ても、信じてはもらえないだろうと思った。津軽家の用人が白《しら》を切れば、谷川暗殺が家老の指図であることを証すものはなく、しかも中老暗殺の証人でもある男を斬ったのは、ほかでもない自分であった。

聞かなければ済んだことかもしれなかったが、聞いてしまったからにはのこのこと津軽家老を訪ねるわけにはゆかなかった。仮に知らん顔を通したところで、谷川が言ったように家老はいずれ自分を始末するだろう。その討手は早ければもう外に待っているかもしれない。残された道がひとつしかないことを悟ると、輔四郎は急いで身支度を調えた。それから谷川を見たが、すでにとどめを刺す必要はなくなっていた。

屋敷の北側から塀を乗り越えると、狭い道にも夜気が流れていた。幾つか屋敷を通り過ぎてから広い通りに出たが、時分どきのためか人影は見当たらない。輔四郎はいくらか力の戻った足で町外れへ向かいながら、運よく生き延びたかわりに背負った不運を考えていた。生死の狭間をすり抜けた喜びは感じられず、胸には虚しさが広がっている。家にも討手が待ちかまえているに違いないと思いながら、三ノ町へ出ると、彼は人気のない道を選んで小走りに駆けていった。

やがて道は野辺に出て、城下を振り返るあたりまできたとき、輔四郎は当座の危機を脱した安堵から、道端の盛り上がった草の上に腰を下ろした。新田普請のために幾度となく行き来した道も、いまは月明かりだけが頼りで心許ない。小一里ほどさきの村から山へ入るつもりでいたが、険しい道を国境《くにざかい》まで無事にゆけるかどうかは分からなかった。その前にどこかで傷の手当てをし、食べる物を分けてもらわなければならない。ぐずぐずしていると、傷が化膿して身動きがとれなくなるだろう。

三弥はごますりで栄転し、おれは死闘の果てに出奔《しゅっぽん》するのか、そう思うとやりきれなかったが、彼は仕方のない思いで立ち上がった。文字通り死の淵から逃れてきたというのに、生の実感を味わう暇もないのは皮肉だった。

肩の傷口から出血していないことを確かめてから、また歩きかけたとき、不意にあたりの草むらから虫の音が聞こえてきた。ピルルル、ピルルル、と囁きかけるような声に輔四郎は呼び止められた気がした。虫の音は夜気を震わすように澄み切っていて、不思議なほど胸をしめつけてくる。思わずあたりを見回したものの、月明かりに見えるのは夜よりも黒い木立と城下の火影《ほかげ》だけであった。

単調でつつましい音色に聞き入りながら、彼はしばらく茫然と立っていた。いまのいままで自分のことばかり考えていたが、こうしている間もあまは森閑とした家で案じているのだと思った。すると無性に自分自身に腹が立ち、情けなくなった。どうしてか、いまになり心の底から、あまが生きるために御留山へ入った気持ちが分かる気がしたのだった。

彼は踵《きびす》を返して歩き出した。急ぐと傷口が疼《うず》いたが、気持ちは逃げてきたときよりも強くなっていた。家老の陰謀にたったひとりで立ち向かうのは無謀には違いないが、脱藩して無事に生きてゆけるという保証もないのだった。谷川には少なくとも十人の配下がいるのだし、彼ほどの男が何も残さずに死ぬはずがないとも思った。

暗い道を戻ると、城下との境に浅い川があって橋が架けられている。輔四郎は役目でその橋を渡る度に、家を離れ、家に帰るという気持ちを味わってきた。家に着けば必ずあまが出迎え、冬であれば当然のごとく温かい洗足《せんそく》をつかった。夕べには彼女の酌で酒を飲み、互いに留守中のことを語り合う。それだけでも野辺の暮らしの疲れは癒えていった。

その家には、ひょっとしたら小藤太が鮎を届けにきているかもしれない。彼は思い切ると、羽織を脱いで襷を掛け直した。刀の鯉口を切り、まだ使えることを確かめてから、脇差の小柄《こづか》を抜いて右手に持つと、つぶさに谷川の動きが思い出された。この闇であの奇襲を躱せるものはいないだろうし、家に辿り着きさえすればあまがいるのだと思った。

　それにしても、これほど身近に妻にふさわしい人のいることに、どうして今日まで気付かなかったものか。刺客の話にしても、ひとり身という気儘《きまま》だが無防備な立場が災いを招いたと考えられなくもない。だが、そのことよりも彼はあまに詫びたい気持ちになっていた。ゆくところもなく、ただじっと待っている女に、帰った、と言ってやりたい。すまなかったと、ひとりの男として詫びたいのだった。当てもなく待たされるばかりで、供をしたいとしか言い出せなかった女の胸中を考えると、谷川の家へ向かったときとは比べようもなく激しい闘志が湧くのを感じた。

（ありのままに話せばいい……）

　血に塗《まみ》れた姿を見たら、あまは泣き出すかもしれないが、その顔を見るだけでも十分ではないか。暗くひっそりとした橋を渡り、いつものように家へ急ぎながら、輔四郎はそう思っていた。

うつしみ

夫の帰りを待ち暮らす家にも煩わしい人の出入りがあって、その日急に思い立って家を出たのは夕暮れ間近であった。日の傾きかけた道を城から遠ざかるうちに寺町に差しかかり、やがて目の前に西光寺《さいこうじ》の長い石段が現われると、松枝《まつえ》はどうしたものかと頂上を見上げた。勾配《こうばい》が急なうえに石段には手すりがなく、両側は山を切り開いたままであったが、いつのころからか杉が目立つようになり、いまではまっすぐな細い幹を連ねている。寺は実家の菩提寺《ぼだいじ》で、これまで幾度墓参したか知れない。幼いころは祖母に手を引かれ、成長すると祖母の手を引いて登った。

ひとりで登るには小さな決意がいって、途中で気が弱り、引き返すことほど無意味で馬鹿馬鹿しいこともない。登り切ったあとの充足と引き替えにする疲労を考えると溜息が出るが、山門の手前には香華《こうげ》を売る小さな茶店があって、春には草餅、秋には焼き栗や田楽《でんがく》が楽しめる。山寺の狭い境内を抜けると、東側の斜面にある墓地からは野畑や海が眺められて、いつの季節も美しい。彼女は太息《ふといき》をつくと、最後に香華を手向《たむ》けたのはいつのことだろうかと思いながら、気を引き立てて登りはじめた。

夫の小安平次郎《こやすへいじろう》が大目付《おおめつけ》に捕縛されてからもう一月になる。当初は上役の代官のことで呼び出されたと聞いていたが、日が経つにつれて不正の嫌疑をかけられているのは平次郎も同じだと分かった。役所で捕らえられてから五日もあとになって、大目付の配下が詮議のための入牢《じゅろう》を知らせてきたのである。夫の朋輩《ほうばい》の話では、平次郎は受け持ちの浦方《うらかた》のことで呼び出されただけで取り調べもすぐに済むだろうということであったから、入牢は寝耳に水の知らせだった。

しかも、それからというもの無為に日を重ねるばかりで、詳しいことは何も伝わってこない。親類や実家のものが足繁く訪ねてくるのも平次郎の身を案じるからではなく、罪人と関わることになるかもしれない不安からであった。来客の度に何か分かったのかもしれない、と彼女は期待したが、一様にしかつめ顔をして飲みたくもない茶を一服して帰る人々には失望し、疲れもした。本当に平次郎の身を案じているなら少しは調べてくれてもよさそうなものだが、下手に関わりたくないのか誰もすすんで動こうとはしない。そのくせ身内としての不満だけは運んでくる。

「その後、何か分かりましたでしょうか」

今日も義妹のひでが訪ねてきたが、兄のことよりも婚家での自身の立場を案じているようすだった。おそらく夫の指図できたか、自身の不安を晴らしにきたのだろう。ひでの期待にこたえようもなく、松枝は茶をすすめて女子の無力さを詫びるしかなかった。

それでなくても主のいない家は不用心で物淋しい。子がいれば少しは気が紛れるのだろうが、五年目を迎えた夫婦にまだ子はいなかった。小安家は病弱な家系なのか、すでに舅《しゅうと》も姑《しゅうとめ》も亡く、彼女は嫁ぐときにはそのことをありがたく思ったものだが、ここへきてたった一月をひとりで暮らしただけで女の頼りなさを痛感することになった。こういうときに舅か姑がいてくれたら、どんなにか心強いだろうと思う。だが、それはそれで義妹の身勝手と変わらない気がしたのである。

　平凡だが順風ともいえない家庭に育った彼女は、内輪の付き合いが苦手であったし、そもそも血のつながりというものを世間ほど大袈裟《おおげさ》に信じてはいないところがあった。彼女を育てたのは祖母の津南《つな》で、母と呼ぶ人は継母《けいぼ》であったから、家の中にも血を分けない人がいる暮らしを知っている。父と後妻の間に子が生まれても一家の表向きの顔は変わらなかったが、家族の関係はぎくしゃくとしだした。生まれたのが男の子だったせいか、父の愛情が偏りだしたのである。見かねた祖母が松枝の母になり、一家に二つの家庭ができると、彼女は祖母を頼りながらも父母を独占する弟に嫉妬した。

「あなたにはわたくしがおります、教えられることは何でも教えて差し上げましょう」

　津南はよく励まし、口にしたことは相手が子供でも実践した。だが、その津南も松枝とは血のつながらない人であった。彼女もまた祖父の後妻で、子を生むことなく西村の家に残った人である。つまりは松枝の父の実母ではなかった。早くに母親を亡くした父がのちに妻にも先立たれ、後妻を迎えたのはこの家の皮肉であった。

　松枝は実の祖母も知らなければ実母のこともほとんど覚えていない。物心がつくころには津南を母親のように思っていたし、津南がいなければ一日をどうして過ごしてよいのかも分からなかった。継母の多野《たの》は人形のように無口な人で、姑にあたる津南とは反りが合わないというよりも、すすんで人と打ち解けることを知らない人のようであった。それは先妻の子である松枝に対しても同じで、つらく当たることもなければ機嫌をとることもなかった。夫と実子以外の人とは誰とでも距離をとり、常に醒めた目で周囲を眺めているように思われた。

そういう多野を松枝は母親とは思えなかったが、ひとつ屋根の下で暮らした十数年をつらいとも思わなかった。それはいつも津南がそばにいてくれたお蔭で、言い換えれば津南に守られていたからであった。津南には自然に人を従わせるような威厳があって、彼女のそばにいれば父の小言や言い付けも柔らかに聞こえた。

十七歳で小安との縁談が調い、十八で嫁ぐまでの一年、彼女はおよそ好きなように暮らしたが、津南が病臥《びょうが》したのもそのころであった。卒中の発作で倒れてからは口と半身が麻痺して、ほとんど寝たきりとなった。気丈な人で手の届きそうなところへは這《は》っていったが、それまでが人一倍立居のすっきりとした人であったから、いっそう哀れに見えた。

それでも松枝がそばへゆくと、彼女は不自由な口を使ってよく話したのである。その目で祝言を見るまでは御迎えが来ても死なない、と幾度も繰り返し、本当にそうした。彼女が亡くなったのは松枝が小安へ嫁してから半年ほどあとのことで、やはり卒中の発作であった。

結婚後、ときおり実家へ帰るのは津南を見舞うためであったから、彼女がいなくなると西村は他人の家も同然であった。もう帰る家はないと思え、と父は結婚に際してきっぱりと言ったし、その気持ちはいまも変わらないだろう。松枝は父の言葉を胸に刻んだし、腹違いの弟が早々と跡を継いでしまうと、なおさら訪ねづらくなった。彼女にとって実家は生家というだけで、津南との思い出の場所にすぎなくなった。そこに父はいても津南のように心から頼ることはできない。異母弟の隼之助《そうのすけ》とは仲がよくも悪くもなく、お互いに異質な育てられ方をしたから姉弟の感情も希薄だった。口争いをしたり、嫉妬したりしながら、いざとなると折れ合う家族らしさがなかった。彼女は些細なことで隼之助と争った記憶がない。

　今日も急に思い立って西光寺の前までできた彼女に石段を登らせたのは津南であった。いつの間にか肉親よりも身近な存在になった夫の実像も、身勝手な世間との付き合い方も分からなくなって、苦し紛れに津南ならどうするだろうかと思った。気丈と言えば、津南は夫を亡くしてからも西村の中心にいたような気がする。後妻として子も生まず、家族の誰とも血のつながらない家に暮らしながら、誰もが認める一家の精神的な柱であった。若作りで身のこなしが美しく、客に応対するときなど惚れ惚れしたものである。その津南に育てられながら、松枝は少しも祖母の器量を受け継いでいなかった。流れる血が違うから容姿は仕方がないとしても、どうしてこうまで人間の器が違うのかと思う。

　津南は何でも教えてくれたが、どこかで孫娘を甘やかしたとみえる。母の腕にすがるような気持ちで石段を登りながら、松枝は津南と二人で過ごした日々を懐かしく思った。上を見ると登るのがつらくなるので足下ばかり見ていたが、息が乱れて気力が途切れそうであった。足が重く、腓《こむら》が返りそうになるのを感じて立ち止まると、果たして動けなくなった。いつの間に踊り場を過ぎたのか、七分方は登ったと思いながら見上げると、まだ半分も来ていなかった。

彼女はうつむいて喘《あえ》ぎながら、いったいこれからどうすればよいのかと思った。夫の無実を信じる一方で、家の外には妻の知らない世界があるのも確かだった。一月も帰らない夫を世間はもう罪人として見ている。案外世間のほうが正しく、このまま断罪されて終わりということもあるだろう。そうなったとき女ひとりでどうして生きてゆけるだろうか。

松枝は気を取り直して顔を上げたが、同時に重い吐息を洩らした。衰えてきた日の光は杉の枝葉に遮られて、石段は暗くなりかけている。津南の歳の半分にも満たないというのに歩けない自分が情けなく、気力を絞り出したが、どうにも行き暮れてあてどない気分だった。

あのころ津南は孫の手を引いて、この石段を軽々と登ったのである。六十は過ぎていただろう。松枝がぐずると、苦しいなら笑いなさい、と言って励ました。世間や身分が相手ならともかく石段に負けてどうする、とも言った。そのときはすらりとした老女の力強さに気をとられて、言葉の意味までは分からなかったが、あとから思うとそれが津南の生き方であった。一度躓《つまず》いた女子として何かと窮屈な立場に置かれながら、自力でどうにかなることには毅然として立ち向かう人であった。もっとも彼女の人生は後妻として西村へくる以前も、きたあとも、決して恵まれたものではなく、与えられた場所で目立たぬように生きてゆくことに限られていた。

津南が夫に離縁を言い渡されて一度目の婚家を去ったのは二十二歳のときであった。原因は実兄の不始末で、彼女自身の落度ではなかったが、従うしかないのが世間の決まりであった。四歳と二歳になる子とは否応なく引き裂かれた。

仕方なく実家へ戻ったものの、彼女は傷心を癒《いや》すどころか居場所のなさに息苦しさを覚えた。中里《なかざと》家は十五石の小身《しょうしん》で、狭い家には当主の兄夫婦と二人の子供のほかに父母と部屋住みの末弟がいた。そこへ兄の不始末のために離縁されたとはいえ、二十二歳にもなる女が戻るのは一家の悲愴感に追い打ちをかけるだけであった。兄の昇《のぼる》は役目上の不始末で謹慎中であったから、なおさら応えただろう。

「しばらくのんびりするといい」

彼は言ったが、自身の将来さえどうなるか知れないときであった。身ひとつで戻った津南にできたのは、嫂《あによめ》の手伝いと内職の針仕事くらいであった。別れてきた子のことを思うと体の芯から震えたが、泣き暮らすゆとりはなかった。いったい内証《ないしょ》の苦しさほど彼女がそれまでの人生で憎んだものはない。

中里は代々勘定人を務める家で、男も女も算勘《さんかん》に長《た》けていたが、皮肉なことに家には数えるほどの金子《きんす》も先行きの見込みもないのだった。俸禄《ほうろく》が増えない限り、貧しい暮らしは永遠に変わらないように思われたし、兄の昇が帳簿を操り、無断で役所から一朱を借用したのも、つまるところ家の遣り繰りのためであった。

津南は兄を強く恨む気持ちにはなれなかったし、厄介者でしかない自分を自覚していたから、手伝いをして暮らすうちにも、どうにかして家を出ることを考えていた。といっても町屋に仕舞屋《しもたや》を借りる金はなく、たとえ借りられたとしても暮らしを立てる術《すべ》を知らなかった。実家がよほど裕福か、世故《せこ》に長けた逞《たくま》しい人でなければ、親か夫の庇護を離れて武家の女子がひとりで生きてゆくのは至難であった。

どこかへ奉公に出たい。しばらくして彼女は兄に相談した。それが一家のためであったし、せめて若いうちに身過ぎの術を覚えなければ本当に一家の厄介者で終わるだろうと思った。

「しかし、よい口があるかな」

兄は妹の前途に僅かな望みもないことを承知で引きとめなかった。けれども、狭い城下にそうそう都合のいい奉公先はなかったのである。津南は住み込みで働ける奉公を望んだが、それまで働いた経験のない、事情のある女にできることは限られていた。

「園浦《そのうら》に白木綿《しらゆう》という料亭があるのを存じておるか」

しばらくして兄が探してきたのは酔客を相手にする仲居奉公であった。津南は園浦へ行ったこともなければ「白木綿」も知らなかったが、二つ返事で承知した。城下で知人に出会うことを考えると、海辺へゆくのは却《かえ》って気が楽な気がしたのである。

城下から小一里ほど離れたところにある園浦は小さな入り江だが、小物細工のように美しい磯には鉱泉が湧き、冬場は湯治もできるし、夏は浦風が涼しい。低い丘を隔てて北どなりに浦百姓《うらびゃくしょう》の村があるが、自然の絶妙な地形に守られて、そこだけが別世界のように泰然としていている。高台に藩主の療養所があるほかは、汀《みぎわ》にいくつか料亭があり、客は高禄の家中や商人たちであった。

　離縁から二月もしないうちに、津南は白木綿にいた。実家にいても何も変わらないことは分かっていたから、兄夫婦はもとより父も母も反対はしなかった。仲居の仕事は思っていたよりも性に合い、酒席で客の相手をする以外はつらいとは思わなかったが、子と別れた痛みは実家にいたときよりも激しくなっていた。どうにかひとりで生きてゆけそうになると前夫の薄情な仕打ちに腹が立ったし、彼のもとに残してきた子供たちには一生の負い目を感じもした。それまでの一切を忘れなければと思いながら、ひとりの夜を迎えると割り切れない痛みに悩まされた。

　振り返るにも前を向くにも気力のいる日々、幾度眺めても見飽きない園浦の景勝と仲居たちの明るさが慰めとなった。彼女はそれまで大勢の女たちの中に身を置いたことがなく、妬《ねた》みや嘲《あざけ》りの的になるのではないかと案じていたが、日が経《た》つにつれ、じわじわと癒されていることに気付いた。仲居たちは町人か百姓の娘で、きびしく行儀を仕込まれて仕着せに身を包むと、それまでの境涯も苦悩も隠れてしまう。堅苦しい武家の言葉遣いや気取りは、そこでは無用であった。

「どう見たってお武家さまでしょう、本当に務まるのかしらって話してたんですよ」

「武家といっても、ご覧の通りですから」

「でも、あたしたちとはどこか違うし、上品だからお客さんだって見る目が違うもの」

打ち解けると、女たちは言い、津南もすすんで殻を破った。彼女たちがこれからの人生の師であり、あるいは生涯の友となるかもしれなかった。実際、女たちの客あしらいのうまさには感心したし、過去を気にしない逞しさには驚きもした。彼女は役にも立たない誇りをかなぐり捨てて、人前で明るく振舞うことを覚えていった。

その生きように密かに憧れ、目標としたのは小咲《こさき》という女将《おかみ》であった。どういう育ちの人なのか、四十前の女には男にも負けない見識があり、どこから見ても惚れ惚れするような佳人であった。その輝きが美しい髪や着物のせいだけでなく女の内側から溢れていることを津南はすぐに見抜いた。同じ女でありながら、人間の磨き方がまるで違うのだった。

もっとも、そういう人だから料亭の切り盛りを任されるのだろう。白木綿の本当の主は商人で、彼女はその妾だと仲居たちは話したが、当時の津南にはそういう生き方のできる女こそが自分というものを持つ逞しい人に思われた。早い話が夫に仕え、子を儲け、家を守ったところで、ある日離縁されてしまえば女は途方に暮れるしかない。

彼女は懸命に働きながら、いつかは小咲のように自立して、女ひとりの暮らしにも強い光の差すようにしたいと思い続けた。そのためには老いても自分を支えるものに困らない、男にも左右されない、自分の一生というものを自分で作るしかない。あるときそう決心し、一途《いちず》な思いに駆られると、馴れない環境にいながら貪欲《どんよく》に学ぶことが生き甲斐となっていった。

夜、最後の客を送り出すと、料亭はひっそりとする。宴の片付けが終わると、座敷の灯を消して、通いの仲居たちも帰ってゆく。賑やかな宴の果てに急に訪れる静けさは孤独を運んできたが、過去の痛みに震えることは少なくなった。津南は彼女の心に客が残していった言葉を楽しみ、少しずつ強いほうへ変わる自分を楽しんだ。あれこれ思い悩んでみても、終わったことは仕方がなかった。

かわりに眠りにつく前のひととき、あてがわれた小部屋で、その日の料理の献立を書き留めるのが日課となった。接客は日に日に板についてきたが、その手で給仕する料理の良し悪しが分からない。少しでも早く覚えようと、自分で運んだものは、どの客が何を食べ残したかも几帳面に記した。そうすることで季節の料理を覚え、客の好みを覚えたのである。二年もすると、彼女はよく、その日料理番が何を出してくるかを仲居たちに言い当ててみせた。そのころは仲居として隙のない仕事をするようになっていたし、女将の信頼も得ていた。

僅《わず》かずつ自由になる金が貯《た》まり、生きてゆく自信がつくと、彼女は身過ぎの不安から解放されてのびのびとした。朝食後の自由にできるひととき、園浦の汀に佇《たたず》み、おそろしく穏やかな眺めに憩った。どうにか落ち着いた境遇からもう一歩踏み出し、どこかに家を借りようと考えはじめたのもそのころからであった。園浦という土地にも仕事にも馴れて、城下へ戻りたいとは思わなかったが、一生住み込みの仲居奉公を続けるわけにもゆかなかった。若い仲居たちはひとりふたりと嫁してゆき、あるものは通い奉公を続けるものの、身籠《みごも》ると辞めざるを得なかった。

津南は夫婦の情愛にも結婚というものにも裏切られていたから、嫁いでゆく女たちを羨むことはなかったが、かといって結婚を知らない女ひとりの一生が望ましいとも思わなかった。嫁いでゆく女たちは幸福そうに見えたし、夫や夫の家族とうまくゆくならそれはそれでよかった。離縁されて改めて気付いたことだが、彼女は夫に深い愛情もなく、子供のために生きていたようなところがある。家という器の中に一日も一生もあるから奇妙に結びついていたが、もともと愛情があって結婚したわけではなかった。それは彼女に限ったことではなく、家と家が決める縁談に従うしかないのが武家の女子の宿命であった。ともに暮らすことで夫婦の情を深めてゆくしかない一方で、家のためにならなければ離縁されるのも仕方がなかった。

（これほど当てにならない人と人の関わりがあるだろうか……）

醒めた目で嫁してゆく朋輩たちを眺めながら、何が幸せか分からないのだから、と思った。前夫を含めた世間への反骨心が彼女を支えていた。実家とも疎遠になって寄る辺のない身となると、自分を恃《たの》むしかないこともあったが、そのために彼女は足腰を鍛えてきたようなものだった。ところが園浦へ来て三年が過ぎたころになって、思いがけない縁談が持ち上がったのである。

「とてもいいお話だと思うけど……」

女将の小咲を通じて突然に結婚を申し込んできたのは、西村宣左衛門《せんざえもん》という郡奉行《こおりぶぎょう》のひとりで、白木綿の客であった。津南は彼をよく覚えていたし、そう言われてみると熱心な視線にも思い当たったが、どうして自分のような半端な女を妻にしたいのかと疑った。

彼女は考えるより先に断わりを言った。男は四十近く、宴席で見る限り、勘定奉行の供侍のようであった。卑屈という以外に、強い印象はなかった。

「ご返事は、もう少しよく考えてからでも遅くはないでしょう」

それでも小咲は熱心にすすめた。上客に対する女将の立場もあれば、津南への親身もあるようだった。津南が意地になると、お断わりするにしても、きちんと理由を申し上げるのが礼儀だと彼女は繰り返した。

「わたくしは一度離縁された女です、武家といっても実家は十五石の小身ですし、どう考えても釣り合いがとれません」

「それは確かにそうかもしれませんけど、西村さまは何もかも承知の上で妻に迎えたいと申されております、どうしても後添いが厭《いや》だというのであれば仕方がありませんが」

当然のことながら、男は津南の過去も家のことも調べていたのである。それでも是非妻にしたいというのだから、よほど気に入ったには違いない。子を二人産み、仲居にまで身を落としていたが、彼女はまだ二十五歳の美しい盛りであった。堕ちるところへ堕ちてもおかしくない逆境にありながら自分を失わずにきた強さも、男は気に入ったという。

西村家は百石の中身《ちゅうしん》で、津南から見れば家柄には文句のつけようがない。それだけに女の側から夢のような話を断わるのは厄介であった。彼女は結婚にはもう興味がないと言ったものの、男の卑屈なところが気に入らない、とは言えなかった。できることなら女将のように自立したいと話すと、小咲はそれは余計に苦労だと言って苦笑した。

綺麗ごとの多い世の中で女が汚れずに生きてゆくのはむずかしいし、世間もそうそう自由にはさせてくれない。見かけの涼しさと内にこもる暑さは違うものです、と彼女は滅多に見せない憂い顔で自身の汚れを仄《ほの》めかした。

津南にとり小咲は理想とする人であったから、そう言われるとそれまでの覚悟が揺らぐ気がした。才色を備えてのびやかに見える女も、結局男の世話にならずにはいられないのかと、道を塞がれる思いだった。女将としての懐《ふところ》の深さにも男の影が見えると、何かしら厭な気がして、とことん心を許すのをためらった。

「しばらく考えさせてくださいまし」

その場は逃れたものの、日が経つばかりで考えの変わるはずがなかった。その間にも西村から催促があり、それでも延ばし延ばしに三月が過ぎると、小咲も待ちかねて返答を迫った。

「実家の中里さまはすでにご承知なされたそうでございますよ、西村さまからそう言ってまいりました」

津南は耳を疑った。実家へ話がいったとしたら兄の昇が断われるはずがないが、それでは自分の意志がなくなってしまう。ここへくるまでの事情が事情だから、彼女は西村宣左衛門が実家を通さずに話をすすめているものとばかり思っていた。でなければ小咲を間に立てた意味もなかった。それともあまりに返事が遅いので気を揉んでしたことだろうかとも考えたが、それはそれで男の器量が見えるようで後退りする気分だった。

「やはり、お断わりいたします」

思い切って告げると小咲は深い吐息をついたが、自分のことだから、と津南はそれ以上の干渉を望まなかった。少々遅すぎた感はあるにしても、月日をかけたことでこちらが悩んだことは伝わるはずだし、縁がなかったといえばそれだけのことである。世間に縁談を知られていないうちなら相手の面目も立つだろうと思った。

ところが、そのあと小咲の口から思いがけない話をきいたのである。

「でもねえ」

彼女は落胆したはずの顔を上げると、ふっくらとした形のよい唇を歪めた。

「支度金までいただいたのですから、いまさらお断わりするというのはどうでしょうか」

津南は愕然とした。実家から何も聞いていないことが、却って合点《がてん》のゆく話だった。金銭が絡むと、兄は信用がならない。小咲の言葉は決定的な事実に聞こえた。

彼女は青ざめながら、西村家の使いにへりくだる兄の顔を思い浮かべた。そのあと思いがけない大金を手にして、彼は驚喜したに違いない。貧しい家の当主を恨んでもはじまらないが、自分を取り巻く世間に追いつめられた気がした。支度金のことは当然知っていると思っていたらしく、小咲は意外だという顔で津南を眺めた。

「それで、支度金はいかほどでしょうか」

彼女は訊かずにいられなかった。結婚は不承知だから西村さまへ返してほしい、と兄に話したところで無駄だろうし、自力で返す当てもなかったが、当人が知らないでは済まされない。さあ、と小咲にかわされると、彼女の与《あずか》り知ることではないのに冷たくあしらわれた心地がした。

　それにしても兄が何も言ってこないのはどういうつもりだろう。男たちの都合で一方的に離縁されたり、縁談をすすめられたり、まるで品物ではないかと思った。結婚がもう逃れようのないこととしても、ゆく当てのない女だからと侮られ、曖昧《あいまい》に流されるのだけは厭であった。

　一度、西村さまに会わせてほしい。彼女は小咲に頼んだ。結婚するにしても男に言いたいことがあったし、立場をわきまえない女だと嫌われて破談になるならそれでよかった。

　数日後、日が暮れてから西村宣左衛門は白木綿へやってきた。彼がひとりで座敷に座るのはそれがはじめてであった。小咲の指図で酒肴を運んでゆくと、津南はいつものように仲居の挨拶をした。それから黙っている男へ酒をすすめた。

　酒の相手をするのも仕事であったから、酔客の扱いには馴れていたが、二人きりの部屋で黙るのは息苦しかった。宣左衛門はいつもの陽気さをなくして、別人のように寡黙だった。

「兄が支度金をいただいたそうですが、できればその前にお目にかかり、ご返事申し上げるのでした」

　幾度目かの酌をしながら、話は津南のほうから切り出した。いざ男を前にすると気後れしたものの、言うだけのことは言おうと思った。

「そもそも身に余るお話と心得ますが、なにゆえわたくしのようなものを後添いにお望みでしょう」

宣左衛門は盃を休めて聞いていた。前にみたときよりもいくらか痩せて、肩のあたりが細くなっている。彼女がうつむくと、男は目を上げて顔を眺めたが、口は重いままであった。酒をすすめれば飲み、ようすを見ていると自分からは飲まない。三三九度でもしているような息苦しさに身を固くするうち、ときだけが過ぎていった。

結婚について話し合うために会っているのに、そのこと自体が不満なのか、男は話に乗ってこない。むろん津南のほうにも再婚という気安さはなく、むしろ必死の思いで自分の考えを伝えようとしているにすぎなかった。

仲居としてほかにできることもなく、彼女はまた酌をしながら、どうしてお答えいただけないのかと迫った。こちらの求めに応じて訪ねてきた男の顔を立ててやろうと思いながら、不躾《ぶしつけ》でも言わなければ取り付く島がないように思われた。

「そういうあなたこそ、かれこれ三月も黙っていたのです、こちらは考えるのが癖になってしまった」

彼はようやくそう言った。待つうちに不安になって、自分はそれほどつまらない男かと自問したという。一度開いた口は徐々にだが滑らかになり、支度金のことは気を回し、よかれと思ってしたが、早手回しがすぎたかもしれないと話した。

「では改めてお訊ねいたします」

津南は男がそこまで執心する理由にこだわった。妻に迎えたい、それはありがとうございます、と言うだけで男と女が夫婦になれるものでもないのだ。互いの中身も知らずに安易に結び付けば、あとで思い知らされるのが落ちであった。彼女は身構えて、同じ質問を繰り返した。

「なぜわたくしのような女子を後添いにお望みでしょう」

「いちいちわけを言わなければならないことですか、ここへ来る度にあなたという人を見て、そうしたいと決めたまでです」

「十五石の家の、出戻りの、仲居をですか」

「いけませんか」

いきなり争う口調になって、宣左衛門は憮然とした。

「要するに手前のもとへ再嫁するのは不服だということでしょう」

男の戦闘的な態度は津南を驚かせたが、言葉は遠回しな求愛であった。彼女は不意を衝かれてうろたえながら、女に言われるままにのこのこ訪ねてきた男の、もうひとつの顔を見る気がした。上役の前で見せる卑屈な態度は相手に合わせたことで、どうやら彼女の目は作り物のほうを見ていたらしいのである。

ややあって空いていた盃に酒を満たすと、津南は一息に呷《あお》る男を見つめた。世の中には体面にこだわらない人もいるのかと、目の覚める思いだった。すると今日まで返事もせずに逃げていた自分が、ずるく小さな人間に思われもした。あるいはこの人なら、と迷いもしたが、またぞろ同じ過ちを繰り返すのかと戒める声も聞こえてくる。盃を干すと男は自重気味に話し出し、彼女はうつむいて聞いていた。

不器用に胸のうちを語る言葉は、津南のいくらか捻《ねじ》れた心にも新鮮であった。やがて男の熱意に押し切られてしまう自分を予感しながら、彼女は心底から結婚というものを信じ切れない不安に揺れていた。一度味わった痛みに臆病になるのは仕方がなかった。それでも断われば男も兄も落胆するだろう。そう考えたのは心変わりしそうな自分への言いわけであった。

「これだけ話して分かってもらえないのであれば仕方がない」

やがて宣左衛門が言い、津南はさっと顔を上げたが、すぐには言葉を継げなかった。

「もう一度だけ考えさせてくださいまし」

そのときは、そう言うのがやっとのことであった。あと幾日、とすかさず問われて、三日とつい口にした日数《ひかず》が男への気持ちであった。

では三日後に再訪するという男を拒むつもりはなかったが、お待ちしております、とも言えなかった。男を帰す前に食事の世話をする仕事が残っていたし、話し終えたあとの無意味なときを二人きりで過ごすのは気が重かった。彼女は追加の酒と料理を取りに立ちながら、男の口から聞いた言葉を考えてみるかわりに、結婚を承知するにしても過度の期待を持ち込むまいと考えていた。夫婦になってしまえば、言葉は言葉、女は男に従うしかないのだから、と思った。

それにしても何という心変わりだろう、と彼女は自分の気持ちを持て余した。頼り切っていた男に子も家も奪われ、ひとりの一生にこだわるのも女なら、たった半刻の出会いで嫌っていた結婚について考え直すのも女であった。空腹を我慢して話し続けた男に、食事の世話をするのは妻と変わらない。男も同じ想像をするだろう。そもそも、そういう幻想から生まれた気持ちかもしれなかった。けれども現実が幻想の通りにならないことも、津南には分かり切ったことであった。

掛行灯《かけあんどん》の灯る廊下を歩いてゆくと、台所は配膳の最中で、仲居たちが先を争うようにして料理を運んでゆく。なぜか見馴れたはずの光景が色褪せているのを感じながら、津南は料理を待つ女たちの中へ入っていった。女にも自ら決めてよいことがあるはずだと思うが、現実の暮らしの中で許されることではなかった。彼女はひとりの客のために、いつもとは違う気持ちで料理を待ちながら、無意識に女の自我というものを考えていた。

些細なことから暮らしが壊れることもあれば、救われることもある。成りゆきに任せて望まない結果を見るのが厭なら、女でも言うべきことは言わなければならない。そのことを津南は宣左衛門との出会いから学んでいたが、本当の意味で自覚したのは、それからしばらくあとのことであった。

再嫁した西村家は宣左衛門と息子と姑の三人きりの家族だったが、そこへ彼女が加わると、ぴたりと張り付いていた家族の間に微妙なずれが生じたのである。姑は息子の後妻である彼女を身分の低い女として見たし、まだ五歳にしかならない先妻の子は彼女を母親として認めなかった。宣左衛門の前では睦まじい家族を演じながら、彼のいない間は刺々《とげとげ》しいときを過ごした。望まれて再嫁した家で孤独を味わうのは情けないことであった。

それでも彼女はしばらく辛抱することを選んだ。夫に話してもおそらく信じてはくれないだろうと思ったたし、彼を間に立てれば告げ口をしたととられるだけであった。とりわけ姑のはんは気むずかしく、津南が何かを訊くと、そんなことも分からないのかと険相《けんそう》な顔になった。

「今日はお客さまが見えますから、これをお出ししてください」

「かしこまりました」

「中に作法にうるさい人がいますから、気をつけるように」

「ありがとうございます」

彼女の返す言葉は仲居のときと変わらなかった。むしろ言葉に込める気持ちは、仲居のときのほうが正直だったかもしれない。宣左衛門との再婚にかけた暮らしの夢はみるみる壊れていった。

宣左衛門は見かけよりもしっかりとして優しい人であったが、母親と息子は当然のことながら別の人格だったのである。彼も家族の不和に気付いていたのだろう、再婚して一年もたあるとき、はんへ嫁を見下したような態度を改めるようにと忠告した。母も頭では分かっているようだと夫の口から聞くと、津南は一気に報われる気がした。再婚に過度の期待はしないといっても虚しい忍耐のいることで、むろん諦めていたわけではなかった。

彼女が姑の顔色を見るのをやめたのは、そのころからである。これからは思うようにやってみるといい、と当主である夫の許しが出たと思った。一生の大半を家に縛られるのだから、せめて家の中では自立した女でありたい。一途な思いが彼女を力づけた。

西村家は来客の多い家で、同役の奉行や配下の組子をはじめ、豪農や町人までが気軽に訪ねてきた。誰にでも門戸を開くのが西村の家風で、来客が絶えないのは宣左衛門の人柄であった。津南は夫の理解もあって、自分とさして出自の違わない人々を心から持てなした。はんはけじめがつかない、と言って嫌ったが、そういう隔てのない付き合いこそが宣左衛門の人望を厚くしてゆくように思われた。

「よくお越しくださいました、あいにく旦那さまは留守をしておりますが、粗茶なりと進ぜましょう」

誰彼なく歓待する津南の遣り方を、はんは不満に思っていたようである。浦百姓にまで茶を振舞うことはない、と眉をひそめ、そのうち客の前にも顔を出さなくなったが、津南が応接するようになってから来客は増える一方であった。その中には借金を頼みにくるものもいたが、彼女は断わるにしても笑みを絶やさなかった。園浦で過ごした三年余りの間に身につけたものといえば客あしらいと笑顔であったから、卑屈な真似をしているとも思わなかった。

そんなことでも自信を得たし、

「今度の西村さまの嫁は愛想がいい」

と言われて悪い気はしなかった。世間に西村の人間として認められた気がした。

だが、その一方で継子との関係はぎくしゃくとしたままであった。幼名を又吉《またきち》といった宣左衛門の子は気性が荒く、父親の血をまるで受け継いでいないかに思われた。どういう接し方をしても嫌われてしまうし、落ち着いて話のしようがない。そのうち馴染《なじ》む、と宣左衛門は言ったが、津南は途方に暮れた。前夫に奪われた我が子のことを思うと、又吉は文字通り天からの授かり物に思われたが、感情で刃向かう子供に名ばかりの母の優しい言葉は通じなかった。

「あなたが母親を選べないように、わたくしも子を選べません、それでも母子として暮らしてゆくしかないのですよ」

思い余って、あるとき彼女はそう言った。

「わたくしが嫌いなら、いつかこの家から追い出しなさい、そのときがきたなら必ずあなたの指図に従いましょう」

又吉は黙っていたが、少しは津南の立場を理解したのか、その日から無闇に荒れることはなくなった。津南は手妻《てづま》でも見るような気持ちだった。いつか本当に家を出なければならない日がくるとしても、以前のように恐れてはいない自分に気付くと、あとには言うべきことを言った満足感と小さな自信が生まれた。

待ち望んだ平穏な家庭に彼女は憩った。宣左衛門が言った通り、又吉は徐々に馴染みはじめ、はんも老境に差しかかると嫁を頼るようになっていた。だが、それも長くは続かなかったのである。又吉が元服し、敬十郎《けいじゅうろう》と名を改めた年、宣左衛門が津波に呑まれて呆気なく他界してしまった。視察のために海辺の村へ出向いたその日の出来事だった。姑よりも夫が先に逝《ゆ》き、追うようにして姑の最期も看取ると、西村には津南と敬十郎の二人が残された。血のつながらない母と子が家を守るのは、どこかしら遭難した舟に乗り合わせた他人が仕方なく力を合わせるのに似ている。お互いに本心が別のところにあってもおかしくはなかった。

「むかし約束したことを覚えていますか」

彼女はそれとなく敬十郎に訊ねた。

「いまがそのときかもしれませんね」

彼は忘れたのか答えなかった。いつの間にか気の荒い子から寡黙な青年に変わっていたが、ひとりで西村を背負う自信はまだなかったのだろう。それより差し迫った父と祖母の法事をどうするのかと、さりげなく話をすり替えるほどの大人にはなっていた。顔付きは気丈に見えても中身は若く、世間との関わりは津南に頼っているのだった。

そのとき津南は三十七歳になっていたが、もう一度ひとりで生きてゆくことに大きな不安を抱いてはいなかった。自分ひとりの身過ぎなどどうにかなると思っていたし、敬十郎に出ていけと言われたら、そうするつもりだった。しかし彼は言わなかった。

「父上の野羽織《のばおり》はどうしましたか、重陽《ちょうよう》の支度はできていますか」

かわりに津南を重宝に使った。彼女は結果として宣左衛門にではなく家というものに嫁いだことを実感したが、当主に必要とされる限り、与えられた場所で目の前にある問題を乗り越えてゆくしかなかった。

宣左衛門の遺知は継げたものの、世間が敬十郎を西村の当主として認めるまでには相応の

歳月がいったし、知識も経験もないまま郡方に召し出された彼は、一日の役目を終えて帰宅するとぐったりとした。自分ひとりの身の回りのことすらできない男を支えるのは津南のほかにいなかった。彼女はそのことに母親の喜びを感じもしたが、それから彼が妻帯するまでの約十年、自身のためにできることは少なかった。その間にも人は訪れ、敬十郎のかわりに気持ちよく帰してはまた迎えるということを繰り返した。何のことはない、血のつながらない息子との暮らしが続くのは家があるからで、守るものがなければ園浦の料亭で働いているのと大した違いはないのだった。

園浦の海を見たい。狭い入り江の汀に料亭が並ぶだけの淋しい土地でも、あそこには素《す》の自分がいたと思った。だが武家の女子がひとりで出かけてゆくには園浦は遠すぎた。彼女は西村家の菩提寺の墓地から海が見えると知ると、よくそこへゆくようになった。

「園浦へ二度目に訪ねていらしたとき、淋しい思いはさせない、そうおっしゃったではありませんか」

気晴らしに遠い海を眺め、墓前で夫に語りかけることは決まっていた。どうしてか夫婦の縁が薄く、しかもつらく淋しい形で終わると、男に寄りかかる女の脆《もろ》さをつくづくと考えさせられた。

敬十郎夫妻に女の子が生まれたのは、結婚から三年後のことであった。ほっとする間もなく、松枝と名付けられた子が三歳のときに母親が病没し、ほどなく多野という後妻を迎えると、津南は自分が辿《たど》ってきた道をそのまま振り返ることになった。亡くなった姑のはんと同

じ立場になったのである。違ったのは敬十郎と後添いの間に新たな子が生まれたことで、彼が跡取りと決まると夫婦の松枝への情が薄れてしまったことである。いずれ他家へくれてやる娘には違いないが、似たような思いをしてきた敬十郎が松枝に対して冷ややかなのには驚かされた。まるで自分の受けた心の傷を、意図して娘にも負わせるような冷たさであった。津南は見かねて、多野にも馴れないようだから自分に松枝を任せてほしいと申し出た。果たして息子夫婦は拒まなかった。

彼女はまだ何も分からない孫の手をとりながら、この子には知る限りのことを教えてやろうと思った。いつか成長し、女子として立つとき、生きてゆく支えになるものを彼女自身の中に植え付けてやりたい。そんな思いから、おそらく世間のどの母親よりも熱心に語りかけた。

西光寺へゆくとき、松枝は彼女の道連れとなった。長い石段を登り切ると、津南は褒美に門前の茶店で好きなものを与えた。本当にほしいと思うものは自分の力で手に入れなさい。何かを与える度に、そう言い添えることを忘れなかった。どうすればよいのか分からなくなったら、誰でもない、自分の正直な心に訊きなさい、とも話した。松枝は石段のさきに甘いものが待っているのを覚えた。

孫娘に情愛を注ぎ込むのは、彼女にとって思うようにならなかった人生を締めくくる最後の務めであった。松枝の成長と自身の老いとが同じ早さに感じられて、あとは命の終わりに向けて静かに生きてゆくしかないと思っていた。ところが六十歳を過ぎてから、考えてもみ

ない大変が起きたのである。

藩主の実弟が江戸で旗本と斬り合い、殺害されたうえに、藩が事件のもみ消しを図ったことが幕府に露見して、評定所での取り調べがはじまったというのだった。非は相手方にあったが、幕臣ということで重職たちも慌《あわ》てたらしい。西村という家の中に生きてきた津南にも、主家の危局はあらゆる小事を呑み込む嵐のように思われた。実際、御家がお取り潰しとなれば何千人という家中一族が路頭に迷うことになる。それまで彼女が味わってきた女の不自由さとは桁《けた》の違う苦難が人々を待ち受けている。果たして評定がすすむにつれて改易《かいえき》の噂が広まり、城下は騒然とした。

悲観した家中は早々と家財道具の処分をはじめ、西村家でも売れるものをまとめて、そのときに備えはじめた。当主の敬十郎のすることに津南はもう口を挟まなかったが、最悪の事態となったときに松枝とふたりで生きてゆくことは考えておかなければならなかった。だがよくよく考えてみると、それはさほど恐ろしいことではなかったのである。

町屋に暮らす人々ははじめから食禄など頼らずに生きているのだし、同じ人間にできないはずがない、と津南は思ったが、男たちはひたすら慌てているようであった。彼女は日ごろ取り澄ましている人間の正体を見たかのように、彼らの不甲斐なさに密かに腹を立てていた。それまで女や子供を家来のように従えてきた男たちが、いまは家族を守るために奔走しているのだとは思えなかった。

兄の中里昇が訪ねてきたのは、藩主が他家へお預けと決まったころであった。彼は一家で遠国の親戚のもとへ身を寄せるつもりだと言い、後生だから、とその道中費用を無心した。老いても浅ましいままの人であった。淋しげな妹の顔を見ながら、彼は見栄も外聞もなく泣きついたが、津南はやんわりと断わりを言った。

「そのようなお心掛けで今日までご主君に仕えてきたのですか、だとしたら中里の女子がかわいそうですね、女は一家の主がどのようなことになろうとも逃げ出すわけにはまいりませんから」

兄のほかにも訪ねてくる人がいると、彼女はいつもと変わらない穏やかな物腰のまま言って聞かせた。

「武士たるものが浅ましいことを考えるものではございません、殿さまが他家へお預けとなったいま、ご帰宅を願うのが家臣の務めであり、家財道具を片付けたり、他国へ逃れることを考えたりするのはもってのほかでございましょう、たとえ願いが叶わず、御家が断絶したとしても後始末というものがございます、諸道具の片付けはそれからでも遅くはありませんし、そもそも家財なるものは武具から衣服に至るまで俸禄のお蔭をもって調えたものです、さもしい真似をして後の世まで悪名をとるか、実否の定まるまでお待ち申し上げるか、武士としてすべきことは言わずと知れておりましょう」

分かるものは分かり、分からないものは顔をしかめて去っていった。

その声は自然と敬十郎の耳へも届いたらしく、彼は家財の整理をやめて、家の中を元通りにした。彼なりに老女の言葉をもっともだと考えたのだろう。幸いなことに事件からおよそ一月半が過ぎて、御家は一万石の減封《げんぽう》と決まり、揉み消しを画策した家老らは重追放となったが、どうにか改易だけは免れたのである。三万二千石のうちから一万石の減封はまっすぐに家中の暮らしに跳ね返るとしても、この土地で生きてゆけることは変わらないのだった。

嵐のあとの荒れ果てた土地にしがみつくのは苦労だが、いつか甦るのを見るのも悪くはない、と津南は気持ちを切り替えた。それにしても見切りをつけて家財を処分した男たちは、いったいどういう顔をして藩主を迎えるのだろう。彼らの家族はこれまで通り一家の主を信頼するのだろうか。

その日、彼女は松枝を連れて西光寺へ墓参した。春も終わりかけて、城下は初夏を思わせる日差しに溢れていたが、木陰の続く寺町の通りはひんやりとしていた。石段の前までくると、津南は長い行程を見上げてためらう松枝を促した。

「おばあさま、今日はお団子が食べたい」

「何なりと召し上がれ、ふたりで殿さまがお帰りになるお祝いをしましょう」

津南は微笑みながら松枝の手を握りしめた。齢《よわい》のわりに石段をふむ足取りはしっかりとしていたし、乗り越えられるものは乗り越えてきたと思ったが、どうしたことか胸の中は大切なものを失ったような淋しさに満ちていた。急に沈みかけた気持ちを振り払うように、彼女はときおり松枝に声をかけた。

「鼻緒はきつくありませんか」

「はい」

「いちもどんどん大きくなるわね」

松枝は妙な顔で見上げたが、津南はそれには気付かずに笑った。むかし別れた実の子の名を口にするのは無意識に引きずる悔いのせいであったし、いつか仕方がなかったと納得できる日がくるとも思えなかった。

あれから精一杯生きてきたつもりだが、いったいあとに何が残ったろうか。女というだけで自分ひとりのことすら思うようにはできなかった。けれども、宣左衛門と出会えたのは苦しい中での幸福だったと思った。男にもああいう自由な考え方をする人がいるのかと、それまで窮屈でしかなかった世間が急にほぐれた気がしたものである。はじめて男のほうから彼女の人生へ歩み寄ってくるのを感じた。

不自由なりに自分というものが持てたなら、女の生き方にも幅が生まれる。松枝もいずれは家を出て、生きる苦しみを知るときがくるだろう。彼女は思いながら、我が子とともに一歩一歩苦難を乗り越えるような気持ちで石段を登っていった。

「苦しいなら笑いなさい、世間が相手ならともかく石段に負けてどうしますか」

となりで松枝の息が荒くなると、津南はそう言って励ました。どうにか改易を免れたとはいえ家中の暮らしに明るい展望はなく、そのとき松枝は十一歳の若さであった。

休み休み、ひとりの重い歩みを繰り返すうちに小半刻ほどがゆき、晩春の日はさらに傾いていた。視界から杉の葉が途切れて薄明るい空が見えると、そこが西光寺の門前であった。喘ぎながら最後の十四、五段を登り切ると、松枝は弾んでいる息を整えた。粗い石畳のさきには茶店と山門が見えて、暮れなずむ空の光の下に黒ずんでいる。墓地へゆくには境内をぬけて、また少し山の斜面を歩かなければならず、彼女は休む間もなく茶店で香華を求め、心許ない足取りで歩いていった。

むかし津南にねだった田楽や団子に食指は動かなかったが、懐かしさが募るせいか、茶店を後にすると一人の心細さを覚えた。傍らに祖母がいたとき、彼女は夕暮れの暗さや墓地の冷たさを恐れたことはなく、帰る道のりを案じたこともなかったのである。それが二十三にもなって、どうして気にかかるのだろう。

御家を揺るがした事件からあと、家中の暮らしは厳しさを増し、どの家の女たちもつましく生きることを強いられてきた。浦方役人に嫁いだ松枝だけが苦労を背負ったわけではなく、一万石の減封は上から下まで家中のそれまでの暮らしを一変させたのである。事件後、不忠を取り沙汰されて召し放ちとなったものも多く、彼らに比べれば家中として残ったものはまだましかもしれない。が、やがて暮らしがどうにも立たなくなって、不正を働くものが増えたのは皮肉だった。夫の小安平次郎が捕らえられたのも、そういう風潮のすすむ最中のことで、まさかとは思うが、信じ切る自信があるとも言えなかった。

彼女は温厚な夫も気短な夫も知っていたし、子ができたなら行き詰まるであろう暮らしを案じている夫も知っていたから、逆にそのために何もしない夫というのも、どこかで信じられなかった。白か黒かといえば、どちらも夫であるような気がする。ましてや一月も離れていると、牢屋で無実を主張する夫と罪を逃れようとしている夫が二人ながらに見えて、分からなくなっていた。

「平次郎に限って……」

彼の親が生きていたなら、そう言うだろうし、松枝も迷わずにすんだかもしれない。だが、それはそれで人ばかり頼る女の逃げ道のようにも思われた。津南という気丈な人に育てられた彼女にも自我らしいものはあるのだが、祖母ほど自分を頼り切れない。たぶん人として未熟なのであった。

「男なんて見た目では分かりませんよ、だから気持ちのほうをしっかり見ないとね、みんな女に跳ね返ってきますから、かといって用心が過ぎるのも女としては淋しいものです」

嫁ぐ前の夢と不安とに揺れていた日々、津南の語る言葉に松枝は聞き入ったものである。平次郎とは父を通して知り合い、淡い恋愛を経験したあとの結婚であった。それがどんなに幸せなことか、と津南は若かったころの自分と思い比べて喜んだ。

「でも大事なのはこれから……女子の一生は壊れやすく、精進するだけでは実りませんから、夫となる人と何であれ語り合い、分かち合えたらいいでしょうね」

祖母は病床でもそんなことを話した。四歳と二歳の子を残して婚家を追い出され、やがて西村に再嫁したものの、夫と死別して他人と生きることを強いられてきた人の真実の声であった。その一生の変転を、松枝は最後の最後になって病床の祖母の口から聞いたのである。

彼女はこの一月、津南がそばにいてくれたらどんなにか気が楽だろうと思わない日はなかった。いつも彼女の求める答えを知っていて、返答に迷うことのない人であったし、従うほど楽なこともなかった。ただひとつ、いまでも思い出すと息苦しくなるのは、老いても矍《かく》鑠《しゃく》としていた津南にときおり、いちと呼ばれたことであった。

松枝は子供心に聞かない振りをしたが、何となくそれがどこかにいる津南の子であるような気はしていた。あのころ津南は孫娘に別れた子の幻影を見ていたのかもしれない。あとになってそれがやはり実の娘の名であると知ったとき、彼女は祖母の苦しみに付き合わされた気がする一方で、だからこそ惜しげもなくそそがれた愛情をしみじみと感じもした。人に対するときは常に明るく凜としていながら、あの津南でさえ捨てきれない悔いを引きずっていたのだった。

津南が亡くなったとき、松枝は実の母親を亡くしたような喪失感に襲われた。父とも継母とも心が通わなくなっていたから、津南が彼女の肉親であった。すでに嫁していた小安家から夫とともに弔いに参列したが、弔客の多さに比べ、あまりに淋しい葬儀で、腹が立ったほどである。その日から今日まで彼女は実家の墓へ参ったことはない。

狭い境内を通り抜けて小道から墓所へ回ると、山の斜面を切り開いた細長い土地に墓石や塔婆《とうば》が並んでいる。津南が西村の祖先と眠る墓は東側の斜面にあって、そこまで来ると案外な角度から海が見渡せる。石段を登っていたときよりもあたりが明るく感じられるのは、空が高くひらけて海原の見えるせいであった。いつ見ても味わい深い海の色に、松枝は束《つか》の間《ま》目を当てていた。黄昏《たそがれ》どきのそれは波頭《はとう》に夕陽をとらえ、沈む日よりもどこか哀れで美しい。

園浦へ行ってみようか。眺めるうちに津南がよく自慢した入り江を思い出したが、それには夫も来なければならない。こんなときにひとりで海へ出かけたら、世間が黙ってはいないだろう。気休めに憩うのはあとにして、彼女は墓前に香華を手向けた。華といってても申しわけ程度に黄白色の花をつけた樒《しきみ》で、墓の周りにいくらでもあるものだった。しゃがんで手を合わせると、彼女は吐き出すようにこの一月のことを話した。誰にも言えない胸のうちを聞いてくれるのは、いまも津南だけであった。

「まあ、それは大変だこと」

どこからか津南はそう言った。

「ともかくよく考えてみることね、わたくしが教えられることはもうありませんから」

だが聞こえてきたのはそれだけで、松枝は冷たく突き放された気がした。そのために喘ぎながら石段を登ってきたというのに津南の言葉には労《いたわ》りが感じられず、裏切られた気がしたが、考えてみれば未だに津南にすがるほうがおかしいのだった。

彼女は茫然としながら、津南には孤独を丸め込んで生きてゆく強さがあったが、自分にはそういう力が足りないと思った。いつも夫を頼り、いつの間にか夫の陰で生きることに馴れてしまった。今度のことにしても、先々のことまで案じながら、その実、昨日も今日もうろたえているだけであった。夫の身を案じる一方で、夫を信じきれない自分とも戦うほど愚かなことはない。世間の冷たさなど本当はどうでもよかったのではなかろうか。そう思い当たると、津南の言葉を頭では覚えていながら、何も生かしていない自分に気付いて腹が立った。

孤独に負けて夫まで疑うのは、自分で自分を粗末にするのと変わらない。彼女は今日までの一月を後悔したが、やがてそのことに気付いただけでもよかったかもしれないと思い直した。そうしている間も牢屋の中で耐えている夫に、何かしら話しかけたい気持ちだった。

しばらくして立ち上がると、暮れかけた海へ出てゆく舟の灯が見えて、松枝はどこへゆくのだろうかと眺めた。帰らない舟を迎えに出たのか、夜釣りにでも向かうのか、そのうち薄暮に紛れてゆく灯に彼女は今日までの自分を重ねて見送った。

これで津南も安心するだろうと思った。彼女が実兄の不始末で離縁されたのは、たしか二十二歳のときである。子を奪われたうえ女ひとりの行く手に何ひとつ当てはなかったが、あれで自分を取り戻したと話していたのを松枝は思い出した。いまの松枝の歳にはすすんで実家の庇護を離れ、園浦の料亭で働いていたのだった。本当にひとりになったわけでもないのに、人ばかり頼って、くよくよと心を悩ませている女と何という違いだろうか。

「どうやら、あなたには肝心なことが見えていないようです」

不意に津南の声が聞こえて振り返ると、一瞬あたりに茂る樒の花が一斉にこちらを見たように思われた。ひとつひとつは人目を引こうとしないが、そうして揃うと鮮やかな眺めであった。松枝はそのときになって、樒の中に樒を供える味気なさに気付いたが、津南は呆れて声をかけたに違いなかった。

「ええ、そうですね」

彼女は口の中で応えながら、しばらく墓前の花に目を当てていた。するうち遠い日の情景が目に浮かんで、はっとしたのだった。

その日、家には暗く険しい顔をした来客が多く、松枝は不穏な空気を感じ取ると、隠れるように客間の次の間にじっとしていた。そのとき襖《ふすま》越しに聞いた津南の声は、どういうわけか見てもいない姿とともにはっきりと覚えていた。

「武士たるものが浅ましいことを考えるものではございません」

言葉はまるでいまの自分に向けられたもので、彼女の言う通り、たとえ一月が一年でも実否の定まるまで待つしかないのだった。そのうえで万一のときはひとりで生きてゆくことも考えなければならない。津南なら、それくらいの覚悟はするだろう。

ある人が苦辛《くしん》して乗り越えた道を、あとから同じように苦しみながら歩くのが人間なら、母と思う人と似たような道を辿るのは娘の業《ごう》かもしれなかった。いくら教えられても自分のことは自分のことでしかない。それでも津南のような人がいたから、誤る一歩手前で気付かされる。

日が落ちるのか、急に暗くなった墓前に花だけが仄白《ほのじろ》く見えている。どのみち石段を下りるのは夜になるだろうと思いながら、松枝は不思議と帰る道のりを案じていないことにほっとした。それも、些細なきっかけで変わる女の生きようを津南が思い出させてくれたお蔭のようであった。

彼女は立つ前に、もう一度津南の歩んだ道と生前の苦しみを思って合掌した。よく似たもうひとりの自分に手を合わせているような、奇妙に深い休らいを覚えて、すぐには去りがたい気持ちだった。

向椿山

幾筋もの川を遡《さかのぼ》り、江戸から岩佐庄次郎《いわさしょうじろう》を運んできた舟が、ようやく城下の船着場に着いたのは、その年も暮れかけた晩冬のことであった。

懐かしさと期待に上気しながら、物淋しい岸辺の佇《たたず》まいに目を凝らしたものの、果たして出迎える人の輪の中に美沙生《みさお》はいなかった。夕暮れの頼りない陽の下に叔父の良順《りょうじゅん》と弟子の千秋《ちあき》らしい若者の姿が見えて、知っている顔はそれだけだった。四、五人の乗客のあとから細い栈橋を歩いてゆくと、駆け寄ってきた千秋が荷物を受け取り、そのまま黙って良順のところへ導いた。

「だいぶ逞《たくま》しくなったらしい」

「先生もお変わりなく」

彼らは五年振りの挨拶を交わした。良順は庄次郎の実父の弟で、十二歳のときにこの国の医師に預けられ、二十余年の修業のあと独立して町医になっていた。といっても藩から六人扶持《ぶち》をいただく武家の端くれであり、城代家老支配の給人《きゅうにん》医師のひとりである。やはり子沢山の家から庄次郎が十歳で養子にきたとき、彼は初対面の甥《おい》に向かって、おまえも家を追い出された口なのだから、ここで学べるだけ学び、自力で将来を切り開くしかないと宣告した。以来、ふたりは父子というよりも師弟として暮らしてきた。当時もいまも養家《ようか》に母と呼べる人はいなかった。

良順自身は徒弟のようにして医学を学んだそうで、集中すれば五年で修得できることを二十年もかけて師から盗んだという。彼はそのことを悔やんで、庄次郎には早くから基本を教え、治療の限界を少しでも広げるために西洋医学や本草学《ほんぞうがく》を学べとすすめた。ちょうどそのころ天然痘《てんねんとう》が流行《はや》りはじめ、種痘の普及が急がれたが、痘苗《とうびょう》を作ろうにも肝心の牛痘漿《ぎゅうとうしょう》が手に入らず、そのこともあって庄次郎は国を出たのだった。

十九歳で江戸へ遊学し、そのあと下総《しもうさ》の佐倉で佐藤泰然《さとうたいぜん》に学んだ彼は二十四歳の青年医師になっていたが、わずか五年の間に叔父は老境に差しかかり体力も衰えたようであった。おなりなく、とつい口にしたが、庄次郎は歩きながら良順の遅い足取りに驚いていた。五年前の彼は往診に出かけるときは軽快に歩いたし、いざとなれば駆け出したものである。それがいまは膝に障害があるのか、手ぶらで歩くことも思うようにならないらしい。冬の冷え込みがよけいに彼を枯れて見せて、痛々しかった。

「その後、種痘はうまくいっておりますか」

「うむ、お蔭でもう恐れるものはいない、当初は邪法と思われて難渋したが、千秋に試して範を示すと一気に広まった」

「千秋もとんだ役回りだったな」

庄次郎は明るく言った。国を出たとき千秋はまだ十一歳の子供で、美沙生とともに医者の家の賄《まかな》いや診療の手伝いをしていた。彼は町人の孤児で良順が引き取って名を替え、調薬の指導もしていたが、美沙生は武家の娘で毎日隣町の屋敷から通ってきた。彼女の父親と良順が親しく、はじめは四、五日の手伝いのつもりで頼んだものが、いつの間にか自ら親の許しを得て通うようになっていた。若い娘という以上に明るい雰囲気を持ち、血を怖がらずによく働くので、良順も庄次郎も重宝したし、患者も彼女を見ると無条件に安心するようだった。いずれ庄次郎の嫁にと考えたのは良順ひとりではなかっただろう。

「しかし、それで千秋もご城代からお褒めのお言葉を賜った、手紙にもしたためたが、そなたにも一人扶持と薬園を拓く土地を下さることになっている」

と良順は話した。その手紙には美沙生が家の都合で手伝いをやめたとも書かれていたが、そのことには触れなかった。手伝いはやめたとしても今日は出迎えてくれるだろうと期待していた庄次郎は、何かしら複雑な事情が美沙生を締めつけているのではないかと疑った。彼は遊学が決まると、当時十六歳だった美沙生に帰国するまで待てるかと訊《き》き、はい、と彼女は屈託なく答えたのである。将来を契るには若すぎたといえないこともないが、互いを信じられない歳でもなかった。

もっとも急場の約束事として親の承諾を得なかったのは彼の落度であったし、彼女が心変わりして誰かに嫁いだとしても責められることではなかった。しかし、それなら良順もそう言うだろう。隠したところで、すぐに分かることである。言えない理由が結婚とは別のことにあるとすると、美沙生は二十一の行かずということになり、それはそれでやはり気がかりであった。いずれにしても彼女が自分を待っていないらしいと分かると、正直なところ帰国の喜びは半減した。

「そうか、千秋ももう十六になるのか」

「はい、年が明けて十七でございます」

「早いものだな」

彼は久し振りに郷里の空気を味わう表情をしながら、そうして家へ向かう間も流れた月日を振り返らずにいられなかった。五年経てば十一の子供が十六になるのは当然であるのに、月日は千秋の上にばかり早く流れたかにみえる。五年前、庄次郎は出立の慌ただしさと興奮から、次に会うとき十六の娘が二十一になることを突きつめて考えなかった。けれども良順が一気に衰えたように、何かが美沙生の身に起きたとしても不思議ではない、五年とはそういう歳月であった。

美沙生の家は戸島《こじま》といって、父親の甚兵衛《じんべえ》は蔵奉行《くらぶぎょう》を務める百石取りである。彼女は二女でいつかは他家へ嫁ぐのが定めであったが、すでに姉が片付いていたので甚兵衛は急ぐつもりはなかったらしい。美沙生は十九までは好きにしてよい、と彼女にも言ったそうである。それで医者の手伝いなどということを許したのだろう。それまで煮炊きや掃除は庄次郎と千秋の仕事であった。

美沙生が来るようになってから、庄次郎は家に若い女のいる明るさを知ったし、何となく病人の臭気が籠《こも》る家の中が清められる気がした。忙しい良順に代わり、二人はときおり往診に出かけた。診療記録に従って向かうさきは貧しい町屋の裏側が多く、どん底を知らない美沙生の目には掃き溜めのように映ったことだろう。

狭い長屋の隅に捨てられたように寝て暮らす病人は、若い二人に清廉な救いの手を見るのか、恐縮したり逆にいじけたりした。庄次郎が診察して注意すべきことを指示し、そばから美沙生が薬を与えた。たいていは薬礼を払えないために治療を諦めている人々で、軽い病まで悪化させてしまう。良順はよく病人の家族に向かい、恐縮するくらいなら野山を歩いて薬草を採ってこいと指示したが、それも思うようにはできない人たちであった。一日として貧困から解放されないために、十分な滋養の摂《と》れない彼らの精力は、その日を生きるための身過ぎで尽きてしまうのだった。

「どうです、同じ人間の暮らしとは思えないでしょう」

あるとき庄次郎が言うと、美沙生は案外に平然として、食べるものを食べ、清潔にして暮らせば病の半分は防げるのではないかと言ってのけた。

「それができない、貧しいとはそういうことでしょう」

「床を拭《ふ》き、夜具を干し、手を洗うことなら誰にでもできます、変えようとしなければ何も変わりません」

飾らないまっすぐな言葉に庄次郎は溜息で応えるしかなかった。正論を否定するつもりはないが、とことん諦めることに馴れてしまうと、生きることにも無精になるのが人間であった。彼らの暮らしから、庄次郎はどうにもならない人生があることを学んだし、自分のそれが遥かにましであることに気付かされて救われもした。十歳で家族と別れ、故郷から追い出されても、医者として人に敬われながら生きてゆける幸福を思わずにいられなかった。

「医学を学んでいなければ、わたしもあの人たちとさして変わらない暮らしを強いられていたでしょう」

往診を終えると、彼らはよく河岸《かし》の道を歩いた。城下を西から東へ流れる行待川《ゆきまちがわ》は底が浅く、一年を通して水量も少ないが、ゆったりとした景観に慰められる。反橋《そりばし》の架かる穏やかな眺めは、暗い貧苦を見たあとの無力感から庄次郎を解放した。河岸道の途中には薬種屋があって、そこへ寄るのも彼らの仕事であった。総髪の若い男と清楚な娘は人目を引いたが、医者と分かるからか険しい眼差しとはおよそ無縁であった。自由な語らいが彼らを親しくさせて、その道を歩く度に二人の気持ちは近付いていった。

「若先生と美沙生さまは、いずれご夫婦になられるらしい」

どこからともなくそうした囁きが聞こえてくると、庄次郎は本当にそうなればいいと思いながら顔を赤くした。幸い美沙生は二女であったし、父親と良順の仲を考えると障害もないように思われた。当人の意志を確かめるまでもなく、美沙生は二人きりになると、医者の妻になるには何を学べばよいのかしらと口にした。庄次郎は快い動揺から冗談めいた言葉を返したが、何と言ったかは覚えていない。紅潮した美沙生の顔を眺めながら、彼の心も躍《おど》っていた。しかし、それから間もなく遊学することになったのである。

若く、学ぶ意欲に燃えていたから、遊学の機会を得たことはありがたかったが、美沙生とのことを秤《はかり》に掛けると、迷わず遊学が重いとも言い切れなかった。医者として新しい知識を求めたい気持ちもあれば、家庭という基盤の上に成り立つ自分の人生もある。遊学は半ば医政の立ち後《おく》れを案じた藩の命令であり、費用を負担してもらえるかわり、勝手に帰国することは許されない。少なくとも種痘を実施する目処《めど》をつけなければ、五年が六年になるかもしれなかった。

「まずは江戸で伊東玄朴《いとうげんぼく》先生の門に入り、そのあと下総の佐倉へゆくつもりです、そこには順天堂《じゅんてんどう》という医学塾があり、西洋医学を教えるだけでなく、病人を収容して治療にあたるそうです」

一度だけ、彼らは往診のあと故意に回り道をして帰ったことがあった。そのとき庄次郎は美沙生に遊学の予定を話した。日の暮れかけた小道をうなだれて歩きながら、お手紙をくださいまし、彼女はそう言った。

むろん庄次郎もそうするつもりでいたし、書かずにはいられないだろうと思った。だが実際に遊学してみると、勉学と自分の世話に追われて、年に一度か二度したためるのが精一杯だったのである。同じように遊学している人たちが眠る間も惜しんで学んでいるそばで、女子《おなご》に宛てて手紙を書くのははばかられたし、忘れていたわけではないが、気が付くと半年がゆき、一年が経っていた。いつのころから美沙生からも便りが届かなくなったのか、彼は思い出せない。そのくせ帰国する日が迫ると、急に不安になった。

いまになり女の心変わりを思い悩むくらいなら、あのとき言い聞かせて男女の契りを結んでおけばよかったとさえ思う。その気持ちも機会もあったのに、どこかで五年後の自分を信じられなかったのは彼のほうかもしれなかった。女は心を決めていて、導けば分別を捨てても従うに違いなかった。それよりもまず親に婚約の許しを得るべきであったが、彼も彼女も離れることに気を奪われていた。

家が近付くにつれ、充実した遊学の興奮は薄れて、これからはじまる実践の日々に庄次郎の気持ちは切り替わっていった。それでいて奇妙に感情が高揚するのは、そこにいない人を思うからであった。彼のほうから訊ねなかったこともあるが、良順はその日、美沙生のことにはひとことも触れなかった。

年が明けて間もなく、庄次郎の帰国を祝う小さな集《つど》いがあって、彼はそこではじめて美沙生の消息を知ることになった。半井玄伯《なからいげんぱく》という藩医の家に集まった四人はやはり医師の伜《せがれ》や弟子たちで、半刻ほど庄次郎が西洋医学について講じたあと酒宴に移り、しばらく歓談していたときであった。

「ところで、美沙生どのに会ったか」

いきなりそう訊かれて庄次郎は顔色をなくした。訊いたほうの半井源三《げんぞう》は酔いかけていたが、話題を変えた低い声は真剣そのものだった。庄次郎はうつむいて首を振った。

「そうか、わしはてっきり二人が夫婦になるものと思っていた、それで縁談があったときには驚いてな、父に事情を話してお断わりしたのだが、あとから考えるとそれでよかったのかもしれん」

「それはいつの話だ」

「二年ほど前になる、そのころから美沙生どのにはいろいろあったらしい」

それから半井は思いがけないことを話した。帰国してから庄次郎は藩へ遊学の報告をしたり、城代に呼び出されたり、藩から薬園用に下された土地の下見をしたりと忙しい日が続き、美沙生の家を訪ねるきっかけを逃してきた。半井に首を振ったのは会いたくないという意味ではなかったし、むしろすぐにでも会いたいと思うのに、何も言ってこない美沙生の気持ちが分からないのだった。突然押しかけては迷惑かもしれない、とどこかで怯《ひる》む気持ちもあった。

その後、良順がぽつぽつと話してくれたところでは、あれから美沙生は三年ほど手伝いに通ってきたという。庄次郎がいなくなってからも明るさは変わらず、娘らしく溌剌《はつらつ》としていた。けれども月日が経つにつれて輝きを増してゆく娘を、やがて周囲が放っておかなくなったのである。良順の手伝いをやめたとき、彼女は十九歳であった。縁談があってもおかしくはないどころか、すぐに嫁いでも遅いくらいだろう。やめるにあたり、彼女は親をどう説得すればよいのか分からないと言い、良順は結婚のことだと思ったという。だが、その後も美沙生が嫁いだという話は聞こえてこなかった。

あるとき戸島家から往診の依頼を受けて訪ねると、母親の佐久《さく》が体調を崩して臥《ふ》せっていた。心労が原因としか思えない症状で、しかもそばには嫁したはずの長女がいる。末子《すえこ》の長男はまだ少年であったから、家人で看病のできる女子は美沙生ひとりであった。良順は家に美沙生がいないことに気付いたが、心労で倒れた病人に事情を訊ねるわけにもゆかなかった。母親の病が娘の不在と関わりがあることは聞くまでもなく、彼は別のおりに父親の甚兵衛にそれとなく訊ねてみたが、娘は遠戚に預けていると言うだけだった。

美沙生が親に庄次郎のことを話したかどうかは良順も知らない。彼女は十九歳までは好きにしてよいと言った父親の言葉を盾にとって縁談を拒み続けたようだが、それにも自ずと限界があったのだろう。実際、美しく成長した働きものの娘に縁談はいくらでもあったらしく、親が少しでもよい家へと考えるのも当然であった。そして、そのひとつが半井源三だったということになる。彼は庄次郎と美沙生の仲を察していなければ受けていたかもしれないと言ったが、結局彼のほうから破談にしてから、どうしてかよくない噂を耳にするようになったと話した。

それははじめ美沙生が鼻持ちならない女だとか、石女《うまずめ》に違いないとか、明らかに縁談を断わられた男たちの腹いせと分かるようなものであった。ところが、そのうちに彼女には密かに想う男がいて、縁談に見向きもしないのは恋病《こいやまい》のためだと囁かれた。半井がその無責任で決定的な噂を聞いたのは、破談から半年余りが過ぎたころで、同じころ美沙生の姿は見られなくなった。すると今度は、男を追って京へ行ったらしいと言われた。その人の子を身籠《みごも》り、どこかで産むのだろうとまで囁くものもいた。

「事実かどうか、相手は芦田一草《あしだいっそう》とかいう華道家らしい」

そう言いながら半井自身は信じているようすだった。芦田一草は城下の西の外れにある椿山に春秋庵という庵室《あんしつ》を構えていて、美沙生はしばらくそこへ稽古《けいこ》に通っていたが、急に一草が京の家元に呼ばれて旅立つと、彼女もいなくなっていたという。そのあたりの噂は門人の間から出たらしく、妬《ねた》みもあるだろうから本当のところは誰にも分からない。

「しかし、ただの噂とも言い切れぬところがあってな、根も葉もないことなら、娘を中傷されて戸島家が黙っているのもおかしい」

庄次郎は予想もしない話に驚き、込み上げてくる嫉妬やら惨めな感情やらでかっとなっていた。目を伏せて表情を繕いながら、すぐにでも美沙生を殴りつけたい衝動にかられた。彼は一草を知らないし、何のために美沙生が活《い》け花を習う気になったのかも分からなかった。だがそのことを突き止める気持ちになるより、噂が事実だとしたら、終わりだと思った。

「それで、どうなった」

我慢しかねて訊ねると、あれから一年ほどして美沙生どのはひとりで戻り、いまは家にいるはずだと半井は見てきたように詳しかった。事情が事情だからほとんど家を出ないらしいが、行待川の河岸道で見かけたことがあり、そのときは女中らしい女が付き添っていたとも語った。

「いまも美しいが、何かこう生気のない、蛻《もぬけ》のようだったたな」

「そこまでは知らん、たとえ産んだとしても連れて帰れるわけがなかろう」

「子を産んだのか」

半井の話は庄次郎を打ちのめした。彼はどこかでひっそりと子を産み、そこで生きることも死ぬこともできずに舞い戻った女を思い浮かべた。すると帰国したとき出迎えに来なかったのも、未だに何も言ってこないのも当然のことに思われた。

「もうその話はよそう」

それまで黙っていた友人のひとりが言い、彼らはまた明るさを取り戻したが、庄次郎は語らう気もなくうなずくばかりだった。美沙生の裏切りに憤り、絶望しながら、ほかのことは考えられなかった。

その日、家へ帰ると、良順と千秋が待っていて、これから三人の暮らしをどうするかという話になった。庄次郎が薬園の仮住まいへ千秋を連れてゆくなら、良順は誰か人を雇わなければならない。千秋が残るなら庄次郎のほうに人手がいるだろう。土地はすでに更地になっているものの、薬草は春のうちに種を蒔かなければならないものが多く、藩から催促される前に着手するのが無難であった。

「千秋がいなくては先生がお困りになるでしょう、人を雇うとしても調薬まで頼めるものではありません」

庄次郎は半ば捨て鉢な気持ちからそう言った。現実の問題として千秋の手助けはほしいが、それよりもいまは逃避したい。美沙生のことを考えると、ひとりになって薬園造りに打ち込むのもいいかもしれなかった。近くの村から二人、手伝いを出させるという城代の言葉を伝えると、良順は納得したが、気がかりがあるのか暗い表情のままであった。

「引っ越すといっても同じ城下のうちですから、行き来に困ることもないでしょう」

庄次郎は軽く言いながら、家を出たならしばらくは戻らないだろうと思った。良順も千秋も美沙生の噂を知っていて、肝心のことには触れなかったのである。その気持ちが分かるだけに、却《かえ》って居たたまれない気がした。

明くる日、彼は荷物をまとめると、藩から下された土地へひとりで越していった。医生として種痘の普及に貢献した五年は評価され、それなりに苦労は報われたものの、人としての充足からはほど遠いところを歩かされている気分だった。

清潔だが小屋と呼んだほうがいいような仮宅には六畳の寝間と四畳半の板敷、それに台所があるきりだった。一町歩ほどの土地は行待川の川上にあって、仮宅のある武家地の外れから川縁《かわべり》まで続いている。川向こうには狭い野辺のさきに低い山があり、いまは椿の花がひしめいているらしい。山全体が紅く湧き立つさまは鮮やかで美しいが、その麓に春秋庵と思《おぼ》しき家居までが見えるのは皮肉だった。

庄次郎ははじめ汚れた傷口でも突きつけられる気がしたが、日が経つうちに不思議と激情は薄れていった。早朝二人の手伝いがきてから夕方帰ってゆくまで、彼はその手で鍬《くわ》を振るわなければならなかった。最も近い矢川村《やがわむら》から来ることになったのは賄いの老女と少年で、期待していたほどの役には立たなかったのである。私費で人足を雇うゆとりはなく、村人に強請もできない。否応なく外で過ごす日が続いた。

「先生は医者だろ、おれを弟子にしてくれないか」

少年は子供のころの千秋に似ていた。活発で物怖じしないところや、それでいて食事の段になると居候のように遠慮するのがそうであった。庄次郎にも覚えのあることで、思った通り少年は家を恃《たの》めないどころか、家の荷物であった。読み書きはおろか口の利き方も知らない。それでもどうにか段取りがよくなるに従い、むかしの良順と千秋の姿がいまの自分たちに重なり、人の営みは繰り返されるものかと思った。

「薬草の名と効用、育て方、用い方、すべて覚えられるようなら、そのときは考えよう」

気軽な気持ちからそう言うと、彼は瞳を光らせて、やる、と断言した。その向こう見ずな意欲に庄次郎は快く引きずられる気がした。少年にはそのままではどうにもならない境涯に立ち向かう気力があって、少しも人生を諦めていないのだった。純粋で健気《けなげ》な子供との触れ合いが庄次郎の歪んだ心境をいくらかは修復し、激情を宥《なだ》めてくれたのも事実だった。

庄次郎にあって少年に足りないのは体力と教養であった。自分や千秋がそうであったように、学ぶ機会があれば人はどのように変わるか知れない。すぐには無理としても、いつか成長した少年が薬園を管理する姿を想像するのは楽しかった。庄次郎の言葉に可能性を見るのか、造園は少年の努力で思いのほか捗《はかど》るようになっていった。

やがてぼんやりとながら薬園の形と将来の姿が見えてくると、庄次郎はまだゆとりのある地所に学舎を兼ねた診療所を建てる算段をはじめた。学んだ西洋医学と本草学を実践するには、込み入った町中よりも適当な場所に思われたし、佐倉の順天堂のように医学の教授と実践を同時にできる施設はまだこの国にはなかった。彼はいずれ藩に建議するつもりで、夜はその草案に取り組んだ。もしも願いが叶えられたときには、友人の半井や若い医師を誘って教え合い、治療や研究を分担するのもいいだろう。医学がもう父子相伝《ふしそうでん》の時代ではないように、人も知識も交わらなければならないと思う。原因や治療法の分からない病はごまんとあって、病人は待っているのだから。

そうして自分を励まし、目先を変えることで、庄次郎は行き詰まった気持ちの負担から逃れようとした。けれども頭で思うほどたやすくはなかったのである。いつまでも美沙生のことを考えてばかりはいられない、彼は無意識に川向こうを眺めては、そう言い聞かせた。愚かしい、とわざわざ春秋庵を見ては自嘲するのに、どうしてか目を向けずにいられない。怒りの激情は去ったものの、いくら考えても美沙生の気持ちは分からないままであった。忘れるしかないと念じながら、ひとりになると同じ物思いの淵に溺れた。

思いがけず戸島家から使いがきて、一度美沙生を訪ねてほしいと言ってきたのは、仮宅へ越してから一月ほどが過ぎた二月のことであった。使いは母親の佐久が一存で寄越したらしく、添え文にも夫にはその気がないので留守中にきてほしいとある。庄次郎はその日のうちに戸島家を訪ねた。当人が会いたがっているのかどうかは分からなかったが、ともかく美沙生の顔を見て、少しでも話がしたいと思った。所詮《しょせん》、自分ひとりの葛藤では踏ん切りのつけようがなかったのである。

当主の甚兵衛が出仕し、嫡男を藩校へ送り出すと、日中の戸島家は女二人の留守居となる。娘といっても妙齢を越した美沙生と母親の一日はひっそりとして、屋敷には人声がしなかった。出迎えた佐久は痩せて精彩がなかったが、すぐに訪ねてきた男に驚いたようすで、詫びる言葉を繰り返した。

「お忙しいところ、お呼び立てして申しわけございません、新しいお宅はいかがでございますか」

そんなことを言いながら、自ら庄次郎を客間に招じて茶をすすめた。美沙生はやはり出迎えなかった。

「しばらくお体を悪くなされたと伺いましたが……」

「はい、どうしてか手足が言うことをきかなくなってしまい、一月ほど臥せっておりました、その節は良順先生にお世話になりましたのに、まだ御礼も申し上げておりません」

「もうよろしいのですか」

「わたくしはどうにかやっております」

美沙生ほど厄介な人間ではございませんし、と佐久は目を伏せて皮肉な笑みを浮かべた。

庄次郎は出鼻をくじかれて暗い予感にさらされた。美沙生の家へきて彼女が顔を見せないわけを母親の口から聞くのは回りくどいし、納得のゆく話が聞けるとも思えない。だが、このまま何もはっきりとしないよりはましであった。形だけで意味のない世間話をしたあと、佐久は自分を励ましながら、ぎこちなく切り出した。

「あの子は、いまも岩佐さまがいらしたことを知っていながら隠れております、岩佐さまにしかお話しできないと言いながら、どうしてでしょう」

「いろいろあったようですが、事実をお聞かせくださいませんか」

庄次郎はそう言うしかなかった。噂を知っていながら、いそいそと出かけてきたのは未練でしかないが、人の噂に振り回されて有耶無耶《うやむや》のまま終わるのはみじめであった。仮に噂通りの事実なら、どうにもしようがないのは佐久も同じだろう。それともどうにかしたくて思い切ったものなら、それはそれとして聞くしかなかった。

「美沙生どのは父の手伝いをやめてから、椿山の春秋庵へ活け花の稽古に通われたと聞きます、前々から興味があったのか、それとも何か特別な理由でもあったのですか」

「それが、わたくしにも本当のところは分かりません」

佐久はうろたえたが、話すために庄次郎を呼んだ気持ちは変わらないようであった。幾度か溜息を重ねて庄次郎を見ると、またうつむいてぽつぽつと語りはじめた。

美沙生が急に活け花を習いたいと言い出したのは、一日を家で過ごすようになってから間もない日のことである。そのころ縁談が盛んに起きて甚兵衛は決めかねていたし、断わるにしても適当な理由がないので、一年は娘の我儘《わがまま》を許すことにした。こちらの意に染まない相手には、縁談は華道の修業を終えてから、と当たり障りのない断わり方をすればよく、これはと思う相手とは密かに話をすすめればよかった。仮にとんとん拍子に話がまとまったとしても、祝言まで一年の猶予をもらうのはわけもないだろうと考えた。もっとも当の美沙生はまったく縁談に興味がなく、自分にはまだ早いと言い逃れていたから、活け花は結婚をさきへ延ばすための方便だったかもしれない。

春秋庵へ通うようになって、美沙生は煩雑な身のまわりのことから解放されたように生きとした。稽古から帰ると、師範の一草の深い人柄や彼の生み出す草花の造形について熱心に語った。それまでが沈みがちであったから、よほど稽古が楽しいのだろうと佐久は思った。ところが半年ほどしたころから、またようすがおかしくなったのである。通い稽古は続けていたが、春秋庵のことは話さなくなり、人が違ったように彼女本来の明るさはすっかり影をひそめてしまった。どうしたのかと訊ねても、何も言わない。そうこうするうちに妙な噂が流れてきた。

一草と美沙生が師弟の境を飛び越えて男女の仲にあるらしい。やはり娘を春秋庵へ通わせている知人が、御為《おため》ごかしに教えてくれた話に佐久は愕然とした。しかも美沙生に問い質《ただ》すと、とても正気とは思えない明るさで事実だというのだった。そのころの美沙生は言動に一貫性がなく、どこか投げ遣りであったから、本当かどうか分かったものではなかった。それでも佐久は恐ろしくなって、かりそめにもそのようなことを言ってはならないと口止めしたが、やがて噂は甚兵衛の耳にも届いた。娘を庇う母親の言葉を信じた彼は、悩んだ末に美沙生を佐久の故郷の尼寺へしばらく預けることにし、世間には遠戚のところへ手伝いにやったと話した。前後して一草が京へ旅立ち、美沙生もいないと分かると、人は一草のあとを追ったのだろうと噂した。それからは噂が噂を呼んで、虚実《しんじつ》入り乱れて広まっていった。噂の主が二人とも消えてしまったことで世間の口はさらに辛辣になったが、やがて一草には幾人もの女がいたらしいという噂を最後に熱《ほとぼ》りはさめたようだった。

だが世間は噂を信じたのだろう。一年後に美沙生が戻ってきたとき、縁談はひとつ残らず立ち消えていた。他国での暮らしは彼女を成長させたらしく、女子として不足のない落ち着きを取り戻したものの、人目をはばかり家に籠るしかなかった。ほかに行き場のない彼女は家政の手伝いをして一日を暮らしながら、ときおり思い出したようにふらりと出かけてゆく。供をする女中の話では、どこで何をするというのでもなく半刻ほどぶらぶらと歩きまわるだけだという。いまの美沙生には二十歳を過ぎた女の落ち着きとともに、先のまったく見えないあてどなさがあって、親として見るに忍びない。佐久はそう言って、長い溜息をついた。

「あれほど縁談に恵まれながら、まさか嫁げなくなるとは思いませんでした、どこでどう間違えたのか、あの子はもう仕方がないとしか申しません」

「わたくしの知っている美沙生どのは、持ち前の明るさで切り抜ける人でしたが……」

「十六の娘の明るさに芯の強さを重ねて見るのは望みすぎでしょう、天真爛漫に振舞うことと心の強さは別のものでしょうし、そのことをわたくしはこの五年の間に厭《いや》というほど思い知らされました、あの子は見かけほど強くはありません、ですからひとりで悩み抜いた挙げ句、逆に思い切ったことをいたします」

美沙生と庄次郎の間に将来の約束があったと佐久が知ったのは、つい最近のことだという。それも庄次郎が帰国してから、どこか物憂いようすに気付いた佐久が問いつめて、ようやく聞き出したことであった。彼女はすぐに夫に伝えたが、

「手遅れだ」

そう甚兵衛は呟いたきりであった。あれだけの噂を聞いたうえで美沙生を妻にする男はいないと諦めているのだった。せめて会って話すだけでもと佐久はすすめたが、彼は庄次郎にも良順にも知らせてはならない、いまさら美沙生を押しつけるのは筋違いだと言って聞かなかった。

「なぜ遊学する前にひとこと知らせてくださらなかったのですか、何も言わないあの子もあの子ですが、知っていれば少しは力になれたでしょう」

「あのころは自分に自信がなく、医者として御家の期待に応えられるかどうかも分かりませんでした、気持ちだけが先走り、後先を踏まえるゆとりがなかったのです」

「約束だけして、あとのことは成りゆき任せですか、それではあの子があまりにかわいそうです、十六の娘にとって五年は短くありませんよ、そうお思いになりませんか」

詰め寄られて返す言葉もなく、庄次郎は庭へ目をやった。低い松と杜鵑花《さつき》で調えられた庭は春の光を浴びて和らいでいる。賞《め》でる花こそないが、杜鵑花は芽生え、松の新芽はさらに萌えて瑞々《みずみず》しい。穏やかな日差しに安らぐようすを、美沙生は息を殺して眺めているのかもしれなかった。

「美沙生どのを呼んでいただけますか」

彼は言いながら佐久に目を戻した。そのために来たのだったが、母親の口から慰めにもならない話を聞いたあとで美沙生の顔を見るのは気が重かった。

「わたくしもこのままでよいとは思っておりません、そうお伝えください」

佐久は黙って立ってゆき、急に森閑とした客間に庄次郎は取り残された。肝心の美沙生に会えず、自分の感情すら持て余しているというのに、母親の激情をどう受けとめたものか分からない。

しばらくして佐久は戻ったが、やはりひとりだった。どうしてもいまここではお目にかかれない、日を改めてこちらから伺うと申しております。そう告げるのを庄次郎はうつむいて聞いていた。美沙生は人に聞かれるおそれのあるところでは話したくないのかもしれなかった。かといって二人きりになるのも恐ろしいのだろう。それとも迷惑なのだろうかとも思ったが、本人の口から事実を聞かないことには気持ちの始末のつけようがなかった。

その日美沙生に会うことは諦めて暇《いとま》を告げると、

「どうかあの子を病人と思し召して、何度でも診《み》てやってくださいまし」

佐久は両手をついて言い募ったが、その目は庄次郎を見つめて恨めしそうであった。

それから数日が過ぎても美沙生は現われず、佐久からも何も言ってこなかった。庄次郎は朝から気にかけて過ごしたが、夕暮れになると諦めて、いっそのこともう一度こちらから訪ねてみようかと本気で考えたりもした。美沙生に無理強いをしてはならないと思いながら、待ちかねて、焦燥と不安を味わうことになった。

人を待つ長い一日、彼は気を紛らすためによく働いたが、そのうち賄いの老女が風邪で寝込んでしまい、それだけでも薬園はひっそりとした。七日目のその日は夕飯をつくるのも億劫になり、しばらく振りに良順を訪ねると、彼もちょうど往診から戻ったらしく家の前で鉢合わせした。

「塩売りの杢蔵《もくぞう》を覚えているか、とうとう発作を起こして亡くなったよ」

家に上がると、良順は疲れた顔でそう言った。杢蔵の長屋へは庄次郎も幾度か往診したことがある。もともと病弱なところへ脚気《かっけ》を患い、ほとんど寝たきりであったが、貧しく食べるものを食べられないために薬を与えても治癒しないのだった。良順も医者としてできることはしたはずだが、食べることも含めて治療だとすれば手を尽くしたとはいえない。そのことで彼は自分を責めているようだった。

「医者は坊主と紙一重だ、肝心なときに何もできず、あとは念仏を唱えるしかないと分かっていても逃げ出すわけにはゆかん、そのくせ人が死んでも平気で飯を食える」

庄次郎を相手にしながら、そばで千秋が膳の支度をするのを彼は疎《うと》ましげに眺めた。まともな医者がときおり無力感に苛《さいな》まれるのは仕方のないことであった。庄次郎はそれとなく良順に美沙生のことを相談するつもりでいたが、こんなときに私事でもあるまいと思い、言わずじまいであった。

「まったくつまらん、これほどつまらん商売はないぞ、いくら学んでも切りがないばかりか満足な薬すら作れない、脚《あし》の気《け》ひとつ治せずに医者が聞いて呆《あき》れる」

その晩、良順は珍しく酒を飲んだ。杢蔵の通夜だからと庄次郎や千秋にもすすめて、自分も手酌で飲みながら、とりとめもなく喋り続けた。

「医者は若いうちに苦労したほうがいい、いかに知識があろうとも人の苦しみを分からない人間にろくな治療はできない」

そんなことを言ったかと思うと、庄次郎に向けて、病人は二年も三年も待てない、早く診療をはじめろとも言った。酔うと杢蔵の話に戻って、貧困への怒りから眦《まなじり》を吊り上げたりもした。杢蔵には妻子がいるが、明日にでも一家の葬式を出すことになってもおかしくはないのだった。

「杢蔵はわしがゆくと安心した、医者がきてくれるうちは大丈夫だと思っていたに違いない、だが、あの男が本当に必要としたのは医者ではなく金だろう、食べるものを食べ、摂るものを摂れば脚の気は治せた、香料をくれるなら生きているうちにやるべきだった、違うか」

陰に籠りながらときおり大きくなるその声は、庄次郎の中で眠りかけていた医者としての心得を呼び覚ました。種痘術を広めたというだけで慢心し、帰国してからただの一人も病人を診ていない自分が急に底の浅い人間に思われたのである。そう気付かせてくれただけでも、良順はいまでも彼の師であった。重くなる一方の話に疲れたらしい千秋をさきに休ませると、良順は酔いの回った口で遊学中の話を聞きたいとせがんだ。

「まさか五年も勉学一筋できたわけでもあるまい、何か楽しいこともあったろう」

そう言われてみれば、確かにないこともなかったと庄次郎は思った。江戸では芝居を観《み》たし、裕福な同門に誘われて吉原へ出かけたこともある。遊蕩というほど羽目を外したわけではないが、来る日も来る日も医学と向き合い、結果を期待されていた人間にとって、大きな息抜きには違いなかった。しかし、ありのままを話す気にはなれなかった。

「五年はあっという間でしたから、江戸詰のご家中ほど詳しくは江戸を知りません」

彼は曖昧に答えた。吉原の話をしても良順の気は晴れぬだろうと思ったし、杢蔵の死に遠慮する気持ちもあった。そうしていても杢蔵の窶《やつ》れた顔ははっきりと思い浮かぶが、吉原の遊女の顔は思い出せない。

「楽しかったといえば人との出会いでしょうか、もっとも江戸弁に馴れるまでは話が嚙み合いませんでしたが……」

催促しておきながら良順は上の空で聞いていた。医者として目を背《そむ》けてはならない人間の死を話題にしたあとでは、語るほうも気が乗らなかった。やがて酒が切れると、庄次郎は良順のために給仕しながら、自分も遅い夕餉《ゆうげ》にありついた。

「今夜は泊まってゆけ」

とすすめられたが、彼は辞して誰もいない薬園へ帰っていった。月明かりの暗い道を歩くうちに、杢蔵や美沙生や医学のことが雪崩《なだ》れるように胸に落ちてきたが、良順の話を聞いていたときの、やりきれない気持ちにはならなかった。むしろ医者として杢蔵の死と無縁ではいられない自分を感じながら、何か大きなものに行き当たった気がしていた。

その夜、眠りに落ちるまでの長い間、美沙生のことを思いながら、良順の呻《うめ》くような声が耳について離れなかった。


春らしい若草色の絣《かすり》に身を包み、その人が訪ねてきたとき、庄次郎は薬園の西の柵沿いに杏《あんず》の木を植えるために鍬を振るっていた。朝方野山を隠した霞《かすみ》は晴れて、暖かな陽の降りそそぐ昼下がりのことであった。竹の柵に沿って穴を掘りながら少年に杏仁《きょうにん》の効用や毒性を教えていたとき、賄いの婆さんが呼ぶので振り返ると、彼女のうしろに美沙生が立っているのだった。

「ひとりですか」

思わずそう声をかけると、美沙生は答えるかわりにしなやかに辞儀をした。供はいないようであった。庄次郎は歩み寄りながら、女の痛々しい変わりように目を見張った。美しいが面《おも》瘦《や》せて、白く細い首がほとんど露《あらわ》になっている。彼はその首に目を当てていた。当然のことだが、月日は彼女の上をただ通り過ぎたわけではなかった。

「真吉《しんきち》、あとを頼む」

少年に言い付けて、庄次郎は美沙生を誘うように川のほうへ歩いていった。あとから懐かしい女の気配がついてきたが、どこまで引き寄せてよいのか分からない。そうして二人で歩いていると、何も変わっていない気がする一方で、逃げ場のない袋道《ふくろみち》をすすむ思いだった。足下の土が柔らかく、女が困るのに彼は手を貸しかねていた。風は昨日よりも暖かく、微かな川の匂いを運んでくる。黙っている美沙生へ、庄次郎は近く建て増しをして診療をはじめる、いずれは学舎も建てるつもりだと話した。いきなりどう話しかけてよいのか分からなかったこともあるが、まだ真吉や婆さんに聞こえるような気がしたのである。

「もう内弟子がいらっしゃるのですね、むかしの千秋さんを思い出します」

彼女は小声で言ってから、しばらく間をおいて付け加えた。

「ご無理を申し上げたうえ、遅くなり、申しわけございません」

喘《あえ》ぐような声には、いまにもどこかへ消えてしまいそうな頼りない響きがあった。それでいて庄次郎の胸には重くこたえた。女の遅い足取りに戸惑いながら、やがて川縁の小道へ行き当たると、彼は川上へ歩きかけて立ち止まった。美沙生はついてきたが、歩くのがつらいようであった。

彼はあたりを見まわした。浅い河原に小さな岩が見えて、そこへ彼女を導いてから、自分はそばに立って川向こうを眺めた。そのときになって正面に燃えるような眩しさで椿山が迫っているのに気付いた。

「どうしてこんなことになったのか、国へ帰れば五年前にもどると思っていました」

「お出迎えにゆけたら、どんなに幸せだったでしょう」

くればよかったのです、そこからまたはじめればよかった」

「それはできませんでした」

美沙生はうつむいて、途切れ途切れに話した。

「千秋さんがいらして、庄次郎さまのことをいろいろと知らせてくださいました、帰郷されると知ってから、わたくしなりにお別れをする覚悟はしたのです、お詫びにはならないまでも、一度だけお目にかかり話を聞いていただこうと思いつめておりました、ところが今日こそはと決心しても、いざとなると体が震えてしまい、身支度すら思うようにできませんでした、いまさら身を飾ったところで仕方がありませんのに、女子の決心など当てにならないものだと、つくづく情けなくなりました」

女の心の喘ぎを聞きながら、庄次郎は黙っていた。まだ子供だと思っていた千秋のすることが意外だったこともあるが、佐久から使いがあって家を訪ねたときも美沙生は手の届くところで震えていたのかと思った。その姿は容易に想像できたし、やはり哀れに思われたのである。

「この五年もどこかそんなふうでした、庄次郎さまとの約束を忘れたことはありませんが、あれから二年ほどが過ぎたころから五年という月日が途方もなく長いものに思えるようになりました、もしかすると六年になるかもしれない、そう思うだけで気が違いそうでした、江戸から届くお手紙に狂喜するのはその日だけで、翌日からは前にもましてつらくなりました、それでも良順先生のお手伝いができるうちはまだよかったのです、そのうち縁談が次々に起きて先生のお宅へ通うこともできなくなると、どうしてお待ちすればよいのか分からなくなりました」

ときおり陽の揺れる川面に目をやりながら、彼女は身を縮めて話していた。

「縁談を断わるために父母を説き伏せることにも無理がありましたし、いつまでも実る当てのないことをしているようで、何かをはじめずにはいられない気持ちでした、過ぎてしまえばたったの五年ですが、そのときは辛抱のならない五年でしたから」

「それで活け花をはじめたのですか、師は芦田一草というそうですね」

庄次郎は意地悪く訊ねた。彼女の口から事実を聞かなければならないし、そのことにこだわらずにはいられなかった。その目は暗い炎を宿して、川向こうの春秋庵を見ていた。

「それだけではございません、遊学が決まってお別れするとき、庄次郎さまはこうおっしゃいました……女子がひとりで本草学は学べない、少しでも草木のことを知りたいのであれば活け花でもしたらどうか」

「……」

「紺屋町《こうやちょう》の小道で話したことを覚えていらっしゃいますか」

そう弱々しい声に訊かれて、庄次郎は何も言えなかった。帰国したあと女が春秋庵へ通っていたと聞いても思い出さなかったように、いまのいままで忘れていたのだった。彼女はしかし、男が深い意味もなく言った言葉を後生大事に心に蔵《しま》い、やがて蔵いきれなくなって取り出したらしい。そのときは藁《わら》にもすがる思いだったと話した。

何かにしがみつきたい気持ちと、縁談から逃れる方便のつもりが、習いはじめてみると活け花は彼女の気性に合っていた。出かけることで気が紛れたし、草花を自然には存在しない形にするのは心を形作るようで、もうひとりの自分に出会う気がした。師範の一草はかつて京に暮らしたからか、落ち着いた優雅な所作や活け花の本質を語る優しい言葉が新鮮であった。春秋庵という小さな空間に広がる無限の世界が彼女の不安定な気持ちをとらえた。

一草は門人と同じ花材を使いながら、それは見事に活けるので、彼の手にかかると草花は別の命を与えられるかに見えた。華道家としての彼は京の家元から教授を許された名取りに過ぎないものの、その技量には飾ることを超えて心の中を具現する深さがあった。暮らしの役には立たないからこそ学ぶのであり、花に教えられると言い、活けることが心の自浄につながった。美沙生が活けた花を見て、彼は思いが絡みすぎて花の明るさを殺していると評した。言葉は活け手の姿を言い当てて、強烈な皮肉でもあった。

優しく丁寧な指導だけでなく、彼の言葉の魔力に門人たちは魅せられていた。あるとき二人で話す機会があって、美沙生は庄次郎のことを名を伏せて話した。人に言うべきことではなかったが、聞いてくれる人は彼のほかにいないように思われた。果たして一草は分別くさい言葉を返さなかったし、彼女も話すことで慰められたのである。二人はその後も同じようなときを、どちらからともなく望んで繰り返した。それが門人の口の端《は》に上《のぼ》って騒ぎになったが、本当の間違いを起こしたのはそのあとであった。一草も京に想う人を残してきたと知ったとき、彼女は目の前に庄次郎が現われた気がした。女の深い情に触れて一草も揺れたのだろう。あとから思えば浅はかな激情でしかないが、そのときは自然の成りゆきに思われた。

「離れていることは何もないのと同じでしたし、これでもうお会いすることはできないと諦めるほうが楽なくらい、思いつめておりました」

父母の指図に従い、美沙生が国を出たのは、子を宿したからであった。佐久は気付いたようだが、甚兵衛はいまも知らない。娘を尼寺に預けたのは、おそらく世間の噂から彼女を守り、家を守るためだろう。彼女が旅立つと一草も国を去ったが、彼も美沙生が身籠ったことを知らないままであった。女の親も世間も許すはずのない過ちに身の危険を感じて出奔《しゅっぽん》したか、京に残してきたという女子のもとへ帰ったのだろう。どちらでもかまわない、と美沙生は唇を嚙んだ。

「罰《ばち》があたったのです、お腹《なか》の子は流れてしまいましたから……」

庄次郎は打ちのめされて、かろうじて立っていた。女を追いつめたのは自分の罪でもあろうかと思う一方で、やはり一草とのことは衝撃だった。何も隠そうとしない女を恥知らずとは思わないものの、すべてを受け入れて許すとも言えない。

「不思議ですね、こうしていると自分の心の中が見えてきますのに、肝心なときには何も見えません、そのとき一緒にいられないというだけで、すべてを失ってもかまわない気さえしたのです、じっと待つだけではいられない五年でしたし、一度崩れてしまうと一日たりとも辛抱のならない気持ちでした、まるで堪《こら》え性のない子供です」

彼女は自嘲したが、言葉はどれも激しい愛情の告白であった。庄次郎は川向こうに目をとめながら、このさき春秋庵を眺めて暮らせるだろうかと考えていた。明けても暮れても同じ傷口を見るのは女子でなくてもつらいだろう。それでもやってゆけるか、ともうひとりの自分に問いかけていた。

「身勝手なことばかり申し上げましたが、聞いていただいてほっといたしました」

やがて心底疲れたように力なく立ち上がると、美沙生は庄次郎を仰いで深々と頭を下げた。

「お目にかかれてうれしうございました、ここでお別れいたします」

「その前に家で少し休もう、病人を診ずに帰すわけにはゆかない」

庄次郎は決めかねている心のうちを、そう言った。美沙生とやり直せるかどうか分からないが、このまま終わるよりは向き合うほうがまだましな気がしていた。事実を知ったいまも彼女を恋わずにはいられないし、自分だけが清廉だとも言えない。それとは別に医者として彼女の病を治すくらいの自信はあるのだった。

彼はためらう女の腕を摑むと、引っ立てるようにして低い土手を登った。川縁の小道から何気なく振り返ると、いつになく毒々しく見える椿の赤い群れに感情を掻き立てられて気色《けしき》ばんだ。美沙生は目を伏せていた。

「お互いに覚悟のいることだから」

そう言いかけて、庄次郎は小刻みに震えている女に気付いた。口にできない悔恨の痛みに美沙生は喘いでいるようであった。今日彼女は一度として春秋庵に目を向けなかったし、川向こうすら見ようともしなかった。庄次郎はいまその悲鳴を聞いた気がして、あまりに純真な娘に強いた残酷な月日を思わずにいられなかった。埋め合わせるには新しい月日が必要であった。

美沙生が一草と過ごした春秋庵にも、もう通う人はいないはずであった。すべては過ぎたことであるのに、そのために来て、そのために悔いを重ねるとしたら、彼女の告白は徒労でしかない。庄次郎にしたところで、終わりたくないのであれば終わったことに執着しても仕方がなかった。

彼は見るほどに赤黒く燃える山を睨《にら》みながら、しばらく佇んでいたが、やがて思い切ると、

「いますぐ家に使いを出そう」

と言った。気は高ぶっていたが、暗い激情とはかけ離れた穏やかな声であった。美沙生は相変わらず目を伏せていた。石のように黙っていても戸惑いは伝わってくるし、意外な成りゆきに驚いているのは彼女ひとりではなかった。

庄次郎は医者とも思えない乱暴な力で美沙生を引き寄せると、いつかその手で春秋庵を壊しにゆくだろうと思いながら、高揚した気持ちのままに歩いていった。男も女も、医者も病人も、親も子も、誰もが苦しんでいるというのに、のんびりしてはいられないと思った。美沙生は歩きながら口を押さえて泣きだしていたが、かまわずに引っ立てた。

良順が言っていたように、一日も早く診療をはじめなければならない。彼の目は薬園の北側に建つ粗末な家を見ていた。種痘の普及に尽くした功績が認められて藩から下された家と一人扶持が、五年の代償であった。今日からそこの板敷で病人を診ることになるだろう。美

沙生がひとり目の患者であった。そうしてはじめるしかないらしかった。

　ときおり躓《つまず》きそうになる女を彼は容赦のない力で支えていた。薬園の隅にできた道とも言えない道はまだ畦《あぜ》のように粗く、傍らの細長い空き地では真吉が一心に鍬を振るい続けていた。

磯　波

名主から借りている丘の家には隅々にまで潮風が染み込んでいたが、今朝も戸障子を開け放つと、まだ夜の冷え込みを連れた日差しとともに濃い磯の香が吹き込んでくるのが分かった。

豊かな海の生気とすがすがしさの入り混じる匂いは、夏の草いきれよりも逞《たくま》しい濃さで胸の中へ吸い込まれてゆく。もう何年もそうして暮らしているにもかかわらず、毎朝決まって繰り返される新鮮なひととき、奈津《なつ》はむしろ淡々と流れてきた月日の味気なさにさらされる思いがした。磯の匂いに心が揺れるのは、ほかにときめくことのない女の憂鬱《ゆううつ》だろうかと思うことがある。その年、彼女は数えて三十二歳になっていた。

小高い丘の中腹にある家は茶の湯のために建てられたもので、小さな庭からは小道が斜面を伝い、麓の集落にまで伸びていた。漁師たちの住む粗末な家並みの向こうには、ささやかだが美しい浦磯《うらいそ》があり、そのさきに広がる海は魚介の宝庫であった。渚では浅蜊《あさり》や富士壺《ふじつぼ》や細螺《きさご》や海苔《のり》が、沖では鰯《いわし》や、鰯を餌にする鰹《かつお》や鯖《さば》や鰤《ぶり》がとれて、加工場や廻船や城下の市へと運ばれてゆく。三年を暮らした名主の家の離れからそこへ越してきたとき、奈津は浦の活気と広々とした眺めに精気を吹き込まれる気がしたものである。それからもう十年が経つだろうか、村の娘たちに諸芸を教えて暮らすのは身過ぎと同時に慰めでもあったが、長いひとり住まいの果てに何かしら物足りなさを感じるのも仕方のないことであった。

「若いうちはいいが、いつか後悔するぞ」

彼女は死んだ父に言われたことがある。妹の結婚が決まり、前後して彼女も家を出ると決めたときであった。それまでに幾度も話し合った挙げ句、二人姉妹の妹が婿《むこ》をとることになり、父は許すというよりも諦めたのだろう。母は若くして亡くなっていたから、父の世話もしてきた彼女には多少の自立心もあれば父を説得するだけの言葉もあった。小姑《こじゅうと》として妹夫婦を煩わすかわりに、奈津は父と親交のあった船尾村《ふなおむら》の名主の家で女塾をはじめた。好きでもない人に嫁ぐくらいなら、ひとりで生きてゆこう。そう決めてから十余年が過ぎていた。

もともと茶寮《さりょう》として建てられたいまの家は狭く、建て増しした母屋にも六畳と板の間があるきりで、塾生が集まると肩が触れ合うほどだが、女ひとりの暮らしには十分すぎる広さだった。日中賑やかになる家も、午後の稽古を終えて潮が引くように娘たちが帰ってゆくと、明くる日までひっそりとする。あとは花を活けたり、食事の支度をしたり、思い付くことをするうち夕暮れがきて、一日は過ぎてしまう。ときおり魚や青物を届けてくれる娘たちの親と話すほかは、屈託を忘れて人と話し込むのもまれであった。

そのためかどうか、彼女はよくひとり言《ごと》を言うようになった。自分で自分に話しかけては、ふと虚しさに気付いて自嘲することもある。月日は穏やかに過ぎてゆくのに、いつのころからか平穏無事をありがたく思う気持ちは薄れていた。娘たちに針や読み書きを教えるのは張り合いだが、それだけで老いてゆくのも淋しいと思う。かといって、ひとりの気儘《きまま》なときを持て余しているのでもなければ、癇性《かんしょう》に思いつめて誰かを待っているというのでもなかった。彼女には世話をしなければならない小鳥もいれば、網元の家へ風呂をもらいにゆく半刻の遣り繰りがつかずに諦める忙しさもあった。

その日も妹の五月《さつき》が訪ねてきたとき、奈津は嬉しいというより困惑した。前もって知らせるくらいのことはできるのに、五月はいつも不意に訪ねてくる。相手がひとり暮らしの姉だからか、思い立つと自分のことだけでこちらの都合というものを考えない。むかしもいまも妹の思い込みには閉口するが、姉ならいつでも家にいるという確信を裏切らない自分にも舌打ちしたい気分だった。

「そろそろ人恋しいころかと存じまして」

「大勢の娘さんたちとすれ違わなかったかしら」

奈津は庭から上がってきた五月のふくよかな姿に目をやった。二つ違いの妹は三人目の子を産んだころから体に肉がついて、小太りになっていた。華奢《きゃしゃ》な奈津に比べて、内福な暮らしに安住する人の人目を気にしない落ち着きがあるので、知らない人が見たらどちらが姉か分からないだろう。年とともに女の逞しさを増してゆく五月は、姉の若さをうらやましいと言いながら、いつも奈津のひとり住まいへ幸福な家庭の匂いを運んできた。

「おひとりでどうしていらっしゃるのかと不思議に思うことがあります、家に話し相手がいないというのは、それだけでも苦痛でしょうし」

「そうでもありませんよ、これで忙しくて困る日もあるくらい」

奈津は茶を淹《い》れて、手土産の茶菓子とともに供した。五月は庭の片隅にある、花のあとの梅を眺めていた。梅は実梅《みうめ》の老木で、賞《め》でるほど多くの美しい花はつけないものの、落とすとやはり物淋しくなる。その向こうに明るい海が見えなければ、五月はきつい皮肉を言うに違いなかった。

「それでもここはやはり淋しすぎます、海から吹きつける風で梅も早く散るらしいわ」

「馴れてしまえばどうということもありません、早咲きの梅とともに眼下に青い海を眺めるのは気持ちがいいものですし、冬の海も悪くはありません」

「気儘なのもけっこうですけど、さして貯まるものもなく、いつまでも女子塾を続けてゆけるものでしょうか、だいいちこのようなところにいらしては、このさき何かあったときに困るのはお姉さまおひとりではございません」

五月は庭から目を戻すと、笑い切れずにいる姉の顔を仰いで、出し抜けにこう言った。

「先日、久し振りに向井源吾《むかいげんご》さまがお見えになられて、わたくしも御酒のお相手をいたしました、そのおり伺ったのですが、奥方さまがお亡くなりになられてもう三年になるそうでございます、わたくし、お姉さまを後添いにどうかとおすすめしておきました」

「なぜそのようなことを……」

「あら、いけなかったでしょうか、おふたりならお歳もお似合いですし、向井さまは乗り気のようでございましたよ」

　奈津は呆れて溜息をついた。向井は父の門人だが、今日まで取り立てて思い出すことのない人であった。神道流《しんとうりゅう》の道場主であった父には多いときで二百人もの門人がいて、向井源吾はそのひとりにすぎない。記憶にある彼は青年であったし、どういう家の人で、いつ妻帯したのかも彼女は知らなかった。

　向井にしても、ぼんやりと師範の娘を覚えているだけだろう。いまの自分を知らずに乗り気だというのも、どこかいい加減な話に聞こえる。妻女を亡くして何かと不自由な男に五月が同情するのは勝手だが、妹のすることは独り善《ひとよ》がりで変わらないと思った。

　そもそも、なぜいまごろになって妹が姉の身を気にかけるのか分からない。自身のことに飽き足りてしまったのか、いつまでも結婚しない姉を身内の恥と思うからか。いずれにしても奈津には押しつけがましく思えるだけであった。

「女子なら、殿方に思われて悪い気はいたしませんでしょう」

　五月は軽い調子で言った。相手にとっても思慮のいることを一面的な感情にすり替える安易さは、奈津には負担であった。親身を押しつけながら、彼女は姉の胸の波立つのにもおかまいなしに続けた。

「世間がこう申しているのをご存じでしょうか、せっかく花開いた牡丹《ぼたん》が浦百姓《うらびゃくしょう》の中に埋もれている……磯花《いそばな》女史ともいうそうですね」

　浦磯を望む丘の家には丹精して育てた牡丹が咲くので、奈津はそう呼ばれている。彼女はその呼び名が嫌いではないが、五月の口から聞くと、うらぶれて磯に身投げでもしそうな女を思わせて味気ない気がした。

「あなたは先走りがすぎます、向井さまにしろ、あなたにすすめられて厭《いや》とは言えないでしょう」

奈津はそう言うしかなかった。五月の夫は父の生前に跡目を継いだ師範であり、五月は曲がりなりにも道場主の妻であった。古い門人であれば、かつて指南を受けた先代の娘に敬意を払うのは当然だし、向井にもそういう遠慮がなかったとは言えない。

「お姉さまは考えすぎです、そうしてご自分からご縁を遠ざけてしまっては幸せになれるはずがありません、あとさきのことなど考えずに何でも試してみたらよろしいのです」

「あなたはどうなの、自分の幸せを持て余して、人の心配ですか」

「ひどいわ、そんなおっしゃり方……」

五月はむっとしたが、伏せた目のさきに茶菓を見つけると、きつく閉じたばかりの口へぞんざいに運んだ。奈津は黙っていた。よくあることで、そうしていれば五月は我慢がならなくなって自ら話し出すのだった。彼女の堪《こら》え性のなさは、自身の葛藤《かっとう》へ人を巻き込む強引さにもつながっていた。

「ともかく一度はきちんと考えてみてくださいまし、向井さまにはしばらくお待ちいただくように申し上げておきます」

「そのこと直之進《なおのしん》さまはご承知なのですか」

「あの人はこういうことには関心がありません、今日もわたくしがお姉さまを訪ねると知っていながら、向井さまのことだとは思わなかったようでございます」

奈津は、姉の縁談に熱心な妻に戸惑いながら、波風を立てまいとして思うことの半分も言わない寡黙な男を思い浮かべた。直之進はやり過ごそうとしていると思った。

「あの方には心を配らなければならない大勢の門人がいらして、しかもご自身の剣も磨《みが》かなければなりません、このようなところに暮らして何を考えているか知れない義姉《あね》の縁談どころではないでしょう」

彼女は自分で自分を茶化したものの、いくらも笑えない気がした。家を出てからの十余年は楽ではなかったし、彼女なりに自分を磨いてきたつもりであった。けれども妹の幸福な棘《とげ》に触れればぴりぴりするように、確かな核と言えるものはまだできていなかった。離れていれば妹夫婦の幸福を願うのに、幸福だと聞けばうるさくも感じる。女の年輪と引き替えに若さをなくした妹を哀れみながら、夫と子供に恵まれた彼女がうらやましかった。

自分の中にもある身勝手に揺れながら、奈津はあったかもしれない幸福な家庭を思った。それは五月の作る家庭とは違う、静かな夕凪《ゆうなぎ》のようなものに思われたが、現実に夫という存在を知らない女の幻想かもしれなかった。彼女の知る狭い世間にも、夫を頼り、夫の子を産み、夫に尽くしながら、夫を愛してはいない女がいるし、夫婦のことは夫婦になってみなければ分からない気がする。自分だけが間違いのない安らかな家庭を築けるとは言えないだろう。彼女は向井源吾のかわりに夫として現われた男を見ると、すぐにその幻影を振り払った。

話の継ぎ穂をなくして案じ顔で黙っていると、五月は明るい声で、

「道場はうまくいってますのよ」

と言った。彼女の言う意味は一家の暮らし向きであって、剣術のことではなかった。道場という男たちが文字通り鎬《しのぎ》を削る鍛練の場を、五月は現実的な女の目で台所から眺めているようなところがある。藩の庇護下にあるとはいえ、食禄をいただく家中ではないので、武家といっても暮らしを保証されることのない家であった。

奈津はそういう家に育ちながら、どこかおっとりとして、家を出るまで身過ぎの苦労とも縁がなかったが、五月は何事もてきぱきと決めてゆく分だけ勘定高く、白か黒か、右か左かの判断を人に委《ゆだ》ねることはなかった。いまにして思うと、それが幸福を摑みとる強さだったのかもしれない。

「子供たちは伸び盛りでしょうね」

「みな、よく食べて困ります」

「そうして大きくなるのを見るのが親の楽しみでしょう」

五月の用件がすむと、女ふたりの話題はそこへ落ち着いた。奈津には妹を驚かすほどの目新しい出来事もなければ、五月との間で塾生の娘たちとするような、たわいない話をする気にもなれなかった。村人の親切を話してみたところで、五月は女ひとりの淋しさに結びつけて、だから言わないことはない、と言い募るだけである。どのみち妹の強情にはかなわないのなら、自分のことはすすんで語らないのが賢明であった。ところが無難に逃れたつもりの

奈津へ、五月は意外なことを口にした。

「それはそうですけれど……」

と彼女は急に顔色を曇らせて、道場のことしか眼中にない夫や子供たちの世話は苦労だと話しはじめた。一日を家事と子育てに追われるのは仕方がないが、夫の無口にはこちらが閉口するし、夫婦の楽しみを奪われた気がするとも言った。勝気で放埒《ほうらつ》な妹の口から淋しげな言葉を聞くのは珍しく、奈津はどうしたのかと思った。無口でも三人の子を儲ければ十分だと思うが、五月の屈託した顔は言葉よりも沈んで精彩がなかった。

「ときおり何のために夫婦でいるのかと思うことがあります」

「それでよく姉に縁談をすすめますね」

何となく話の行くさきを予感して、奈津は重くなりかけた空気を皮肉で紛らした。妹の憂鬱が気にならないわけではないが、これまで思いの儘に生きてきた女の愚痴に付き合ってはいられないとも思う。それでなくても五月は何を言い出すか分からない。

彼女は低く小さな声で、しかし一方的に語りはじめた五月へ、曖昧に微笑むことで応えながら目の端で庭を見ていた。二月の午後の陽は十分に暖かく、ひとりなら庭へ下りてゆきたい。梅が終わると、牡丹の咲く夏までこれといって花のない庭は、どこからやって来るのか雑草の住処《すみか》となる。一夏の牡丹のために奈津はこまめに草取りをするのだったが、五月には向かないと思った。

彼女の望みは自らが大輪の牡丹となることで、こつこつと賞でるために丹精する喜びを知らない。女子に二通りあるなら、五月は陽で、奈津は陰であった。彼女は妹の愚痴を聞くともなしに聞きながら、直之進が向井源吾と自分の縁談を喜ばないのは、彼の中にも未だに悔いがあるからだろうかと思い巡らしていた。

まだ志水《しみず》直之進といったころの青年を父の河村清兵衛《かわむらせいべえ》が後継者に決めたのは、剣術の才能を認めたことはもちろん、彼が次男で婿にとれるからであった。直之進もいくらかはそうした期待を持って道場に通い続けていたらしい。家では部屋住みの彼は進む道が決まらず、そのままでは縁遠くなる一方であったから、父から内々に話があったときには、ほっとすると同時に当然長女の奈津と夫婦になるものと思ったという。そのとき奈津は十九歳であった。

偶然だが彼女も直之進に特別な感情を抱いていたので、父の決断は神の恵みのように思われた。互いに将来を予感していたのか、以前から彼らはよく立ち話をしたり、わけもなく目礼を交わしたりした。奈津は師範の娘として門人には等しく接していたが、直之進に対して好意がどこかに表われてしまうのは仕方のないことだった。

「父に聞きましたが、近々奥義《おうぎ》を授かるそうでございますね、ご精進なされて本当によろしうございました」

「お蔭さまで、どうにか身を立てる目処《めど》がつきそうです」

小禄の家に生まれ、召し出される見込みもなかった彼は、大袈裟《おおげさ》にではなく剣術に人生をかけていた。そのために誰よりも厳しい稽古を積んでいたが、あるとき急に才能が開花し、みるみる腕を上げたのである。奈津は彼がまだ未熟なころ、哀れなほど父に打ちのめされる姿を見たし、後年、日に日に強くなる姿も我がことのように嬉しく思いながら見守っていた。

稽古着の直之進は凜々《りり》しく、普段着に着替えると軽輩に戻ったが、大勢の門人の中にいても人として見劣りすることはなかった。物静かでつつましいが、卑屈にはならない、奈津はそういう男が好きであった。彼はよく稽古を終えた道場にひとり残って掃除をしたり、父の言い付けで使いに出たりした。身分のある家の弟子には稽古で接するだけの父も、彼には気軽に用を頼めたらしい。そのころ出たがり屋だった五月の供をさせられることもあった。

ある夏の夕暮れ、直之進が裏庭から台所へ籠《かご》いっぱいの茄子《なす》を運んできたので、奈津がどうしたのかと訊くと、先生がうまい鴫焼《しぎやき》を食べたいとおっしゃるので家の畑からもいできたというのだった。瑞々《みずみず》しい茄子は組屋敷の庭面《にわも》を起こした畑で、彼自身が育てたものであった。

「まあ、そのようなことまで」

奈津は父のすることに呆れる一方で、男の恵まれない境遇を思った。御返しに台所にあった鰹節《かつおぶし》と昆布を籠に入れてやると、

「これでは釣り合いがとれません」

と言いながら、彼は頭を下げて持って帰った。そうすることで家人への言いわけがつくのだったが、無闇に遠慮しないところが奈津には気持ちよかった。もっとも、あとで父に話す

と、あの茄子は買うつもりだったと言われて、却《かえ》って悪いことをしたと思った。

その詫びというのでもないが、あるとき道場に残って稽古をしている父と直之進を見つけて、彼の着たきりの着物の綻《ほころ》びを繕ってやったことがある。膝に着物を載せて擦《す》り切れた袖口を縢《かが》っていると、それまでそこはかとなく感じていた男の匂いが厭というほどするのだった。奈津は彼の汗とも体臭ともつかない匂いに親しみを覚えた。急いで仕上げて返すと、直之進は直之進でいい香りがすると言って笑った。口数は少ないが、無口ではなかった。そんなことが重なり、お互いに姿を見ると意識して視線を交わすようになっていった。ときおり奈津が微笑み返すとき、彼は決まって人目のないことを確かめてから小さく会釈した。それがはにかむ子供のように見えて、奈津には妙におかしかった。

「志水さまは茄子を作るのがお上手ですね」

「よろしければ、来年にでもこちらの庭の片隅を耕してお教えしましょう」

彼女が声をかけてはじまる、短い立ち話には笑顔が絶えなかった。そんな二人を五月はどこからか見ていたのかもしれない。

家では畑の世話もする男が、いつしか父の高弟となって代稽古をするようになると、門人のなかには軽輩に指南されるのを嫌うものもいたが、直之進の態度はそれまでと変わらなかった。嫌がる相手には無理強いをせず、身分のある格下の門人をすすめた。あとで知ったことだが、そのころから父は胃を患っていたらしい。ひとりで医者のところへ通い、思わしくないと聞くと、娘二人の将来を含めて後事《こうじ》を考えはじめたという。

父の病もそうだが、奈津には予想できない成りゆきが待っていた。そのことがあったのは、父が娘たちに一足早く、志水直之進を後継者にすると告げてから幾日も過ぎない日のことである。父は彼に奥義を伝授するまで秘匿するようにと言い、そのときは当然付随する結婚について何も言わなかったが、願ってもない父の決断に奈津は密かに驚喜したほどである。直之進が奥義を会得するのに、いったいどれほどの月日がかかるのだろうかと待ちきれない気持ちだった。

ところが、ある晩、夜具を敷いて寝ようとしていたところへ、五月がやってきて聞いてもらいたいことがあるというので、何事かと思っていると、体の具合がおかしいと言うのだった。ほんのりと頬が紅いので奈津は熱でもあるのかと思ったが、それから五月がはじめた話はほかでもない直之進のことだった。

「もしや、お姉さまは直之進さまと何かございましたの」

「何かというと？」

「たとえば夫婦の約束をしたというような」

「そのようなことはありませんけど、どうして」

五月は答えるかわりに、薄笑いを浮かべて妖しく目を光らせた。

「わたくし、先日妙慶寺《みょうけいじ》へ勧進舞《かんじんまい》を観《み》にまいりました、その帰りに御酒を頂戴しましたら酔ってしまって、直之進さまに介抱していただきましたの」

あまりにあっけらかんとした言い方に、奈津ははじめ何のことかと思った。それまでにも直之進が五月の外出の供をすることはあったが、二人で酒を飲むなどという軽はずみは許されない。気紛れな五月が後先を考えずに誘ったとしても、あの直之進が惑わされるとも思えなかった。けれども不敵な笑みを浮かべた五月の顔を見ると、否定する自信はなかったのである。自分が男に好意を感じたように、妹が同じ思いを抱いたとしてもおかしくはなかった。もともと姉に遠慮する妹ではないし、ついさっき体の具合がおかしいと言った意味に思い当たると、奈津は茫然として継ぐ言葉を失った。

挑戦とも言える妹の告白に対して沈黙した時点で、彼女は気負けしていた。五月のふしだらを叱責するかわりに、その体と起きてしまったらしい事実の行くさきを案じた。少しは問いつめるべきだったと悔やんだのは後日のことである。そのときは直之進のようすを細かに聞く気にはなれなかったし、姉妹で話すことではないように思われた。それでなくとも唐突な話に奈津はうろたえてしまい、どうしたものかと思い巡らすうちに、最後には姉の気持ちでいることに気付いて顔を上げたのだった。

「このこと決して口にしてはなりません、父上にもです」

ようやくそう言ったとき、五月はほっとした表情をしたが、姉に途轍《とてつ》もない面倒を押しつけておきながら、少しも悪びれたようすは見せなかった。それどころか、これからどうすればよいのかと奈津に決断を迫った。

「体のこともありますし、いつまでも隠しておくわけにもまいりません」

「あとのことはわたくしから父上に申し上げます、あなたは何も言わないほうがいいでしょう、どのみち事実を言うことはできないのですから」

「でしたら、わたくしが婿をとってもかまいませんのね」

その夜、五月の不意打ちにあうまで、思いもしない成りゆきであった。奈津は一睡もできずに夜を明かした。五月と直之進を夫婦にしなければ大変なことになる。事実を言えば父は激怒するだろうし、そうなったら五月も直之進もどうなるか知れない。家族も道場もすべて壊れると思うと恐ろしかった。

やがて父から結婚の話が出たとき、彼女は言葉を尽くして五月と直之進を添わせるように説得した。父は驚いて反対したが、姉の口から自分よりも妹が望んでいると聞かされては、折れるしかなかったのだろう。病んで先のない父にすれば、娘をふたりとも不幸にするよりはましであった。

「しかし、そなたはどうする、これから世間の口がうるさくなるぞ」

父が案じたように、順を踏まない結婚には陰口が待っているはずであった。奈津に残された道は家に小姑として残るか、縁談を待って他家へ嫁ぐか、家を出るかのいずれかであったが、彼女はほかの男に嫁ぐ気はなく、家に残り妹夫婦の世話になるのはなおさら厭であった。ひとりで生きてゆこう、そう決めてしまうと、直之進のいる城下に暮らすことさえ気が重かった。

父は自身が覚悟していたよりも生き長らえて、亡くなる前に娘たちの落ち着くさきを見届けたが、孫の顔を見ることはなかった。五月が子を産んだのは祝言から一年後のことで、彼女の勘違いでなければ奈津は騙されたらしいのである。よくよく考えてみれば、五月が直之進との過ちを告白した時点で身籠《みごも》ったと分かるはずがないのだった。もっとも身籠ったかどうかが重要なのではなく、そういう男女の関わりが問題なのであって、取り返しのつかないことに変わりはなかった。

すべてが落ち着くところへ落ち着いたあと、奈津は一度だけ直之進と二人で話したことがある。名主の家から浦磯へ越して間もなく、彼のほうから訪ねてきたのだった。近くに用事があってきたと直之進は言ったが、それは奈津にも分かる嘘であった。そのとき彼はどうしてあなたと結婚できなかったのか未だに分からないと言い、奈津はご自分の胸にお聞きくださいと応えようとして、まっすぐに自分を見ている男の眼差しにはっとしたのを覚えている。

「父が決めたことですから……」

彼女はそう言い繕った。ようやく一切が見えた気がしたものの、男が父にすすめられるまま五月と結婚したのも事実であった。身ひとつで婿入りする彼にとやかく言う力はなかったとはいえ、河村という家と流派を継ぐことを優先させたことは否《いな》めない。そうして当然であったから、奈津も身を引いたのである。

いまさら蒸し返して何になるだろう。彼女は男の疑問を、父や自分、五月やあなたに絡んだ運命のいたずらでしょうと言って切り抜けた。五月のしたことを隠して、ほかに言いようもなければ、彼と五月が続けてゆくしかない河村の家を壊したくもなかった。

女の曖昧さに直之進は訪ねた甲斐がないという顔をして、あなたは本当にこれでよかったのかと言い募った。努めて忘れてきた感情を呼び起こす男を、奈津は持て余した。三年で何もかも忘れ去ったわけではなかった。

「そういうまわり合わせできたことを、あとから何かの間違いではないかと考えてみても仕方がございません」

「やり直せないことは承知しております」

男はそう言いながら苦渋の色を隠さなかった。久し振りにその顔をまっすぐに見て、奈津は心が揺れるのを感じた。どうしてかいま目の前にいる男と何も知らずに家にいる女を思い合わせて、夫婦の不和を感じたが、同情はしなかった。女がたったひとりで生きるよりは、自分を騙しても夫婦で暮らすほうが楽だろうと思った。彼女が唇を嚙むと、彼は膝の上で拳を握りしめた。それからどうしたのだったか、不意に男が立ってゆき、戸障子を閉める音が聞こえてきた。何が起ころうとしているのかは、奈津にも分かっていた。いつの間にか夕暮れの忍び寄る部屋で、彼女は震えながら、戻ってくる男の足音を聞いていた。

その日から十年が経ったが、直之進は二度と浦磯の家には訪ねてこなかった。その後も妹の口から聞く家庭のようすは幸福そのものであったし、どうにか夫婦は嵐をやり過ごしたらしい。五月がやってくるとき、奈津は自分の中にも不意に現われる男の面影を持て余した。嫉妬とも恨みとも違う女の感情が、急に燃え立つのだった。あれから何年も見ていない、心に思い浮かべるだけの妹の夫に執着する自分が恐ろしくもあった。五月がことさら楽しげに家の話をするのも、終わったはずのことが終わっていない不都合を感じるからだろう。それでいて彼女はもちろん、奈津も過ぎたことには触れようとしなかった。

茶を淹れ替えて戻ると、五月はすることもなく外を眺めていた。花のない庭よりも、刻々と様変わりする海に惹《ひ》かれるらしい。

「今日は海の色がよく変わること……」

「変わったのはあなたのほうかもしれませんね、むかしはそのようなことを口にしたりしませんでした」

「きっと、お姉さまより早く年取ったせいでしょう」

五月は皮肉な言い方をしたが、上辺《うわべ》を飾らない彼女を見るのは珍しかった。

「何かあったのかしら」

奈津がさして興味もない声で訊ねると、五月は待っていたように顔を戻して、

「道場も子供たちも変わりませんけど、わたくしと直之進はずいぶん変わったような気がいたします」

と言った。

「それはそうでしょう、夫婦といっても、もとは他人ですから」

奈津は見かけほど安全でも幸福でもない夫婦を思い浮かべて、言ったことの皮肉に気付いた。結婚に至るきっかけがきっかけであったから、五月が望むほど直之進と心が通わないの

は当然であった。五月の憂鬱な口振りからして夫婦の仲は冷えてしまったらしく、それはあも暮ったかもしれない結婚に男がこだわり続けているためのように思われた。世過ぎのために手に入れた家庭と、大切に思うものが別であってもおかしくはないし、その意味では奈津らしと心の住処を分けてきたひとりである。

彼女は優しい問いかけを待っている五月へ、まだ湯気の立つ熱い茶をすすめた。今日ほど夫と子に恵まれた妹が見窄《みすぼ》らしく見える日もなかったが、やはり同情する気にはなれなかった。ひとりでは心細い嵐の夜も、恐ろしい夢から覚めた朝も、そばに夫のいる安らぎを奈津は知らない。

「あの人には剣術がすべてで、家族と親しむ気持ちがないのです」

と五月は待ちかねて話しはじめた。直之進が子供たちに優しくするのは父親としての儀礼で、本気で子を抱きしめたことがない。我が子にさえそんなふうだから、妻の自分にはろくに口もきかない。寡黙な男が厭なのではなく、他人事《ひとごと》のように家庭を顧みない男の冷たさにぞっとするという。道場では門人相手に肉親のような心遣いをみせるくせに、家にいても彼はひとりの殻の中で生きている、とも言った。奈津には温厚な男に住み着いた鬼が見える気がした。

「月日がゆくほどに馴れ合うことのむつかしさを思い知らされます、同じ剣術使いでも父上は家を大切にしましたが、あの人は着替えて食事をするだけ、道場に女中がいたら困ることもないでしょう」

「剣術に生きる人がどこかに自分の殻を持つのは仕方のないことです、父にもわたくしたちには見せない別の顔がありましたし、まだ若いあの方が内に籠るのは剣客の宿命かもしれません」

「十年も十五年もですか」

「ええ、十年でも十五年でも」

奈津は言いながら、直之進はどうかして五月の横暴を知ったに違いないと思った。若かった五月の姿が目に浮かぶと、彼女ひとりが望んだ結婚がうまくゆくはずがないのだと思いながら、嘲笑《あざわら》うことも泣くこともできない気持ちだった。いまでも男が自分を想うことがあるなら、彼は孤独なはずであった。自分本位に物事を振り分ける女と一途な男の間に横たわる溝は、離れていても思い及んだことである。奈津にとって最も懐かしい男の姿や心のありようを想像するのは、現実の暮らしが淋しければ淋しいほど楽しみであった。そうして彼女はときおり壊れそうになる心の均衡をどうにか保ってきたのである。そこでは五月に煩わされることもなければ、何を夢見ても自由であった。現実の夢が破れて、これからもやってこない男を待つかわりに、彼女は海を眺めて凌《しの》いできた。娘たちに諸芸を教えることも、牡丹を育てることも、自由な空想の楽しみにはかなわない。直之進が孤独だと思えば、彼女の孤独も癒されるのだった。

「あなたはどうなの、十年も悩み続けてきたわけではないでしょう」

「もちろんできることはいたしましたが、あの人は遠ざかる一方です」

五月はもう夫婦の不和を隠そうとはしなかった。いつから上辺を繕ってきたのか分からないが、彼女にも限界がきたらしい。

「わたくしが話しかけても、いつも何か別のことを考えているようで言葉が嚙み合いません、家にいるのが厭なら、いっそのこと女郎屋にでも行って放蕩してくれたほうが、よほど気が楽でございます」

「三人も子を儲けていながら、そのようなことを思う人の気が知れません、何よりあなたが望んだ結婚ではありませんか」

五月も自分も今日はどうかしていると思いながら、奈津は言わずにいられなかった。あのとき妹を責め立てて争っていたら、いまとは違う将来もあったのではないか。思い切って本心をぶつけていたら、五月も真情を吐露したのではなかろうか。そんなふうに思うことがある。そうできなかったのは、その後の抜け殻のような歳月に比べれば、取るに足りない女の恥じらいと臆病のためであった。

「直之進は何も申しませんが、わたくしには分かります」

五月は黙り込むどころか、不意に目を剝《む》いて言い出した。

「あの人の心の中には未だにお姉さまが住んでいるのです、だから、わたくしがどんなに尽くしても見えないのです」

「埒《らち》もないことを……」

奈津は一笑に付そうとして、笑いきれなかった。五月の推察が当たっていると思うだけに、そうあってほしい、と願ってきた自分が底意地の悪い人間に思われた。男と家庭を持った妹を苦しめるつもりはなかったが、男を忘れたとも言えない。それくらいの心の遊びは許されるはずであったし、いつも男の匂いを運んできたのは五月であった。たったひとりの妹が不意に訪ねてくるとき、奈津はいっとき身近に感じられる男の幻影を楽しむだけで、夫婦のことに立ち入りはしなかった。

「いいえ、間違いございません、これほど長く、あの人の心を奪うものがほかにあるとは思えません」

五月の声は男の妻である自信に満ちていた。気位の高い彼女が夫の裏切りを言い張るのは皮肉だが、その顔は切羽つまって悲壮だった。戸惑う姉に向けて、彼女は一気に言った。

「あの人、お姉さまとも何かあったんじゃないの」

奈津は絶句した。叶うことなら一生聞きたくなかった言葉を、五月は口にしたのである。驚きすぎた言いわけに、奈津ははしたない物言いを咎《とが》めたが、胸の動悸とともに後悔とも虚しさともつかないものが込み上げてきた。姉妹でそのことに触れるのは、いまも恐ろしかった。ひとりの男との間に、なかったことをあったかのように言う妹と、あったことをなかったことにする姉の、どちらが見苦しいのか分からない。けれども、いまさら事実を告げて何になるだろうと思った。

「いくら姉妹でも口にしてよいことと悪いことがございます」

「聞かなければ分からないこともあるわ」

「そうね、はじめからそうすればよかったわね、二人きりの姉と妹なのですし」

いちど節度の埒を跨《また》ぐと、言葉は醜い感情を帯びてきた。奈津は息苦しくなって、次の間の明かり窓を開けに立っていった。そうすると山側からも風が流れて庭へ抜けてゆくのだったが、運の悪いことに風はないらしかった。かわりに夕暮れの近付く気配がした。

彼女は気を静めるために立っていた。不意にやってきては勝手を言い出す五月に、いつまでも翻弄されるわけにはゆかないと思った。それでなくても長い月日をひとりで凌いできたのである。重荷は自分ひとりのことで十分であった。小さく開けた窓から貧弱な雑木の青葉を眺めるうちに、失ったものと得たものの落差を思って情けなくなった。

しばらくして座敷へ戻ると、五月は何をしに立ったのかという顔で姉を見ていた。力の籠る目でじっと奈津の顔色を窺《うかが》っているのだったが、そばへ寄ると、その目にうっすらと光るものが見えた。

「わたくし、どうすればよいのでしょう」

我慢の限界にきたらしい五月へ、

「さあ、夫婦のことはわたくしには分かりません」

奈津はそう言うしかなかった。予期しない涙に胸を衝《つ》かれたものの、奈津には泣いて縋《すが》るものすらなかった。彼女はそのときになって、向井源吾との縁談は夫の気持ちを姉から切り離すために五月が考えたことだろうかと思った。五月は自分のしたことを詫びないかわり、彼女なりに幸福を求めて夫には尽くしてきたらしい。が、だからといって、もう一度手を貸せと言われても奈津にできることはなかった。夫婦の過去も前途も直之進の胸の中にくすぶっていて、そこにはやはり五月が直に触れるしかないように思われた。

「先日、子供たちを連れて町の旅籠《はたご》に泊まりました、わたくしには逃げ帰る家がありませんから……そうしたらどうでしょう、子供たちが燥《はしゃ》いで少しも落ち着きません、明くる日、家に帰ると、今度は父親にまつわりついて旅籠の話をいたします、上の子はもう十三になりますから、親の不仲に気付いているでしょう、自分たちが明るく振舞うことで父と母をつなぎ止めようとしているようです」

「子供はそうしていつの間にか大人になるらしいわ、ここへくる娘さんたちも見かけよりずっとしっかりしています」

「そうかもしれません、でもやはりかわいそうになります」

姉からみれば身勝手な妹にすぎない女にも親の顔があるのだった。奈津は微かな羨望を感じて、それ以上の気休めを言う気にはなれなかった。自身の悔いにもつながる話は早く終わりにしたい気持ちであった。

「いつでしたか、あの人がこう言ったことがございます、この家に奈津さまがいたら、すべてが違っていただろう……その通りですから、何も言い返せませんでした」

それだけ言うと、五月は精根尽きたような溜息をついた。言うだけ言って、今日の目的は果たしたとみえる。そこまで気弱な妹を見るのははじめてであったから、奈津は却って苦い感傷を味わった。十三年は彼女の人生にとっても短くはないし、男が言ったという言葉が本当なら、これでもういいという気もする。その手で姉の幸福を奪っておきながら未だに姉に嫉妬するのも女の業《ごう》なら、ひとりで生きてきながら妹の夫を想うのも業だろうと思った。

「あなたにはいつも驚かされるわ、それも同じようなことで、歳月を経ても女と女は変わらないものね」

「二人きりの姉妹ですもの……」

五月は齢《よわい》にしては肌の衰えた、色艶のよくない顔に薄い笑いを浮かべた。三人の子を産み、それなりに苦労するうち、平穏な家庭を願う母親になったらしい。そろそろ帰るという彼女を、奈津は引きとめなかった。深い疲れとともに、今日は五月が折れるのを感じてほっとした。やはり疲れたらしい妹の顔を見つめて、彼女は同じように薄い笑みを返した。五月も痛手を負ったと知ると、いくらかは近付いた気がして、出迎えたときよりも姉らしい気持ちになれるのが不思議であった。

立つ前の僅かなひととき、五月は庭へ目を向けて放心したようだった。夫の冷たさを思うのか、これから帰るひとりの道のりを思うのか、光の失せた虚ろな目をしている。奈津は昨日も、その前の日も、そうしていた自分を見るかのように、おぼつかない気持ちで眺めていた。

来たときのように庭から帰ってゆく五月を見送ったまま、奈津はしばらく庭に佇《たたず》んでいた。

丘の斜面の小道を下ってゆく姿は見えなくなって、眼下の浦磯にも夕暮れが忍び寄っている。小さな集落の海側には陸《おか》へ揚げた舟が並び、もう満潮の潮どきなのか、磯を洗う波が白い帯のように見えていた。

いつもならすぐに夕餉《ゆうげ》の支度にとりかかるところが、今日に限ってひとりの食事を作るのがひどく億劫《おっくう》な気がしていた。このさきずっとひとりで食事をするのかと思うと、遠い日に覚悟したことであるのに、やはり淋しい気がしたのである。すると、若いうちはいいが、いつか後悔するぞと言った父の声や、父娘で暮らした日々が、そのあとの月日よりも遥かに鮮やかな濃さで思い出された。

十三年もひとりで暮らしてきた挙げ句、不意に孤独を持て余す日がこようとは思わぬことであった。思い通りの結婚をしながら夫の冷たさに悩む女と、いつまでもひとりの男を想い続けて煮え切らない女の、どちらが不幸なのか分からない。みすみす幸福を逃したとすれば、どちらも自業自得であった。それでも今日という日がきてよかったと思うのは軽率だろうか。

五月の不意打ちは困りものだが、終わってみれば、あれは彼女なりの詫びでもあろうかと思った。だとしたら、こちらが身構えすぎて見過ごしたとみえる。しおらしく姉に詫びの言える子ではないし、言われて鵜呑《うの》みにする姉でもなかった。

彼女は暮れてきた海を眺めるうちに、少しも変わらずにきたのは自分のほうではなかったか、と気付いた。眺めのいい家へ移り、美しい牡丹を育て、娘たちを相手に忙しくしても、気持ちの向かうところは常に同じであった。直之進とのことは一度終わり、二度目も終わったはずが、いつまでも尾を引いて埋け火《い》のように燃え続けた。この十年、彼女は五月に悪いとも思わなければ、後悔もしなかった。たとえ過ちであれ何もないよりはましであったし、終わったことに執着するのも独り暮らしの生き甲斐になるだろうと考えた。そう考えることで、どうにか今日まで自分を支えてきたようなところがある。

だが、それにも限界があって、来るところまで来てしまったようであった。

「お姉さまはのんびりだから」

と五月が言ったことがある。姉妹の前に菓子が三つあればさきに二つは手にする、奔放で明るい子だった。母を亡くした家には若い女中がいて、てきぱきと指図するのも五月のほうであった。奈津は自分も女中のように働いた。それでいいと思っていたが、ここぞというときに決断のできない弱さは後々まで残った。彼女はようやくそういう自分から抜け出すときがきたのを感じていたが、費やした月日を思うと、やはりのんびりしているというよりほかなかった。

自身のことですらぐずぐずしてはっきりしない彼女は、いつも心の中のもうひとりの自分に話しかけては、仕方がないと妥協してきた。そのくせ終わったことにいつまでもこだわった。男と間違いを起こしたあとも、生涯忘れまい、と彼女は幾度も振り返ったが、直之進はどうしたであろうか。

「忘れてほしい」

そんなことも言えずに悔やみ続けているのかもしれない。少しでも痛みを分け合う気持ちがあるならそうするだろうに、彼は二度と訪ねてはこなかった。負い目は奈津にだけでなく、五月にも感じているだろう。すると彼の冷たさの幾分かは自分との過ちにも関わりがありそうであった。

「お姉さまとも何かあったんじゃないの」

五月は癇癪《かんしゃく》を起こして、あてずっぽうに言ったのではないだろう。好きな男のことになると、女は敏感で執念深く、見境がなくなる。一度暗い深みにはまると抜け出す術《すべ》を知らない。奈津にしても、男を想い続けてきたのは、たった一度の過ちを大切にしたい気持ちがあるからであった。

（だが、もういい……）

と奈津は思いはじめていた。そう思うのははじめてではなかったが、今日はいつもの自分とはどこか違う気がしている。打ち寄せる磯波に目を凝らすと、彼女は長い吐息を繰り返した。できるなら、そうして過去のこだわりを吐き出してしまうつもりであった。

このさきずっとあの方《かた》を想い続けて、いったい何になるだろう。そんな気持ちになるのも、思っていたほど幸福とは言えない五月を見たせいかもしれなかった。彼女の人生が何の苦労もなく幸福なままであったら、奈津はいっそう男に執着したはずである。してみると今日、五月が幸福の仮面を脱いでみせたのは、奈津に向かってあなたも殻を破れと告げたようなものだった。もっとも五月は自分のことで精一杯で、姉のためを考えてしたわけではないだろう。そう分かっていても、ひょっとしたらと思いたくなるのが姉妹であった。いずれにしても妹はぐずな姉の尻を叩きにきたのだった。

　奈津は自分の中にも打ち寄せてくる波の音を聞いていた。こちらから五月を訪ねて、彼女の前で直之進と会うのは気が重いが、そうすることで彼も五月も区切りをつけるかもしれない。それとは別に、一度向井源吾に会ってみようかと考えていた。

　もしかしたら人生を変えるかもしれない出会いを思うとき、微かだが胸がときめくのを感じる。たとえうろ覚えの男でも、これから好きにならないとは限らないし、こちらにも人に言えない傷がある分、後添いの話は気が楽であった。五月が帰ったあとでその気になるのは皮肉だが、彼女は話に乗ることで妹を助けようとは考えていなかった。むしろ妹は妹、自分は自分という気持ちだった。

　もしも向井へ嫁ぐことになったら、奈津にもこれまでとは違う苦労と幸福が待つはずである。いきなり大きな子供たちの母親にもならなければならない。しかし、そこにいる自分を想像しても厭な気はしないのだった。自分を挟むことになる直之進と向井の間は気がかりだが、案じはじめたら切りがないとも思う。そうしてまた諦めてみたところで、何も変わらないし、誰のためにもなりはしないだろう。

　一足さきに日が暮れるのか、眼下の家並みにぽつぽつと灯が灯りはじめたようであった。湊の常夜燈《じようやとう》に火が入るのを見て、奈津はようやく家へ引き返した。行灯《あんどん》を灯して五月といた茶の間を片付けながら、姉妹で気を張りつめて過ごした午後の、奇妙な充足を思い返した。あれは騙し合ってきた姉妹の和解だろうかという気もしたが、切羽つまったもの同士の鬩《せめ》ぎ合いとも言えた。どちらにしても歩み寄ったことには違いない。すると若かった遠い日、愛らしいが弾け飛ぶように放埒だった娘と、彼女の告白にうろたえる女の姿が目に浮かんだが、そこにはもう男の気配は感じられなかった。それは奈津の中でようやく終わろうとしているのだった。

彼女は開けたままの窓を思い出し、次の間へ立ってゆきながら、何気なく家の中を見まわした。潮風の染み込んだ壁や梁《はり》や柱はいつもそこにあって無意識に親しんできたが、見るうちに他人の家で目覚めたような違和感を覚えていた。それでいてひとつひとつのものには、誰よりもよく知っている心安さがあった。女ひとりの心細さから眠れない夜、梁には思いの丈をそそぎ、柱には苛立ちをぶつけた。壁の傷《いた》みは思い乱れた跡だろう。不意にそのことに気付くと、息苦しい感情の高まりを覚えた。それまで家というものに執着したことがなかったので、古びた壁や柱にそっと手を当てて、何か切々《せつせつ》と詫びたい気がするのだった。縁談の成否にかかわらず、家はいずれ主を失うことになるだろう。長い間寄りかかってきたものを捨てる痛みの予感に、彼女はいつかしら涙ぐんでいた。

表の戸締まりをして茶の間へ戻ると、庭側の雨戸も閉《た》てようとして、もう一度庭に目をやった。薄明かりの届く庭には冷たい夜気が迫り、ひっそりとしている。奈津は目を凝らして隅々まで眺めながら、これから梅は実をつけ、来年も花をつけるだろうが、風に傷みやすい牡丹はもう咲くまいと思った。その目には十年を暮らした家も、遠く波音の聞こえる庭も、いつになく凄寥《せいりよう》として冴え冴えしく見えているのだった。

梅雨のなごり

隣町の肴屋《さかなや》でようやく蜆《しじみ》を見つけて買求めると、利枝《りえ》はほっとした。春の間一升十文だった蜆は、時季をすぎて二十五文になっていて、金は足りたものの、やはり高いと思った。勘定をすますと、母から預かってきた巾着《きんちゃく》には五文も残らなかった。

家のある三杉町《みすぎちょう》に蜆売りが来なくなってから、ときどきそうして買い出しにゆくのが利枝の役目になっていた。一升の蜆は一家四人で食べるのに十分な量だが、いまは朝晩二度に分けて父に供するために買うのだった。勘定方に勤める父は毎晩帰りが遅く、この三月ほど休みらしい休みもとっていなかった。過労のために口数が減り、顔色も悪かった。

同じ勘定方でも、よその家の主たちは遅くとも日暮れには帰宅するのに、父の武兵衛《ぶへえ》が戻るのは夜が更けてからである。理由は分からない。忙しさは藩の財政難と関わりがあるそうだが、それは勘定方全体のことで、父だけが遅くなる理由にはならない。だが母が訊ねても、父はただ忙しいと言うだけで、なぜ忙しいのかは語ろうとしなかった。結局母にできるのは、父の体を気遣うことだけであった。

「あれほど働いているのですから、少しは楽になるようだとよいのですけど……」

最近つやが愚痴をこぼすようになったのは、利枝が年頃の十六になって内証の苦しさが分かるようになったからだろう。母にすれば娘にだけ言える愚痴で、そういう話は二人きりのときに台所でした。

「今度のお殿さまはお国許のことをよく考えていらして、ご重職に任せきりにはなさらないそうでございます」

「ええ、そう、でも頼りない話ですよ、お城からこの家の屋根は見えても、中の暮らしまではお見えにならないでしょうし」

日比野《ひびの》の家は父がいただく二十五石の俸禄で一年を賄《まかな》っている。ときおり入る内職の手間賃と合わせて食べてゆけないことはないが、何も贅沢《ぜいたく》はできない。そういう禄高であった。ほかの暮らしを知らない利枝はとりわけ苦しいとも思わないが、実家が六十石の母は息切れがしているのかもしれない。利枝より二つ年上の兄は一度見習いとして城勤めを経験しただけで、召し出される予定もないので、一家の暮らし向きが好転する見込みはないに等しかった。残る期待は代替わりした藩主が革新的なことだが、いまのところこれといった変化は見られず、家中の困窮も改善されないままなのである。

肴屋を出ると、彼女は蜆を入れた鉉鍋《つるなべ》を片手に提《さ》げて歩いた。傘と鍋で両手がふさがっているうえ、道が荒れていたが、少しでも早く帰りたいために急ぎ足になっていた。雨は朝から降りしきり、家を出たときよりも激しくなっている。日暮れにはまだ間があるものの、空が暗く、道には彼女のほかに女子《おなご》らしい人影も見えなかった。それだけで心細くなるのは、まだ成熟しきらない少女の感受性のためだろう。

それでなくても小禄の貧しい家が並ぶ道は、細く水捌《みずは》けが悪く、雨が続くと避けて通るのがむずかしいほど水溜まりでいっぱいになる。穴埋めに入れられた蜆の殻もあまり役には立たず、下駄の歯を傷《いた》めるのが落ちであった。彼女はかまわずに踏みつけながら、一升の蜆のためにずぶ濡れになっている自分を皮肉に思った。

（雨の日くらい……）

兄が頼まれてくれればいいのにと思うが、その兄は今日も家にいなかった。父が出仕《しゅっし》したあと道場へゆくと言って出たきり、昼餉《ひるげ》にも戻らないままであった。本当に道場へ行ったかどうか分からない。家から坂上《さかがみ》道場まではそれほど遠くなく、一日中剣術の稽古に励んでいるとも思えなかった。外出がただの気晴らしならいいが、彼はときおり酒や白粉《おしろい》の匂いとともに帰ってくる。父の帰りが遅いからいいようなものの、見つかれば厳しく叱責されるだろう。兄の恭助《きょうすけ》は父の留守を預かるどころか、女二人の気苦労の種になりかけていた。

「少しは家にいらして、内職の手伝いでもなさったらどうですか」

利枝はおとなしい母に代わって諫《いさ》めたことがあるが、効き目はまるでなかった。それどころか、金があったら貸さないか、と言われた。妹の目にも、兄ははち切れそうな若さを持て余しているように見えて、落ち着きがなかった。

そうして母の気がかりは利枝のものにもなっていった。母と同じように父や兄の心配をしたうえ母の気苦労も案じる彼女は、自分に巡ってきた損な役回りを重たく感じているが、どこの家でもそれがひとり娘の成りゆきであった。

足早に歩いても蜆を入れた鍋には雨がたまってしまい、家へ着くと、彼女はまっすぐに勝手口へ回って、ただいま、と母に声をかけた。それから、蜆が二十五文もしたことを話した。

暗い台所の土間で、つやは竈《かまど》に薪《まき》を焼《く》べていた。

「ずいぶん濡れましたね、着替えていらっしゃい」

「はい」

「その前にご挨拶を……」

そう言われて、利枝はようやく台所の板敷に座り込んでいる人影に気付いた。戸棚を背にして癇性にするめを裂いているのは伯父の大出小市《おおいでこいち》で、来る度にそうしてひとりで酒を飲んでゆく。いつもそうだった。母の兄である彼は普請組の小頭で、家は日比野家よりも広く、お金もありそうなのに、どうしてかここの板敷が気に入っていて居酒屋のかわりにしている。しかも長尻《ながじり》だった。

「家に帰りたくないわけでもあるのかしら」

「好きなようにしていただきましょう、お酒を飲んで暴れるわけでもなし」

つやは自分の兄だからか、あまり気にならないらしいが、それにしても頻繁に訪ねてくるので、利枝は半分は鬱陶《うっとう》しく、半分はどことなく哀れに思っていた。妹の嫁ぎ先とはいえ、いい歳をした男がよその台所で酒を飲む姿は、やはり侘びしく見えたのである。それでなくても父や兄のことがあるので、厄介に厄介が重なる気持ちだった。

もっともこの伯父には権高《けんだか》なところがなく、母が言うように手がかかるわけではなかった。当初は丁重に持てなしたものの、そのうち酒を切らすようになると、彼は酒もするめも持参するようになっていた。ただ、そこまでしてこの家で酒を飲みたいと思う気持ちが利枝には分からない。彼女は母に言われて仕方なく声をかけた。

「伯父さま、いらっしゃいませ」

「……」

「伯父さま」

「おお利枝か、美しうなったの」

小市は考え事でもしていたのか、驚いたように顔を上げてそう言った。返ってきた言葉も、するめを咥《くわ》えた顔も間が抜けていて、利枝は無意識に形のよい眉をひそめた。

「一昨日お会いしたばかりでございます」

「ま、そう言うな、たとえ二日でも若い女子は見違えるものでな、これが婆さんとなると二、三年会わずともたいして変わらぬ」

口が達者で、若い娘にも明け透けにものを言う人であった。酒が入ると、いっそう滑らかな口調になって、若いころの艶話を夕餉《ゆうげ》の支度に忙しい母や利枝におもしろおかしく聞かせた。つやが呆《あき》れて窘《たしな》めると、

「なあに、知らぬよりは知っていたほうがいい、いずれ男で苦労するのが女の定めなのだし、そのときになって慌《あわ》てるよりはずっといい」

平気でそんなことを言った。利枝は伯父の話の半分も理解できずにいたが、彼のくだけた物言いは好きだった。夜遅く帰ってきても何も語らない父と比べると、気さくで人間にゆとりがあるように思われたし、何よりも巧みな話術がおもしろかった。だが、それも度重なると鬱陶しくなるのだった。

伯父は生え抜きの普請方で、今日もそうだが雨の日に来ることが多かった。父とたいして変わらない歳で小頭を務めるくらいだから、役目にそつはないのだろう。いまは藩の財政難もあって土木工事は少なく、雨の日はすることもなく城の詰所で過ごしているという。定刻に城を下がると、いったんは家に帰るらしく、利枝の家にくるときは普段着に着替えている。たまに土産だといって、ちょうど切らしている乾物《かんぶつ》を持ってきたりするので邪険にもできない。野放図なようでいて、妙に気のきくところがあった。

利枝が着替えて戻ると、小市はするめを裂き終えて、ちびちびと嘗《な》めるように酒をすすっていた。酒好きだが蟒蛇《うわばみ》というのでもなかった。つやは気にかけるようすもなく、背を向けて菜を刻んでいる。小市は見るともなしに妹のすることを眺めながら、利枝に気付くと、

「だんだんでかくなるな」

と言った。

「何がでございます」

「かかさまの尻と御家の借金、それに利枝の胸だ、そのうち役に立つのはひとつしかあるまい……いや、ふたつか」

確かめるように伯父の目がとまると、利枝は腹を立てるのも馬鹿らしくなって、つやの手伝いをはじめた。まじめに聞いて損をしたと思ったが、しばらくすると急におかしくなって、くすくすと笑った。そういえば胸は饅頭《まんじゅう》でも蒸したように膨らんできたし、母の尻も大きくなったと思ったのである。子供たちと同じものを食べ、しかも食の細い母の尻だけがどうして膨らむのかと不思議な気がした。しかしおかしさはすぐに治まり、かわりに虚しさが込み上げてきた。いつ帰ってくるとも分からない父や兄のために一日中家で働き、家計を案じながら老いてゆくであろう母が急に哀れに思えたのだった。そしてそれは小禄の武家に生まれた自分が、おそらくは否応なく辿《たど》る道でもあった。

「だんだんでかくなるな」

そう言った伯父の気持ちには、暮らしを支える疲れに反して無闇に膨らんでゆくものへの皮肉が込められていたような気がする。利枝はそういう伯父に、ふと母の兄を感じることがあったが、平素は人の家で酒を飲む、おもしろいが図々しい男を見ていた。いずれにしても母に伯父の世話までさせるのはかわいそうだと思っていたとき、

「誰か来たらしいぞ」

と伯父の声が知らせた。見ると、小市は耳を澄まして、そこからは見えない玄関のほうを見つめているようであった。

「おにいさまかしら」

「いや、違うな、わしが出よう」

彼は言うより早く立っていった。利枝はつやと顔を見合わせたが、溜息をつき交わしただけで、伯父が大刀を摑んでいたことにも気付かなかった。それよりも兄や父の帰りが遅いことのほうが気がかりであった。

そもそも伯父は口だけでなく腰も軽く、普請組で鍛えられたせいか自分で動くことに馴《な》れている。だからこそ雨も苦にせずにやってくるのだし、そういう人のすることにいちいち気を遣っていてはこちらの身がもたないと思った。幾日か前にも同じようなことがあって、そのときも伯父は自分の家にでもいるように立っていったのである。いまさら遠慮してほしいと言うのは気が引けるし、言ったところで角が立つだけだろう。利枝には母の溜息もそういう意味であったように思われた。

来客は帰ったらしく、しばらくして戻った小市は板敷に座り直すと、

「登実《とみ》からの使いだった、馬鹿にしとる」

と不機嫌に言った。登実は小市の妻で、早く帰れとでも言ってきたらしい。

「何か用事がおありなのでしょうから、帰って差し上げたらいかがですか」

つやがすすめたものの、たいした用事などありゃせん、と小市は聞かなかった。

「でも……」

「わしがここにいては迷惑か」

「誰もそのようなことは申しておりませんでしょう」

母が言い、利枝は気まずい雰囲気を繕うために伯父を宥《なだ》める役に回った。しかし、考えてみれば伯母が使いを寄越したくなる気持ちも分かるし、やはり妹の家の台所に陣取る伯父のほうがおかしいのだった。彼女が酌をした酒を小市はうまそうに飲んだが、いつまでもそうしていられても困る、というのが本音であった。

けれども、それから半刻ほどして恭助が戻ると、沈んでいた家の空気は一変した。小市は台所を覗きにきた恭助を自分の前に座らせると、ほう、だいぶご機嫌のようだな、いま時分までどこで何をしていた、と優しい声で訊ねた。兄は少し酔っているようだった。

「はあ、ちょっと仲間と一献《いっこん》、伯父上もひとりでよく続きますな」

小市の鉄拳が兄を打ちのめしたのは、そのすぐあとである。驚いたのは恭助ひとりではなかった。利枝とつやは自分たちの食事の後片付けをしていて、土間から二人の遣り取りを見ていたのである。小市は恭助が体勢を立て直すと、さらに殴り飛ばしておいてから静かに話しかけた。

「いま御家がどういう事態にあるか、そなたのような呆気《うつけ》ものでも少しは耳にしておろう、それなのにこのざまは何だ、武兵衛どのの帰宅が遅いことにつけこみ、遊興三昧とはのう、跡取りなら少しはときというものを知るがいいぞ」

伯父の声は落ち着いていたが、それまで聞いたこともない凄みを含んでいた。兄はたちまち萎《しお》れてしまった。

「間もなく新しい殿がお国入りする、しかしただのご帰国ではない、これまで巧妙に隠蔽《いんぺい》されてきた不正や怠慢を糾弾し、腐敗を一掃するため、ひいては借財に頼るひ弱な財政を建て直すためだ、つまりは奸臣《かんしん》の処分、執政の交代という事態もあり得る」

それははじめて耳にする話で、恭助だけでなく、利枝もつやも動けなくなって小市の言葉に耳を傾けていた。利枝の目には酒好きで口上手な伯父がたちまち奥深い人間に豹変したかに見えて、自分も殴られたような強い衝撃を受けていた。普請組の伯父が知っていることを父の武兵衛が知らないはずがなく、父はなぜ話してくれないのだろうかとも思ったが、その答えもすぐに小市の口から聞けたのである。

かれこれ半年ほど前から国許では新しい藩主の帰国に備えて、さまざまな調べがすすめられてきた。不正の追及は江戸表の財政難からはじまったことで、早急な改革は新藩主の悲願であった。小市の属す普請組でも過去十年の工事の詳細と資材の棚卸しをまとめて、すでに出役《でやく》の監察へ提出している。同じことが郡方《こおりかた》や作事方《さくじかた》でも行われ、江戸からきた御側御用《おそばごよう》人《にん》を頭に定府《じょうふ》の藩士と国詰の藩士で組織された監察組の手によって再吟味されている。部外者の立ち入りを禁じた城の一室には、夜も警固のものがつき、出入りの際には監察のものでさえ体を調べられるという。それだけ御上《おかみ》も監察も本気だということである。そして、おそらく武兵衛はそこで働いているはずだと小市は話した。

それが本当なら、父は選ばれて大役を仰せつかったのであった。帰宅が遅いのは当然だし、少々のことで休むわけにもゆかない。口の堅い彼は家族にも打ち明けず、顔色が悪くなるまで働き詰めて、文字通り心身ともに疲れ果てているのだろう。小市の話を聞くうちに、利枝はそれまで摑みどころのなかった父という人間が見えてくる気がした。

「ともかく、こういう時期に軽々しい言動はまずい、武兵衛どのは勘定方から離れて孤立した状態にあるのだし、狡猾《こうかつ》な輩《やから》に付けいる隙を与えることにもなる、言い換えれば殿は勘定奉行も吟味役も信じてはおられぬ、誰かが奸臣と癒着していると考えるのは当然だろう」

　小市は恭助を睨《にら》んで、身に覚えのある重役は戦々恐々としているだろうから、監察に手を回して罪を逃れようとすることも考えられる、切羽つまれば手段は選ばぬだろう、とも言った。恭助はうなずくでもなく、じっと頭《こうべ》をたれていた。会うときは人の家で酒を飲んでいる、凡庸で厚かましいと思っていた伯父の言葉に驚き、事態の重さにうろたえているようであった。けれども、それは兄ひとりのことではなかった。利枝は母とともに板敷の一方の隅に座ると、男たちの邪魔にならないように、つつしんで耳を澄ました。

「そなた、いったい酒は誰に馳走になっている、ひょっとしてご重役の伜《せがれ》ではないのか」

「いえ、坂上道場の同門でございます」

「その中に家老の親戚や奉行とつながりがあるものはおらぬか」

「…………」

「おるだろう、さもなくば誰がそなたのようなものを懇《ねんご》ろに持てなす」

　恭助は黙っていたが、不意に思い当たったように顔を上げると、ぼそぼそと話した。

「そういえば須《す》田《だ》千之介《せんのすけ》と申すものがご中老の田上《たがみ》さまの遠戚にあたると聞いたことがござ

います、父親は勘定組の組頭助役《すけやく》で、父上とは別の吉井さまの組ですが……」

「それだな」

と小市は断じたものの、困り果てたように顔をしかめた。彼はそのまま黙り込んで、何か思案しているようだったが、しばらくして重苦しい声が聞こえてきた。

「おそらく須田は中老のために、そなたを通じて監察の調べがどこまで及んでいるかを確かめるつもりか、あるいは弱みを握って武兵衛どのに不正を強いる腹かもしれん」

「まさか、そこまでは……」

「いや、このまま黙っていても結果が同じことなら、やりかねん、須田の裁量とは思えぬし、田上さまの指図だろう」

「しかし、それなら父上を脅すでしょう」

「脅すにはまず材料がいる、それに当人では表沙汰になりかねん」

「……」

「念のため道場はしばらく休むことだな、須田から誘いがきても乗ってはならん、下手をすると日比野の命取りになる」

「それが、実はもう次の約束をいたしております」

兄の暢気《のんき》な応答に、小市はむっとして目を剝いた。怒りはその声にも表われた。

「断われ」

「できません」

「何だと」

恭助は青ざめながら、須田には負い目があって逆らうことはできないと答えた。一月ほど前、彼は夜の町で暴漢に襲われかけたところを須田に助けられたうえ、二両の借金があって頭が上がらないという。しかし須田はこれまで監察のことに言及したことはないので、中老云々《うんぬん》は取り越し苦労ではないかとも言った。それは大きな不安を拭うための都合のよい見方で、利枝にも頼りなく聞こえる話だった。兄の不甲斐なさは、彼自身のことだけでなく一家の危うさにつながっていた。

ことの重大さは娘の目にも見えてきたというのに、たかが遊びの誘いを断わることもできない兄を、彼女は歯がゆく思った。果たして小市は兄の話を訝《いぶか》り、須田に助けられたと思うのは人が好すぎると言った。頭が上がらないどころか、まんまと一杯食わされたかもしれない。そんなふうに疑ってもみない兄に、小市は見切りをつけたように、

「仕方がない、わしが話をつけよう」

と言った。その表情は当の兄よりも一段と引き締まって見えた。

「そやつ、腕は立つのか」

「道場での席次は上のほうです」

「神道流《しんとうりゅう》か、少々骨が折れるかもしれんな」

「おにいさま」

とそのときつやが二人の話に割って入った。見ると母はどこか妹の顔をして、心なしか声

まで若返ったようであった。

「お気持ちはうれしうございますが、その前に武兵衛どのと話されたほうがよろしいのではありませんか」

つやはそう言った。

「日比野の家のことですし、もしもおにいさまに累《るい》が及ぶようなことにでもなれば、わたくしが叱られます」

「なに、うまくやるさ、日比野の災難は大出の災難でもあるのだし、いまの武兵衛どのに余計な心配をかけるわけにはゆかん」

「ですが、万一ということも……」

「案ずるな、それより金を都合できるか」

小市の気迫に圧《お》されて、つやは仕方なく金を取りに立っていった。この家にそんな大金があるのかと利枝は信じがたい気持ちだったが、やがて戻ってきた母が金を渡すのを見ると、つつましい母にもある女の甲斐性を見せられた気がした。

「どのみち借りたものは返さねばならぬ、こちらの見当違いならそれでいいが、用心するに越したことはない」

伯父が言い、くれぐれもご油断なく、と母が言うのを、兄はうなだれて聞いていた。須田という男に金を返すだけで済むとは思えないし、小市がどう話をつけるのか、利枝には皆目見当がつかなかった。けれども、ついさっきまで口のうまい飲助《のみすけ》と思っていた伯父が、母が渡した金よりも重い面倒を引き受けてくれた気持ちは、彼の前でうなだれている兄よりも分かっているつもりだった。

坂上道場は日比野家からさほど遠くない武家地の隅にあって、あたりには武家と町人の家がそこここで向き合っている。町家は仕舞屋《しもたや》が多く、家並みに落ち着きがあるのはそのためだろう。道場の喧噪がなければ疏水《そすい》の水音が聞こえる静けさは城下の中でも際立っていて、ひとりでようすを見にゆくこともできたが、利枝は買物のために近付くだけで何やら恐ろしい気がした。

あれから伯父は顔を見せなくなって、すでに十日が過ぎようとしていた。その間に新しい藩主が帰国したので忙しくなったに違いないが、何の連絡もないのはやはり不安であった。雨の中を買物に出ても、彼女は落ち着かず、急いで買うものを買うとすぐに引き返した。兄の恭助は家に籠り、幸い須田という男も訪ねてこなかったが、いつまでも心許ない気分だった。しかも、その不安を兄に訴えようにも、彼はひとりの殻に閉じ籠り、取り付く島もなかった。

「伯父さまはどうしていらっしゃるのでしょう、お顔だけでも見せてくださればよろしいのに……」

「お役目がお忙しいのでしょう」

武兵衛に恭助と須田のことを話していないつやは、なおさら心細い思いをしたに違いない。女ふたりにできることもなく、ひたすら案じてさらに数日が過ぎた日の夕暮れ、勝手口の戸が外から開けられたのを見て、利枝は思わず声を上げそうになった。小市がいつものように、ふらりと酒持参で訪ねてきたのである。玄関を避けて勝手口から台所へ顔を出すのも、傘を畳んで戸口の脇へ立てかけるのも、いつもと変わらなかった。

「先日のお話、どうなりましたか」

待ちかねて訊ねた母へ、小市は微笑みながら、そうあわてるなと言った。

「この雨で水立川《みずたちがわ》の堤が決壊しそうになってな、つい昨日まで金《かね》ヶ作村《さくむら》の名主の家に詰めておった、久し振りに土嚢《どのう》を運んで腰を痛めたが、被害はなかった」

彼は話しながらいつもの場所に腰を下ろすと、まつわる母に向けて機嫌よく語った。

「安心しろ、金は須田に返した、やつが恭助に付きまとうことはもうあるまい、そう恭助にも知らせてやれ」

「はい、ただいま呼んでまいります」

つやの声は弾んで、利枝と見合わせた顔も久し振りに明るかった。少しして台所へ顔を出した恭助は、また殴られるとでも思ったのか、小市の前に身を縮めて座ると、彼の話す顚末《てんまつ》を黙って聞いていた。利枝は母に言われて小市のためにするめを炙《あぶ》りながら、聞き耳を立てなければならなかったが、いつにない家の明るさにほっとしていた。

小市は役目で金ヶ作村へ発つ前に須田千之介に会ったそうで、まずは恭助の伯父として借金を返した。それから監察や武兵衛のことで探《さぐ》りを入れると、須田は何のことかと白《しら》を切ったが、動揺は隠せなかった。いきなり図星を指されて、繕うゆとりもなかったのだろう。そのとき道場には師範代の峰岸《みねぎし》九二蔵《くにぞう》がいて、須田は彼の許しを得て、帰ろうとした小市に試合を所望したが、意図が見え透いていたので早々に退散してきたという。こちらに隙がないことを知らせてやれば、それで十分だからな、と小市の口調も明るかった。

「それにしても、よくあの須田がおとなしく引き下がりましたな、一見穏やかそうにみえて須田には気の短いところがあります」

「こちらに魂胆を見破られて顔色を変えるようでは白状したも同然だろう、思っていたよりも気の小さい男だったが、まだ油断はできん、そなたも気を緩めるでないぞ」

「はい」

「それはそうと今日、普請奉行の竹村さまが監察に呼ばれた、そろそろ糾弾がはじまるらしい、御前での問答になるそうだから武兵衛どのも気を抜けぬだろう、ひょっとすると監察はしばらく城に居詰めになるかもしれん」

「それはまことでございますか」

つやは屈託した表情に戻って、これ以上の激務に武兵衛は耐えられるだろうかと案じた。母の心配は、頼りない自身の将来を含めて、家の男たちを恃《たの》むしかない利枝のものでもあった。彼女は常に家族の一番下から、自分の力ではどうにもできない問題を見上げなければならなかった。兄はともかく、父はもう十分に疲れているし、なぜ同じ人にばかり皺寄せがくるのかと恨みたくなる。いまの父には気力を振りしぼって峠を越えることより、一日の休養が必要であった。

「洩れ聞くところでは、監察の役目はご重役の不正糾弾だけではないらしい、殿には分限《ぶんげん》を改めるお考えがあって、そのために事細かに訊ねられるそうだし、それだけ監察の責任も重いということだろう」

「それを言うなら、武兵衛はたかが二十五石の身にございます、お役目が少々重すぎはいたしませんか」

つやは思い余って言ったが、小市に憤懣《ふんまん》を向けてもはじまらないし、かといって誰かに夫の過労を訴えるわけにもゆかなかった。利枝は溜息をつくしかなかった。

果たして伯父の予想は的中して、その夜から武兵衛は家に帰らなくなった。しかも本人からは何の連絡もなく、翌日になって、着替えを届けるようにと小者が伝えてきただけであった。

母が急いで用意した着替えを、昼前に兄が指示された三ノ丸の会所へ届けたが、父には会えず、言付けもなかったという。その日から息苦しい緊張が続いて、利枝は父の体調を案じながら自分もぐったりとした。父ひとりが重責を背負っているわけではないが、青白い顔をして気を張りつめている姿が目に浮かんだ。そのうち城で倒れて、戸板で運ばれてきても不思議はないのだった。

主の帰らない家はそれだけで物淋しく、母も兄も無口になっていった。六月に入って間もない、ある日の夕暮れ、彼女は買物に出ると、とある家の前を通りかけて、いつの間にか薄紅色に変色した紫陽花《あじさい》に過ぎた日数を教えられる気がした。相変わらず暗い空からは冷たい雨が降り続いている。その後も父のようすは知れず、城からは汚れ物と着替えの催促が届くだけで、手紙も禁じられているようであった。父はどうしているのだろうかと歩きながらも思ううちに、彼女は目指す店の前にきていた。夕方の肴屋は品数が減って活気がないかわり、売れ残りそうなものが安くなる。行きつけの店で小鰺《こあじ》を買って帰ろうとしたとき、彼女は見知らぬ男に呼び止められてはっとした。

「日比野の娘だな」

見上げるほど背が高く、面長で目つきの鋭い、若い侍であった。まだ肴屋の軒下にいる彼女へ、男は道から声をかけてきた。

「伯父御に伝えてくれ、過日の借りはいずれ利息を付けて返すとな」

「あなたさまは？」

「須田と言えば分かる」

それだけ言うと、男はなぜか利枝の素足を凝視してから、片足を引きずるようにして去っていった。彼女は恐ろしさのために、しばらく立ち竦《すく》んでいた。咄嗟《とっさ》に真意は計りかねたが、わざわざ彼女に告げることで、男が小市だけでなく日比野も含めて恫喝《どうかつ》したことは明らかだった。去る前に彼女の足下を見たのも、彼には何か意味があったのだろう。

急いで家に戻ると、彼女は喘ぎながら、そのことを台所にいたつやに話した。動揺して大袈裟な言い方になったが、借りは返すと言った須田の顔を思い出すうち、そこには恨みを越えた殺気があったように思えたのである。つい昨日訪ねてきた小市は用事があるのか、来ていなかった。

「どういたしましょう、これから伯父さまに知らせてまいりましょうか」

「いいえ、あわててあなたに何か起こるといけません、明日の朝、恭助に行ってもらいます」

つやは顔色をなくして、恭助に告げるために台所を出ていった。薄暗い土間に残されると、利枝は濡れた足下から寒気が這い上がってくるのを感じた。帰らない父のことと合わせて二重の厄災を押しつけられた思いだった。須田という男の言動から考えて、小市も兄も、ただで済むとは思われなかった。

その夜、彼女は目覚めても忘れられない恐ろしい夢を見た。逆上し、抜刀した男が家に飛び込んでくるなり、何か喚《わめ》きながら彼女の足を斬るのだったが、夢のことで幾度斬られても死なない。それでも無事な足にほっとしたところへ、男がまた斬りつけてくる。恐ろしいのは執拗に襲ってくる男の形相と、切りのない攻防であった。どこかに兄がいるはずであるのに、逃げ惑う彼女を助けてくれる人影は見えなかった。

家老ひとりと組頭ふたりを除く執政の更迭《こうてつ》が伝わってきたのは、それから数日後のことである。新たに執政の座を占めたのは上士の中から昇格した人たちで、失脚した重役たちには即座に処分が言い渡された。予想された通り、新しい藩主は腐敗した政治を弾劾《だんがい》したのだった。追放は免れたものの、重役のほとんどが家禄を大幅に減じられたうえ閉門となり、再起を図ることはほぼ不可能と思われる厳しい処分となった。当然のことながら、その中には中老の田上源左衛門《げんざえもん》もいて、いずれ彼の股肱《ここう》や親類にも処分は及ぶはずであった。つまりは須田家の行く末も危うくなったのである。

日を追って、さらに要職の詮議と役替えがすすむと、そこまで大がかりな改革を知らない家中は騒然となった。重役の不正に荷担する形で分け前に与《あずか》ったものはもちろん、役目上すべきことをせず、不正を黙視したものまでが何らかの処分の対象となったからである。降格するものと昇進するものとの激しい入れ替わりは、失意と歓喜となって藩を揺るがし、同じ役職に留まったものは、またとない出世の好機を逸したことを悔やむよりも無事を喜ばなければならなかった。水面下では賄賂と密告が罷《まか》り通ると囁かれていたが、処分を見れば通用しないことは明らかであった。そしてそういう因循姑息《いんじゅんこそく》に大鉈《おおなた》を振るった新藩主を支えたのは、二十人に満たない監察組の執念だと言われた。

予想を遥かに上回る大改革が組織の再編という形でひとつの段階を終えたのは、それからさらに半月後のことであった。藩主は自ら選んだ新執政の会議にも出席し、藩の借財をいったん藩祖ゆかりの近江の商人に肩代わりさせて返済し、その利子を今度の処分で浮いた禄高と利権料で賄うことを提案した。利点も弊害もある案だが、現状のままでは何もよくはならないという一点で、その主張は執政の賛同を集めたらしい。結果は一年や二年では分からない。が、その間にも、若く前向きな藩主は次の手を打つだろう。ともかくも頭が切れて、実力のある逞《たくま》しい藩主を家中は迎えたのである。

だが、実際に日比野の家に聞こえてくるのは、動揺を隠せない小禄の家中の不安の声であった。彼らは監察として働き、藩主の信頼を得たであろう武兵衛をうらやみ、すがりつく情報を求めたが、肝心の当主を城にとられた家族に城の中のことが分かるはずがなかった。それどころか、未だに日比野には役替えの沙汰も労《ねぎら》いの言葉もないままであった。

そろそろ終わるらしい梅雨の晴れ間に、母と兄が普請奉行助役《すけやく》に昇った小市の家へ、祝い物を届けに出かけてゆくと、利枝は森閑とした家にひとり取り残された。昼下がりに訪れた晴れ間は、久し振りに力強い日差しを城下にもたらしたが、のんびりと日の光に身をさらす気にはなれなかった。彼女は須田千之介が現われないことを祈りながら、家を空けるわけにもゆかない、ひとりの心細さを味わっていた。

母と兄が出かけて半刻が過ぎたころ、玄関に人声がしたので恐る恐る出てみると、暗い土間に人影が揺れているのが見えて、ぞっとした。来客は男であった。しかも勝手に表戸を閉ざして、家の中を見まわしている。背中に薄い光を浴びた姿は黒く細く、近付くと陰気な目を向けてきたが、背丈からすると須田ではないようだった。

「どなたさまでございますか」

上がり框《がまち》に立ったまま、利枝は用心深く声をかけた。男は痩せて目が窪み、月代《さかやき》も髭《ひげ》も見苦しいほどに伸びている。そのために顔立ちがはっきりしないうえに、くたびれた身なりからは悪臭が漂ってくる。物乞いとも違うようだが、まるで長旅の果てのように見窄《みすぼ》らしく、風呂敷包みを小脇に抱えて立っているのがやっとのようであった。返答を待っていると、男は長い吐息をしてから、ようやく掠れた声を出した。

「やっと終わった」

放心したように虚ろに一点を見つめて、そう言ったのは武兵衛の声であった。利枝は腰を屈めてその顔を覗き込むと、改めて男の変わりように目を見張った。まったく別人に見えるが、言葉の足りない口や、よく見ると左右大きさの違う目や眉の形は、たしかに父のものであった。彼はどうにか激務に耐えたものの、そうして干涸《ひから》びるまで精力を使い切ったとみえる。

「お帰りなさいまし、ただいま洗足《せんそく》を……」

あわてて立とうとした娘を、武兵衛は片手で制して、

「それでは間に合わん、行水を使うから湯を沸かしてくれ」

と落ち着いて指図した。その顔は微かに崩れて、ようやく日比野の父親に還ったようであった。彼女はつつしみも忘れて駆け出しながら、一気に込み上げてきた喜びに胸がつまるのを感じた。誰かに向かって、父が帰ったと叫びたい気持ちだった。これほど嬉々として家族を迎えたことがあっただろうかと思った。急いで竈に火を熾《おこ》し、大量の湯を沸かすうちに彼女は涙ぐんでいた。そのときになって父のありがたみが実感として分かったのである。

武兵衛は自分で汚れた身支度を解くと、しばらくして台所へやってきた。いつも小市が座る板敷の隅にのっそりと立って、戸棚を見ていたかと思うと、框に腰を下ろして娘のするこ

とを眺めた。いったい彼は感情を面《おもて》に出さない人で、久し振りの家で久し振りに見る娘への気持ちも、肝心なときに留守をしている妻や息子への不満も口にしなかった。

利枝は土間に置いた盥《たらい》に湯を溜めながら、そういう父に腕力ではない男の逞しさを見はじめていた。彼女が思い付くままに話す留守中の出来事を彼はほとんど黙って聞いていたが、小市のことに触れると、そうか来てくださったか、と呟いた。父の言う意味を彼女も分かるつもりであった。

行水の支度ができると、武兵衛は立ってきて、しばらく外してくれと言った。娘に干涸びた体を見られたくないというよりは、そういうときは過ぎたと考えたらしい。父の背中を流すくらい、娘だから平気だと利枝は思ったが、同時にいつまでも子供ではいられない女の時期を、ひとことで告げられた気がした。そこに母がいたなら、彼は別のことを言うに違いなかった。彼女は仕方なく台所を出てゆきながら、これも父なりの用心だろうかと思った。長い梅雨よりさきに何かが終わったように感じながら、しばらくはすることもなく、ひとりの茶の間で行水の水音を聞いていた。


その斬り合いを見たのは、梅雨が明けて一気に夏の盛りを迎えた午後のことである。

父は城に、兄はどこかへ出かけ、家には母が残っていた。臨時の役職であった監察組の存続が決まり、その小頭に昇った父は再び忙しくなっていたが、以前のように夜更けまで城に居残ることはなく、夕暮れには帰宅するようになっていた。彼の昇進は三十石の加増をもたらし、一家は近々家を移ることにもなった。すると兄の恭助は現金なくらい生き生きとしだしたが、その家で生まれ、その家しか知らない利枝は、あわただしさの陰で何かしら離れがたい気持ちにとらわれていた。

住み馴れた町にはこれといって見るものもないが、小禄の家の集まる質素な町並みが彼女の生きてきた世界であった。どの家も安普請の板塀は腐りかけて、板の剝《は》がれ落ちた隙間からは目隠しの紫陽花や山吹《やまぶき》が道にはみ出している。秋にはささやかな紅葉が眺められるし、春には仄《ほの》かな梅の香も匂ってくる。蜆を買いに、蜆の殻で泥濘《ぬかるみ》を埋めた道を歩いてゆくのも、風情といえば風情であった。その日も彼女は隣町へ買物にゆき、いつもの道を家の近くまで帰ってきたとき、その人集《ひとだか》りに出会《でくわ》したのである。

「この狸じじいめ、よくも人をこけにしてくれたな」

「はて、何のことか」

「惚《とぼ》けるな、その口で人を油断させ、その手で裏をかいたであろう、しかし今日はそうはさせんぞ」

声を張り上げているのは須田千之介で、受けているのは小市であった。二人は僅か一間余り離れて向かい合い、前後には道を塞《ふさ》がれた人や物見高い人が、ざっと二十人は集まっていただろう。小市は日比野を訪ねるところだったらしく、いつものように片手に大徳利を提げていた。同じ方角から歩いてきた利枝は、彼の背中と須田の上気した顔に行き当たった。それはいつか肴屋で見たときよりも窶《やつ》れて険しく、目つきには荒《すさ》んだ心がそのままに表われていた。

「この足の礼もしなければならぬが、一族の恨みもある、勝負しろ」

と須田は迫った。その言い分は小市の口から聞いた話と食い違っていて、どうやら伯父は事実を伏せたようであった。小市が道場に訪ねたとき、手合わせを言い出したのは須田のようだが、目障りな男を叩きのめすはずが逆にやられてしまったらしい。そのためかどうか、今度の役替えで須田の父親は左遷《させん》されて浦方《うらかた》役人に身を落としていた。一家は城下から浦磯へ移り住み、ひっそりと暮らしているそうだが、若く気位の高い須田には我慢がならないのだろう。父親の処分が決まった時点で、跡取りである彼の夢も潰《つい》えたに違いない。家中同士の斬り合いとなれば、仮に勝負に勝ったとしても咎《とが》められることになる。須田はそれも承知のうえで、私怨《しえん》を晴らすつもりらしかった。

「ゆくぞ」

彼は静かに刀を抜くと、切っ先を小市に向けて正眼に構えた。同時に人垣が声をあげて後退りした。上背のある須田が素早い踏み込みをみせれば、瞬く間に決着がつくかもしれない。長い腕に支えられた刀はいまにも小市の胸を貫くかに見えて、利枝は目を覆《おお》いかけたが、

「待て待て」

とそのとき須田の背後から人垣を分けて仲裁に入った男がいた。五十も半ば過ぎに見える男は隠居の身か非番の家中らしく、腰には脇差だけを帯び、手には細長い釣竿を持っていた。

「どのような事情があるか知らぬが、かようなところで斬り合いはよくない、双方ともひとまず刀を納められよ」

双方と男は言ったが、抜刀しているのは須田ひとりで、小市は刀に手を触れてもいなかった。苛立《いらだ》ちから顔をしかめた須田はいったん構えを崩して刀を下げると、横目で男を睨みながら名を訊ねた。

「それがしは植木奉行の倉田《くらた》でござる、そろそろ隠居するつもりだが、性分での、命の遣り取りを見過ごすわけにはゆかん」

「植木屋の出る幕ではない、ひっこんでろ」

須田の乱暴な言葉にも、男は怯《ひる》むどころか悠然として小市のほうを見た。

「わしはかまわぬ」

小市は言ったが、目は須田に当てているようだった。

「この男さえよければ、一切なかったことにしよう」

「そうか、それはかたじけない」

「しかし、どうかな」

小市がそう言ったとき、果たして須田が仕掛けたのである。刀は、反射的に止めようとした倉田の釣竿を斬り上げ、上段から小市をめがけて袈裟懸《けさが》けに振り下ろされた。その瞬間、利枝の目には小市が飛び退《の》いたかに見えたが、彼は須田の剣先を躱《かわ》して体を入れ替えると、振り向きざまに大徳利を投げつけていた。そこまでが瞬く間の出来事なら、これもほとんど同時にしか見えない速さで、小市は抜き打ちに須田の胸を突いていた。彼が使ったのは脇差で、それも見ていたものを驚かせた。徳利の割れる音がしたとき、小市はすでに身を退いていて、須田は声もあげずに倒れるところだった。目撃した人々は一様に口を開けたものの、声はでなかった。太息《ふといき》とも喫驚《きっきょう》ともつかない響《どよ》めきが起きたのは、倉田が屈んで須田の死を確かめてからである。

荒れた地面に血を流して横たわる須田を眼《ま》の当たりにしたとき、利枝は伯父の無事を喜ぶよりも、ついさっきまで生きていた人間の死が信じられない気持ちだった。それまで恐れていた男に対して激しい哀れみを感じる一方で、たった一瞬で終わる命の脆《もろ》さを見せつけられた気がしたのである。

「惜しいことをした」

と倉田は苦い顔で小市を睨んだ。

「それだけの腕があるなら、命は残せたであろう」

「お言葉ながら、一太刀あやまれば手前が斬られていたかもしれませせぬ」

「………」

「手前が死ねば、この男はよくて切腹……」

「うまくゆかぬものだの」

倉田は深い吐息をつくと、どなたか莚《むしろ》を貸してくださらぬか、と人垣に向かって声をかけた。すると若い、部屋住みらしい侍が駆け出していった。そのときになって、小市はいくらか青ざめているように見えた。

「手前は普請奉行・天沼《あまぬま》さま配下の大出小市と申す、大目付に届けてまいるゆえ、まことに相《あい》すまぬが、あとを頼まれてくださらぬか」

男にそう言って去ってゆく小市を見届けて、利枝は家に引き返した。彼女に気付いたかどうか、小市は最後まで目を合わせなかった。勝ったとはいえ、彼の中にも深い傷が残るに違いない。そのことを帰って母に言うつもりだったが、死骸を見たあとでは、うまく話せるかどうか分からなかった。彼女はうなだれて歩きながら、生きる力に溢れていながら呆気《あっけ》なく死んでいった男と、いまにも死にそうな顔をしながら激務を乗り越えた父のことを比べて考えずにはいられなかった。須田にはああするよりほかに誇りを保つ術《すべ》がなかったのだとも思ったが、何の気休めにもならなかった。

水溜まりの残る道を歩いてゆくと、莚を抱えて駆け戻ってきた青年に出会って、いくらかは救われる気がした。青年の顔には斬り合いを見た興奮ではなく、死者を悼《いた》む気持ちが素直に表われていたからである。それとは別に、兄の恭助があのまま須田と関わっていたらと思うと、終わったいまも恐ろしかった。

青ざめたまま家に戻り、母に見てきたことを告げると、そうですか、とつやは案外なくらい素っ気なかった。驚いて顔色を変えたのは束の間で、小市の無事を知ると、さっさとやりかけの煮炊きに戻った。こんなときでも煮物の味付けが気になるらしかった。

「それで伯父さまは？」

「ご自分で大目付に届けにゆかれました、今日はもういらっしゃらないと思います」

利枝には母の落ち着きようが不満であった。たしかに小市は無事だが、人を斬ったと言っているのに、平然と料理を続ける神経が分からない。その目で斬り合いを見ていないせいか、ひどく反応が鈍いように思われた。

「そう、それは残念ね」

とつやは菜箸《さいばし》で煮えてきた大根をつつきながら、せっかくご馳走を拵《こしら》えましたのにと言った。

「伯父さまは、たとえいらしたとしても食べる気にはなれないと思います」

利枝は反発した。

「いくら伯父さまでも、あのようなことがあったあとで御酒を楽しめるとは思えません」

「そのときは、わたくしたちでおいしくいただきましょう、一緒に沈んではなりません」

「なぜでございます」

「伯父さまが喜ばないからです、誰かがつらいときは周りのものが明るく振舞うものですよ、それに伯父さまが須田千之介を斬らなければならなくなったのは、もとはと言えばわたくしたちのためです、そのことを忘れてはなりません」

母が言うには、小市が頻繁に酒を飲みにくるのは単なる口実で、本当は貧しい家に嫁いだ妹のことが心配なのだそうである。今度のことはたまたま日比野の困難に行き合わせた結果、見兼ねて助けてくれたのだろう。小市は剣の名手だが、それ以上に心の優しい人であり、強いからこそ争いごとには用心深い。

「それなのに汚れ役を買って出た挙げ句、人を斬ることになって……わたくしたちの用心が足りなかったのです」

とつやは言った。小市が須田と恭助の間に立たなければ、別の形で苦い結果を迎えたことは利枝にも想像がつく。伯父はそうして妹である母を守り、日比野の家を守ってくれたらしい。すると斬り合いのあとも落ち着いて大目付へ届けにいった姿が、見たときよりも逞しい像となって思い出された。それが母の兄であり、彼がいなければ須田に翻弄《ほんろう》されたであろう恭助が自分の兄であった。

日が暮れかかると、しばらく西日の続く緩やかなときが訪れる。つやが古い重箱を広げて、今日のための馳走を美しく詰めてゆくのを利枝は眺めた。長かった梅雨とともに父の苦労が終わり、昇進と加増が決まったというのに、彼らはまだ何の祝い事もしていなかった。利枝はようやく母のささやかな楽しみに思い当たると、同時にやってきた禍福《かふく》に戸惑う自分を頼りなく思った。

「もしや、伯父さまはお祝いにくる途中だったのでしょうか」

彼女はそう訊いてみた。だとしたら伯父は大手を振ってこられたはずだが、さあ、いつものお目当てでしょうよ、とつやは言った。

「そろそろ、おとうさまがお帰りになるでしょうから、御酒の支度をしてください」

つやに言われて茶の間を調えながら、伯父はどうしただろうかと考えていたとき、一足先に恭助が帰ってきた。彼は小市と須田の斬り合いを知らないらしく、じきに引っ越すことになっている鷹匠町《たかじょうまち》の家を見てきたと明るい声で話した。

「お屋敷とは言えないが、ここよりだいぶ広い、女中か下僕のひとりも置かないと困るだろうな」

「それより伯父さまが……」

彼女は告げるかわりに、しみじみと兄の屈託のない顔を眺めた。こういうときこそ明るくしなさいと母が言ったように、兄はごく自然にそうしているのだった。いったい彼の暢気さはどこからくるのかと考えたが、答えは永遠に見つかりそうにない。けれども、それが兄といえば兄であった。彼女はもしも小市が訪ねてきたなら、いつよりも明るく迎えてやりたい気持ちになっていた。その前に母が父に事件を告げれば、兄が小市を迎えにゆくことになるだろう。

台所から運んできた父と兄の食膳に盃を添えていたとき、頬に生温い風を感じて利枝は庭へ目をやった。そこには鮮やかな青葉が茂っていたが、目を引いたのは地面の水溜まりである。梅雨のなごりの水が、そよ風を映して揺れているのだった。彼女は心の隅で、これからどうして生きてゆこうかと考えている自分に首を振った。

つらいときは父のように辛抱すればどうにかなるという気持ちと、用心を怠ればいつどうなるか知れないという気持ちがあって、どちらを胸に刻んでおけばよいのかまだ分からない。母のように小さな気がかりを重ねてゆくのが、女子の用心だろうかとも思う。いつか他家へ嫁し、嫁から母親になっても、恭助は小市のように妹を訪ねてくれるだろうかと考えたが、それはひどく怪しい気がした。しかし、この兄の楽天性は貴重であった。

その日、母が父のために活けた終わりの紫陽花を見て、彼はどこで拾ってきたのか、と言った。茶の間に活けられた、色うすい四葩《よひら》も梅雨のなごりであったが、風情より実利をとる人であった。その証《あかし》に、彼は台所から漂ってくる匂いを嗅《か》ぎつけて、

「へえ、今日は酒も出るらしいな、何かいいことでもあったか」

と上調子な声をあげた。父とも母とも似ていない明るさを、利枝はいくらか羨ましい気持ちで眺めた。その明るさがなければ、一家は暗い淵へ沈んでいたことがある。小市のような強さこそないが、彼のいない家はやはり物足りないだろうと思った。しかし、そう遠くない将来、縁談を迎えて、そこから出てゆくのは彼女自身であった。

恭助が台所のほうへ誘われてゆくのを見て、彼女は紫陽花に目を移した。ようやく平穏を取り戻した家の中で、それは控え目な賑わいとともに一抹の淋しさを振りまいているかに見えた。ちょうど四片《よひら》の花のように結びついた家族の散り際を、母は活けてみせたのだろうと思わずにいられなかった。

解説　言葉が心を見詰める時

島　内　景　二

作者の実人生と、作品の内容とを安易に結びつけてしまうのは、近代人の悪癖である。近代以前は、そうではなかった。明治期の国文学者が戸惑ったのは、『竹取物語』『伊勢物語』『うつほ物語』などの大量の物語群が、作者未詳のままで放置されてきたことである。不思議なことに、それで誰も困らなかった。日本文学の至宝である『源氏物語』ですら、『紫式部日記』の作者が「私が書いた」と証言している偶然によって、かろうじてその作者が紫式部と呼ばれた女房だと判明しているものの、彼女の実名も生没年も誰一人として突き止めることはなかった。彼女の心の真実は、戸籍や本名や生没年などにではなく、『源氏物語』という作品の中にすべて封印されているからである。読者の前には、豊饒で汲めど尽きせぬ含蓄に富む表現の大海がある。それ以上、何を望むことがあろうか。

そもそも、物語の本質は、作者の実人生を知らなければ解明できないものではない。作者の経歴や自作自解を手がかりにしなければ、作品の真実を味読できないと考えるのは、まことにおかしなことだ。近代以前の物語愛好者たちは、作者のことなど気にしなかった。むしろ作者名が放棄され、万人の共有財産へと昇華・普遍化されたからこそ、古今東西・千差万別・老若男女の読者たちの熱き「思い」の渦をまるごと吸収することができたのではなかったか。物語の作者を未詳のままにしておくことは、読者を物語世界にどこまでも没入させるための叡智ですらあったのだ。

だからこそ、言える。「乙川優三郎」は、「紫式部」と同じレベルの物語作者の符牒である、と。「一九五三年、東京生まれ。千葉県立国府台高校卒業後、国内外のホテル勤務を経て、著述活動に入る」。情報が氾濫している現代社会にも拘らず、この程度しか、乙川優三郎の経歴は判明していない。本名か筆名かもわからない。だが、これでもう十分だ。これ以上は、必要ない。乙川優三郎が物語に賭けた思いの全ては、彼が生み出す作品の内部に結晶している。彼は、文章の背後、あるいは文章と文章の行間を自分の身の置きどころと定めたのだ。直木賞受賞直後に、「この世に自分が生きた痕跡をとどめたくはないのです」と語った乙川は、この時に絶対に譲れない信念を告白したのだろう。

乙川の小説は、思想が主題ではない。論理が主題なのでもない。人間の心の最も奥底に潜んでいる感情ないし情緒に形を与え、日本語の繊細な調べに乗せること、それが乙川の本当の目的ではないだろうか。目にしただけで恍惚となる美しい日本語、突然に現れて人間の心を鷲掴みにする激情を表す日本語、歓びと哀しみを同時に呼び起こし、人生の両義性に深く思いを致させる日本語。すなわち、表情の陰翳に富む言葉の風姿こそが、乙川の人生そのものなのだ。無限の変容に富む言葉たちに乗り移った作者の人生は、直ちに作中人物の「生きる姿」へと変容してゆき、もはや原型を留めない。

乙川の時代小説では、作中人物に託された士道や婦道、煎じ詰めれば人間道がテーマとなっている。「人間道」という言い方が大袈裟であれば、「人の姿」と言い直してもよい。彼／彼女たちの凜とした姿に、読者は泣かずにはいられなくなるのだが、時として時代小説の大家に見られるように、士道や婦道をやや説教めいて「高唱」することはない。むしろ「低唱」と言うしかない呟きとして、人間がよりよく生きることの意味が極限まで突き詰められている。これが、乙川の禁欲的に抑制された「文士道」であり、物語作者としての信条なのである。

何度でも言おう。乙川優三郎という存在は、生身の人間であることを止め、言葉への変身譚を敢行する。だからこそ、現代では死語となって久しい言葉たちに溌剌たる生命が宿り、読者の心に響くのだ。「たくらだ」（愚か者）とか、「しずれ」（雪が木の枝から落ちること、またはその音）とかの、人目に付かずにひっそりと辞書の片隅に眠っている言葉たち。それらを自らの精神が宿る「よすが」であると認定した瞬間に、乙川は物語作者へと転生し、『田蔵田半右衛門』あるいは『しずれの音』という言語の織物が紡ぎ出される。

あるいは、「あま」という変わった下女の名前や、「磯花女史」という婚期を逸しかけた女性の呼び名を言葉として摑み取った瞬間に、乙川は『邯鄲』あるいは『磯波』という短篇の物語作者へと変身してゆく。乙川優三郎にとっては、まず「言葉ありき」なのだ。言葉を核として、物語世界が生成され、醸成されてゆく。すなわち、文学のあるべき姿が立ち顕れてくる。乙川によって精妙に紡ぎ上げられた言葉たちは、人間の「心の姿」のシンボルとなる。

言葉という織物の表面に浮かび上がった美しくも儚い文様。それが、「人の心の用い方＝用心」である。『武家用心集』とは、武家に生まれた男女が窮地に陥らぬように普段から心掛けるべき注意集という意味だけではない。武士たる人間（および武士の妻女たち）がどのような「心配り」や「覚悟」を持って、どのような人生を全うしたかというカタログなのだ。

乙川の作品は、タイトル名を見ているだけでも心惹かれる。「夕顔」とか「末摘花」とかの繊細な巻名の集合体である王朝物語の世界を連想させるものがある。優美で哀愁に満ちたタイトル名の中でも、『向椿山《むこうつばきやま》』は作者会心の命名だろう。「向山」という日本語ならば普通に耳にする。「椿山」も、目にする機会が多い（乙川自身にも『椿山』という中篇がある）。ただし、「向椿山」という日本語は、極めて珍しい。このタイトルには、高潔な人間となるよき素質を持った青年が、一度は挫折し青春の紅き血の滴を魂からとめどなく溢れさせ、やがて新生するに至るまでの「姿」が、言葉として結晶している。

物語に賭けた乙川の執念を知った読者は、彼の実人生の穿鑿《せんさく》など全く無意味であることを知るだろう。そして、物語世界の背後の歴史的真実を穿鑿するのもまた徒労であることを、知るだろう。だから、『邯鄲』に天保の大飢饉への言及があったり、『向椿山』に佐倉の順天堂で種痘を実施した佐藤泰然（一八〇四〜七二）という実在の人物が紹介されていたりしても、この小説がペリー来航の直前であり、明治維新まで二十年とない時代を描いているなどと、年譜・年表を作成する必要はないと痛感するはずだ。山や川などの地名が複数の作品で一致しているから、その気になれば小説の舞台となっている「藩」の地図も作成できる。しかし、それは乙川の思いを踏《ふ》み躙《にじ》る行為である。

疾風怒濤の明治期にあって、新しい文体の創出のために短い命を燃焼させた尾崎紅葉は、『二人比丘尼色懺悔《ににんびくにいろざんげ》』（明治二十二年）の巻頭で、読者にいくつかの要請を行っている。「（この小説は）時代を説かず、場所を定めず。日本小説に、この類少なし。いかなる味の物かと、好き心に試みたり。難者あらば、ある時、ある処にて、ある人々の身の上譚《ばなし》と答ふべし」、と。紅葉の姿勢は、乙川に通じるのではないか。『二人比丘尼色懺悔』が、「この小説は、涙を主眼とす」とも宣言されているように、乙川も涙を主眼とする小説を目指している。ただし、紅葉は快男児ゆえの三角関係の涙を描き、乙川は男の弱さゆえに周囲の人々にも涙が蓄積するという大きな相違点がある。

物語作者は無記名性を特徴としているので、その隠れ蓑を着用すれば、男にも女にも変身可能である。凜冽たる士道を女性の視点から描くこともできれば、荊棘《けいきょく》に覆われた婦道を男性の視点から辿ることもできる。女の生きる無惨な姿を、同性である女の意地悪な視点からも描き出せる。

むろん、男同士の熾烈な闘争を描くこともできる。だから『武家用心集』は、剣客や刺客として生きざるを得ない男たちを描く場合がある。しかし女たちの心の姿が、それ以上に哀感に満ちて歌われている。『しずれの音』では老母を介護する娘の心、『邯鄲』では主人に縋《すが》って生きるしか術を知らぬ女中の心、『うつしみ』では後添えとして強く生き続ける女の心、『向椿山』では初恋を貫けずに苦しみつつ、もう一度やり直したいと願う女の心、『磯波』では初恋の男を妹に奪われる運命に耐えて別の男の後添えになろうと決心する女の心、『梅雨のなごり』ではもうすぐ結婚して家を出る日が近づいている娘の心、それぞれの女たちの「心の姿」が形を顕している。彼女たちの心のありようを見詰め、それに言葉という形を与える乙川のまなざしは、慈愛に満ちている。

それらを一言で言えば、「寄る辺ない生」である。中でも、波の打ち寄せる海辺の村に傷心の身を寄せる『うつしみ』の津南《つな》、『磯波』の奈津の二人は、凄寥たる「寄る辺なさ」に耐えて、必死に「寄る辺」を摑み取ろうとする逞しさを獲得する。歯を食いしばって寄る辺なさに耐え抜くのも「女の覚悟＝用心」であるし、今一度「寄る辺」に縋ろうと決心するのも「女の覚悟」である。

寄る辺ない女は、海浜だけを漂うのではない。『邯鄲』の下女「あま」は、女に生まれたというだけで、いい加減に「あま」と名づけられた。その「あま」という名は、生き死にの大海をたゆたう「海女」に通じる。すべての女は、人生の波間に沈み、人生の海底から浮上する海女なのだ。そして彼女たちの姿は、時勢に身を委ねるばかりで自ら意を決して事に臨むということのない「あま」の主人・輔四郎の姿のシンボルともなっている。

乙川が「寄る辺なき女」を凝視するのは、それが性差を超えて、「人間」の存在様式の根底を暴き出すからだろう。「端《はし》たな人生」を未練がましく生きている、愚かで愛おしき人間たち。けれども、弱いはずの女が生への執着と執念を見せる時、人生を諦めかけた男の心に、今一度生き直したいという火が灯る。そう言えば、「埋《い》け火」という言葉が『磯波』で用いられていた。

女であれ男であれ、人生を諦めかけてしまう心の状態（＝不用心）は、「病気」に喩えられる。『向椿山』では、医師である庄次郎も苦しみ、患者である美沙生も苦しむ。その苦しむ者同士が、人生を諦めてはならないと決心して、やり直そうとする。彼らの目の前には、二人の心の古傷を抉りだし、人生のおぞましさを見せつけるかのような真紅の椿山が、川向こうに聳《そび》えている。そこから目をそらさずに、彼らは生きて行けるだろうか。見れば、心の傷から真っ赤な血が流れ続けるものを。

男と女が互いに痛みを分かち合って、躓きつつも人生の荒海に漕ぎ出す時、彼らの乗る人生という小舟がどれほど荒波に翻弄されたとしても、孤独なまま人生に生き暮れていたあてどなさとは、比べものにならないほどの救済の予感が漂う。この「予感」を、乙川は言葉それ自体の輝きと揺らめきとして作品に定着させようとする。救済は、決して綺麗事ではない。なぜなら、泥まみれ、罪まみれで、彼らは生きてゆくしかないからである。美しい「しずれ」という言葉は、「人でなし」という暗さを背負っているがゆえに、一層いとおしい。

乙川文学は、読者の「人を見る目」を徹底的に鍛えてくれる。『九月の瓜』で、勘定奉行の太左衛門は、姪の婿養子となった若者から、「人として生きる道＝武家用心」を教わる。読者は、乙川の教訓らしくない教訓話を読みながら（教訓臭がないのは、ストーリーや思想ではなくて、言葉それ自体の姿が作品の生命だからである）、現代社会にあっても、人間の心を見るために必要な心の用い方（＝用心）を、作者から伝授される。作者から？　いや、作者は、表現の中に融解しているはずだった。ならば、作中人物から？

それとも、美しい言葉たちから？

「いや、よいことを聞いた」（『九月の瓜』）、「いい話だ、とうなずいた」（『邯鄲』）、などと作中人物が感じる場面がある。読者もまた『武家用心集』に触れて、「美しい言葉を教えてもらった」「よい話を読ませてもらった」と感じるに違いない。それは、乙川優三郎という物語作者と同時代に居合わせた幸運を感じる瞬間でもある。

美しく哀切な日本語は、決して滅びない。言葉を生命とする物語が、現代でも織り続けられている間は。

本書は二〇〇三年八月、集英社から刊行されました。

集英社文庫 目録（日本文学）

集英社文庫　目録（日本文学）

勝目梓　鮮血の珊瑚礁
勝目梓　闇の刃
勝目梓　決着
勝目梓　悪党どもの晩餐会
金井美恵子　恋愛太平記1・2
金沢泰裕　イレズミ牧師とツッパリ少年たち
鐘ヶ江管一　普賢、鳴りやまず
金子兜太　放浪行乞　山頭火百二十句
金子光晴　金子光晴詩集　女たちへのいたみうた
兼若逸之　釜山港に帰れません　兼若教授の韓国ディープ紀行
加野厚志　龍馬慕情
加納朋子　月曜日の水玉模様
加納朋子　沙羅《さら》は和子《わこ》の名を呼ぶ
香納諒一　天使たちの場所
鎌田實　がんばらない
鎌田實・高橋卓志　生き方のコツ　死に方の選択

上坂冬子　あえて押します横車
上坂冬子　上坂冬子の上機嫌　不機嫌
加門七海　蠱《こ》
加門七海　うわさの神仏　日本闇世界めぐり
加門七海　うわさの神仏　其ノ二　あやし紀行
川上健一　宇宙のウインブルドン
川上健一　雨鱒の川
川上健一　ららのいた夏
川上健一　跳べ、ジョー！　B・Bの魂が見てるぞ
川上健一　ふたつの太陽と満月と
川上健一　翼はいつまでも
川上健一　虹の彼方に
川西政明　渡辺淳一の世界
川西蘭　林檎の樹の下で
川西蘭　バリエーション
川端康成　伊豆の踊子

菊地秀行　柳生刑部秘剣行
岸田秀・町沢静夫　自分のこころをどう探るか　自己分析と他者分析
北杜夫　船乗りクプクプの冒険
北方謙三　逃《の》がれの街
北方謙三　弔鐘《ちょうしょう》はるかなり
北方謙三　第二誕生日
北方謙三　眠りなき夜
北方謙三　逢うには、遠すぎる
北方謙三　檻《おり》
北方謙三　あれは幻の旗だったのか
北方謙三　夜よおまえは
北方謙三　渇きの街
北方謙三　ふるえる爪
北方謙三　牙
北方謙三　夜が傷つけた
北方謙三　危険な夏　―挑戦I

集英社文庫　目録（日本文学）

北方謙三　冬の狼―挑戦II
北方謙三　風の聖衣―挑戦III
北方謙三　風群の荒野―挑戦IV
北方謙三　いつか友よ―挑戦V
北方謙三　愚者の街
北方謙三　愛《いと》しき女たちへ
北方謙三　傷痕　老犬シリーズI
北方謙三　風葬　老犬シリーズII
北方謙三　望郷　老犬シリーズIII
北方謙三　破軍の星
北方謙三　群青　神尾シリーズI
北方謙三　灼光　神尾シリーズII
北方謙三　炎天　神尾シリーズIII
北方謙三　流塵　神尾シリーズIV
北方謙三　林蔵の貌《かお》(上)(下)
北方謙三　そして彼が死んだ

北方謙三　波《は》王《おう》の秋《とき》
北方謙三　明るい街へ
北方謙三　彼が狼だった日
北方謙三　罅《ひび》・街の詩《うた》
北方謙三　皸《ひび》・別れの稼業
北方謙三　草《そう》莽《もう》枯れ行く
北方謙三　風裂　神尾シリーズV
北方謙三　風待ちの港で
北方謙三　海嶺　神尾シリーズVI
北方謙三　雨は心だけ濡らす
北方謙三　風の中の女
北方謙三　コースアゲイン
北川歩実　金のゆりかご
北川歩実　もう一人の私
北村　薫　ミステリは万華鏡
北森　鴻　メイン・ディッシュ

北森　鴻　孔雀狂想曲
木村元彦　誇り　ドラガン・ストイコビッチの軌跡
木村元彦　悪者見参
京極夏彦　どすこい。
草薙　渉　草小路鷹麿の東方見聞録
草薙　渉　黄金のうさぎ
草薙　渉　草小路弥生子の西遊記
草薙　渉　第8の予言
工藤美代子　哀しい目つきの漂流者
邦光史郎　やってみなはれ　―芳醇な樽―
邦光史郎　坂本龍馬
邦光史郎　世界を駆ける男(上)(下)
国谷誠朗　孤独よ、さようなら　―母親離れの心理学
熊谷達也　ウエンカムイの爪
熊谷達也　漂泊の牙
熊谷達也　まほろばの疾風《かぜ》

集英社文庫　目録（日本文学）

熊谷達也　山背郷
倉阪鬼一郎　ブラッド
倉阪鬼一郎　ワンダーランドin大青山
栗田有起　ハミザベス
栗本薫・選　いま、危険な愛に目覚めて
黒岩重吾　幻への疾走
黒岩重吾　夜の挨拶
黒岩重吾　女の太陽(I)茜色の章
黒岩重吾　女の太陽(II)孤翳の章
黒岩重吾　女の太陽(III)花愁の章
黒岩重吾　さらば星座　全13巻
黒岩重吾　女の氷河(上)(下)
黒岩重吾　新編　とうがらしの夢
黒岩重吾　落日はぬばたまに燃ゆ
黒岩重吾　黒岩重吾のどかんたれ人生塾
小池真理子　恋人と逢わない夜に

小池真理子　いとしき男たち《アダム》よ
小池真理子　あなたから逃れられない
小池真理子　悪女と呼ばれた女たち
小池真理子　蠍《さそり》のいる森
小池真理子　双面の天使
小池真理子　死者はまどろむ
小池真理子　無伴奏
小池真理子　妻の女友達
小池真理子　ナルキッソスの鏡
小池真理子　倒錯の庭
小池真理子　危険な食卓
小池真理子　怪しい隣人
小池真理子・藤田宜永　夫婦公論
小池真理子　律子慕情
小池真理子　短篇セレクション　サイコ・サスペンス篇I　会いたかった人
小池真理子　短篇セレクション　官能篇　ひぐらし荘の女主人

小池真理子　短篇セレクション　幻想篇　命日
小池真理子　短篇セレクション　ミステリー篇　泣かない女
小池真理子　短篇セレクション　ノスタルジー篇　夢のかたみ
小池真理子　短篇セレクション　サイコ・サスペンス篇II　贄肉
小池真理子　肉体のファンタジア
小池真理子　柩《ひつぎ》の中の猫
小池真理子　夜の寝覚め
神津カンナ　親離れするとき読む本
神津カンナ　男と女の交差点
神津カンナ　美人女優
神津カンナ　恋人論
河野啓　よみがえる高校
河野美代子　新版　さらば、悲しみの性　高校生の性を考える
河野美代子・永田由紀子　初めてのSEX　あなたの愛を伝えるために
五條瑛　プラチナ・ビーズ
五條瑛　スリー・アゲーツ

集英社文庫　目録（日本文学）

御所見直好　誰も知らない鎌倉路
小杉健治　絆
小杉健治　二重裁判
小杉健治　汚名
小杉健治　裁かれる判事
小杉健治　夏井冬子の先端犯罪
小杉健治　最終鑑定
小杉健治　検察者
小杉健治　殺意の川
小杉健治　宿敵
小杉健治　特許裁判
小杉健治　不遜な被疑者たち
小杉健治　それぞれの断崖
小杉健治　江戸の哀花
小杉健治　水無川
古処誠二　ルール

小林カツ代　アバウト英語で世界まるかじり
小林紀晴　写真学生
小林恭二　悪夢氏の事件簿
小林光恵　気分よく病院へ行こう
小林光恵　12人の不安な患者たち
小林光恵　ときどき、陰性感情 看護学生 理実の青春
小檜山博　地の音
小山勝清　それからの武蔵(一)(二)(三)(四)(五)(六)
今東光　毒舌・仏教入門
今東光　毒舌身の上相談
今野敏　惣《そう》角《かく》流《る》浪《ろう》
今野敏　山嵐
斎藤栄　黒い王将
斎藤栄　殺意の時刻表
斎藤栄　水の魔法陣(上)(下)
斎藤栄　火の魔法陣(上)(下)

斎藤栄　空《くう》の魔法陣(上)(中)(下)
斎藤栄　ガラスの密室
斎藤栄　風の魔法陣(上)(下)
斎藤栄　雪の魔法陣
斎藤栄　アルプス秘湯推理旅行
斎藤栄　月の魔法陣
斎藤栄　タロット日美子の夢街道旅行
斎藤栄　冬《とう》虫《ちゅう》夏《か》草《そう》の惨劇
斎藤栄　真夜中の意匠
斎藤栄　人《じん》の魔法陣
斎藤栄　蒙古襲来殺人旅情
斎藤栄　東北新幹線殺人旅行
斎藤栄　棋聖忍者・天野宗歩 全8巻
斎藤栄　タロット日美子 日本のエーゲ海殺人事件
斎藤栄　悪魔を見た家族
斎藤栄　謎の女真教団

集英社文庫　目録（日本文学）

斎藤栄	殺人フェアウェイ
斎藤栄	紅《くれない》の天城高原
斎藤栄	タロット日美子運命の時刻表
斎藤栄	タロット日美子 鎌倉十二神将の誘拐
斎藤栄	悪魔が裁く
斎藤栄	平成元年の殺人
斎藤栄	女高生俳句殺人事件
斎藤栄	謎の幽霊探偵
斎藤栄	天の魔法陣
斎藤栄	新版 ミステリーを書いてみませんか
斎藤栄	日本列島殺人旅行
斎藤栄	花の魔法陣
斎藤栄	羅生門殺人旅情
斎藤栄	大和路殺人事件
斎藤栄	JR近郊線ミステリー全集 江戸川警部 三つの死線
斎藤茂太	イチローを育てた鈴木家の謎
斎藤茂太	骨は自分で拾えない
齊藤令介	動物と暮らす
佐伯一麦	遠き山に日は落ちて
三枝洋	熱帯遊戯
早乙女貢	血槍三代（青春編）
早乙女貢	血槍三代（愛欲編）
早乙女貢	血槍三代（風雲編）
早乙女貢	会津士魂一 会津藩 京へ
早乙女貢	会津士魂二 京都騒乱
早乙女貢	会津士魂三 鳥羽伏見の戦い
早乙女貢	会津士魂四 慶喜脱出
早乙女貢	会津士魂五 江戸開城
早乙女貢	会津士魂六 炎の彰義隊
早乙女貢	会津士魂七 会津を救え
早乙女貢	会津士魂八 風雲北へ
早乙女貢	会津士魂九 二本松少年隊
早乙女貢	会津士魂十 越後の戦火
早乙女貢	会津士魂十一 北越戦争
早乙女貢	会津士魂十二 白虎隊の悲歌
早乙女貢	会津士魂十三 鶴ヶ城落つ
早乙女貢	歴史に学ぶ「叛逆者」の人生哲学
早乙女貢	続会津士魂一 艦隊蝦夷へ
早乙女貢	続会津士魂二 幻の共和国
早乙女貢	続会津士魂三 斗南への道
早乙女貢	続会津士魂四 不毛の大地
早乙女貢	続会津士魂五 開牧に賭ける
早乙女貢	続会津士魂六 反逆への序曲
早乙女貢	続会津士魂七 会津抜刀隊
早乙女貢	続会津士魂八 甦る山河
酒井順子	ギャルに小判
酒井順子	トイレは小説より奇なり
酒井順子	モノ欲しい女

集英社文庫　目録（日本文学）

酒井順子	世渡り作法術
堺屋太一	歴史に学ぶ「勝者」の組織革命
堺屋太一	歴史に学ぶ「変革期」の人と組織
坂口安吾	堕落論
坂村健	痛快！コンピュータ学
さくらももこ	ももこのいきもの図鑑
さくらももこ	もものかんづめ
さくらももこ	さるのこしかけ
さくらももこ	たいのおかしら
さくらももこ	まるむし帳
さくらももこ	あのころ
さくらももこ	のほほん絵日記
さくらももこ	まる子だった
さくらももこ・土屋賢二	ツチケンモモコラーゲン
酒見賢一	ピュタゴラスの旅
酒見賢一	童貞
佐々木譲	五稜郭残党伝
佐々木譲	雪よ荒野よ
佐々木譲	北辰群盗録
佐々木譲	総督と呼ばれた男(上)(下)
佐々木譲	ステージドアに踏み出せば
佐々木譲	冒険者カストロ
佐々木良江	ユーラシアの秋
佐高信	スーツの下で牙《きば》を研《と》げ！
定金伸治	ジハード1 猛き十字のアッカ
定金伸治	ジハード2 こぼれゆく者のヤーファ
定金伸治	ジハード3 氷雪燃え立つアスカロン
定金伸治	ジハード4 神なき瞳に宿る焔
定金伸治	ジハード5 集結の聖都
定金伸治	ジハード6 主よ一握りの憐れみを
佐藤愛子	鎮魂歌
佐藤愛子	娘と私のただ今のご意見
佐藤愛子	娘と私の部屋
佐藤愛子	女優万里子
佐藤愛子	娘と私の時間
佐藤愛子	坊主の花かんざし(一・二・三・四)
佐藤愛子	娘と私のアホ旅行
佐藤愛子	幸福の絵
佐藤愛子	娘と私の天中殺旅行
佐藤愛子	花は六十
佐藤愛子	古川柳ひとりよがり
佐藤愛子	赤鼻のキリスト
佐藤愛子	女の怒り方
佐藤愛子	凪の光景(上)(下)
佐藤愛子	メッタ斬りの歌
佐藤愛子	淑女失格
佐藤愛子	男と女のしあわせ関係
佐藤愛子	憤怒のぬかるみ

集英社文庫

武家用心集《ぶけようじんしゅう》

2006年1月25日　第1刷

定価はカバーに表示してあります。

著　者　乙《おと》川《かわ》優《ゆう》三《ざぶ》郎《ろう》

発行者　加藤　潤

発行所　株式会社　集英社

東京都千代田区一ツ橋2―5―10

〒101-8050

(3230) 6095 (編　集)

電話　03 (3230) 6393 (販　売)

(3230) 6080 (読者係)

印　刷　凸版印刷株式会社

製　本　凸版印刷株式会社

ISBN4-08-746003-7 C0193